Missa Solemnis

Mord auf dem Dorf

Roman

Erich Leimlehner

Handlung und Namen des Romans sind frei
erfunden.

Namensgleich - oder Namensähnlichkeiten
verstorbener oder lebender Personen sind rein
zufällig.

Epidaurus -Verlag

D1730863

Erich Leimlehner, Missa Solemnis

Mord auf dem Dorf

für Pia, Fabian und Yannick

Verlag: Epidaurus. Schweiz **E**
Herstellung: Books on Demand (Schweiz)GmbH
ISBN 3-03-440062-4

Alphabetisches Verzeichnis der wichtigsten Personen:

Antonopoulos Panagiotis, 58, Griechischer Verkehrsmininister
Antonopoulos Stella, 52, Frau des Panagiotis Antonopoulos
Bayer Guntram, 30, Musikgenie und Lehrer
Bayer Edmund, 62, Vater des Guntram, Ingenieur
Bayer Ingeborg, 54, Mutter des Guntram
Bayer Jasmin, 27, Schwester des Guntram
Brummeier Anton, 42, Wirt
Daim, Herr und Frau, beide 59, Eltern von Gudrun
Dumser Schani und Schorsch, 34, Schmiedegehilfen
Glasinger Hermann, 34, Gendarmerie-Inspektor
Haushofer Zenzi, 35, Arbeiterin
Himmelbauer Ferdinand, 70, Hammerschmied
Horner Alois, 64, Oberlehrer
Horner Juliana, 36, Tochter des Alois H., Sekretärin
Horner Leopold 35, Sohn des Alois H., Gymnasiallehrer
Kiesenhofer,50, Vorarbeiter
Kirinschitz Barbara, 37, genannt Wetti, Haushälterin
Kletzenbauer Jakob, 50, Zementwarenfabrikant
Kletzenbauer Kathi, 37, Frau des Jakob, vier Kinder
Margarethe, 40, Tochter des Himmelbauer F.
Dr. Müller Alfred, 57, Gemeindearzt, Rennstallbesitzer
Müller von Wartberg Ilse, 53, Frau des Arztes
Nöstlinger Ernst, 36, Gymnasiallehrer, zwei Kinder
Nöstlinger Laura, 28, Schwester des Ernst N.
Nöstlinger-Daim Gudrun, 32, Frau des Ernst N.
Nöstlinger Sieglinde, 34, Schwester des Ernst N.
Nöstlinger Herr und Frau, beide 63, Eltern von Ernst N.
Paulas Cilli, 56, Hebamme, Frau des Ludwig P.
Paulas Ludwig, 54, , begabter Sänger, genannt Wiggerl
Pewny Helge, 42, Juwelier
Schmidinger Mietz, 35, Arbeiterin
Winkelhofer Kajetan, 45, Taxiunternehmer, Geistheiler

Jakob Kletzenbauer ließ seinen Wagen am Dorfeingang stehen und stapfte durch den Matsch des Vorfrühlings hinauf zum Haus der Hebamme Cilli Paulas, seine Winterstiefel glutschten über den morastigen Weg; er wollte nicht die Straße über den Dorfplatz nehmen, denn sein Besuch bei den Paulas ginge niemanden etwas an, zumindest wollte er sich keinen neugierigen Blicken aussetzen und so parkte er draußen vor dem Feuerwehrdepot. Nun konnte man meinen, dass er als Feuerwehrkommandant im Magazin zu tun habe.

Hinter den Gardinen verfolgten ihn die neugierigen Augen der Juliana Horner, nicht ohne Anteilnahme:

„Der Jakob holt die Hebamme, die Kathi wird jetzt ihr Kind kriegen", murmelte sie.

„Wer kriegt ihr Kind?", fragte es aus dem Dunkel des Zimmers.

„Na, die Kathi vom Kletzenbauer Jakob, von der Ziegelei."

„Ist das ihr viertes?"

„Ja Vater, ihr viertes."

„Der Kletzenbauer, dieser Halsabschneider, der Herr Fabrikant, der den Leuten einen Hungerlohn zahlt, aber selbst sein Geld mit beiden Händen hinauswirft."

Juliana war es aber nicht ums Streiten mit dem Vater, der schon bloß beim Namen Kletzenbauer in Rage geriet, denn er selbst, der Herr Oberlehrer, war während der langen Sommerferien in früheren Jahren auch einmal auf der Lohnliste des Kletzenbauer gestanden. Das allein tat schon weh genug. Es musste damals sein, als die Kosten der

der Spezialärzte für seine Frau Karoline seine finanziellen
Möglichkeiten sprengten.

Aber dass der Kletzenbauer einmal zu ihm in die
Schule gegangen war und mit seiner aufreizenden
Gleichgültigkeit viel Geduld und Nachsichtigkeit
beansprucht hatte und dann entgegen allen vernünftigen
Prognosen neben den Dr. Müllers der reichste Mann des
Dorfes geworden war, das konnte der Herr Oberlehrer
Horner nicht mit ansehen, ohne Bitterkeit zu spüren.

Nach nur wenigen Minuten fuhr der graue Kleinwagen
der Hebamme schneller als üblich vom Haus der Paulas
hinaus in Richtung Zementwarenfabrik am Rande des
Dorfes.

„Die hat es aber eilig, wird wohl höchste Zeit sein",
meinte Juliana, noch immer am Fenster stehend und alles
registrierend.

„Ja und schau, der Jakob ist gar nicht mitgekommen,
der geht jetzt geradewegs ins Gasthaus Wald, hinten geht
er hinein, damit die Leute nicht sehen, dass er sich ins
Wirtshaus setzt und wartet, bis alles vorbei ist und die
Kathi ihr Kind hat."

„Warum soll er auch", ereiferte sich der Herr
Oberlehrer Horner, „er hat ja im ganzen Dorf herum
posaunt, dass das nicht sein Kind sei, was da zur Welt
komme. So betrunken sei er nie gewesen, dass er das nicht
wüsste, die Kathi müsse sich den Balg irgendwo
zugezogen haben. Seine Frau so hinzustellen, also den
Kletzenbauer sollte man mit seinen eigenen Dachziegeln
steinigen."

„Papa, du kannst aber auch schon gar kein gutes Haar
an dem Jakob lassen, meiner Seel, in eine Ehe kannst du

nicht hinein schauen", versuchte Juliana versöhnlich zu sagen.

„Hilf dem Kerl noch, der wickelt doch mit seinem Geld die Weibersleut nur so um den Finger und wenn er dann eine gehabt hat, dann lässt er sie laufen und beißt wieder dort an, wo er Frischfleisch schnuppert."

Juliana schwieg, sie wollte nicht streiten und wegen des Jakob Kletzenbauer ohnehin nicht.

Juliana war auch schon fast 37 und obwohl sie eine wirklich hübsche Frau war, hatte sich nie einer von der Dorfjugend an sie heran gewagt. Vielleicht auch, weil der Vater der Herr Oberlehrer war, bei dem zumindest Julianas Generation und die ein wenig älteren zur Schule gegangen waren.

So lebte sie jetzt wieder nach ein paar Jahren, die sie in Innsbruck verbracht hatte, bei ihrem Vater und dessen Leidenschaft, alles aus den Zeitungen fein säuberlich auszuschneiden, thematisch zu ordnen und zu archivieren. Sein Spezialgebiet waren die Vergehen der Menschen an der Natur und Umwelt, und darüber wollte er dereinst in der Pension schreiben.

Die Mutter Julianas war schon früh, Juliana war gerade zwölf Jahre alt, an Krebs gestorben. Karoline Horner war eine bildhübsche Frau, lebenslustig, gütig und weise, wie der Herr Papa zu sagen pflegte.

Oberlehrer Alois Horner erholte sich nie mehr von diesem Schlag. Juliana und ihr jüngerer Bruder Leopold wuchsen heran. Die Mutter wurde nie vergessen. Ihr Grab war immer noch das gepflegteste, fast übertrieben gehegt wie das von jemandem, der gerade verstorben war. Juliana war, so der Herr Papa, die Zierde des Hauses. Sohn Leopold hatte an der Universität Salzburg Sport und

Geographie studiert. Er unterrichtete jetzt am Gymnasium der benachbarten Bezirksstadt.

An den Wochenenden und häufig auch an anderen Tagen kam Leo, wie er sich am liebsten nennen ließ, immer noch nach Hause, denn er lebte nach einigen gescheiterten Freundschaften allein in einer kleinen Wohnung in der Stadt. Mit den Leuten des Dorfes hatte er aber kaum Kontakt.

Juliana arbeitete auf dem Gemeindeamt des Dorfes als allseits geschätzte, weil immer hilfsbereite Sekretärin. Sie hielt alle Fäden der Verwaltung in der Hand, war die unentbehrliche Mitarbeiterin jedes Bürgermeisters. Sie verfasste Gesuche für die des Schreibens nicht so Kundigen, riet zu Einsprachen, wenn diese Erfolg verhießen, vermittelte Kompromisse, wenn Streihähne keinen Ausweg mehr fanden.

Der große Stolz des Herrn Horner waren natürlich seine Kinder und daneben das Häuschen, das er sich noch zu Lebzeiten der Mutter zusammengespart hatte. Aber sein Kleinod, wie er es nannte, war seine Bibliothek. Auf dem Gartengrundstück der Horners stand noch ein altes Waschhaus mit angebauter Backstube. Dieses Häuschen hatten die Horners mit Hingabe zu einem wirklichen Schmuckstück umgebaut, eben zur so genannten Bibliothek.

Mit viel Geschmack wurde es eingerichtet, es diente auch als Gästehaus, man hatte nämlich sowohl eine Dusche und ein WC als auch einen hübschen Kachelofen eingebaut. Den Gästen konnte man ein ausziehbares Doppelbett anbieten.

Eine engere Freundschaft pflegte Leo mit einem Studienkollegen, mit Ernst Nöstlinger, ein Jahr älter als

Leo, ein Jahr jünger als Juliana, Sport- und Englischlehrer am selben Gymnasium wie Leo, kürzlich unter dramatischen Umständen geschieden, zwei Kinder. Die beiden Freunde saßen oft stundenlang zusammen in der Bibliothek und sprachen über die Unmöglichkeit der Ehe.

In einem Anfall von später Wiedergutmachung für die dem Lehrer seinerzeit abverlangte Geduld oder war es auch wegen der seinerzeitigen Ferienarbeit, jedenfalls stellte der Kletzenbauer nie Rechnung für die bestellten Baumaterialien zum Ausbau der Bibliothek.

Und der Herr Oberlehrer sagte:

„Ich kann warten, aber ohne saubere Rechnung gibt's von mir kein Geld."

Juliana war das peinlich, und sie fragte den Vater öfters, ob sie die Firma Kletzenbauer nicht an die wohl vergessen gegangene Rechnung erinnern sollte.

Da wurde der Papa Horner stets ungehalten und meinte nur: „Dass du mir das ja nicht machst." Damit war das Thema erledigt.

Der Kletzenbauer war ja auch einmal an der jungen Juli, wie sie im Dorf gerufen wurde, dran, aber dann heiratete er doch Julianas damalige Freundin, die Katharina Greslehner, die er geschwängert hatte. Das tat der Juli sehr weh, sie fühlte sich gar verschmäht, aber eine Heirat mit Jakob Kletzenbauer wäre für den Vater Horner kaum erträglich gewesen.

Freundinnen waren Juli und Kathi von nun an nicht mehr. Juli litt unter dem so demonstrativ zur Schau gestellten Erfolg der Kletzenbauers, und je besser Jakobs Geschäft florierte, desto mehr fühlte sie Kathis Triumph, auch wenn das Kathi gar nicht wollte.

Peinlich für Juliana war es einmal, als sich die Horners, nachdem ihr uralter Skoda den Geist endgültig aufgegeben hatte, auf dem Gebrauchtwagenmarkt ausgerechnet und natürlich nichtsahnend den eben von Kathi liquidierten VW Golf erstanden hatten und ganz überglücklich über so viel feines Fahrgefühl waren und als dann Juli beim Plazack, dem kleinen Krämerladen des Dorfes, von Kathi zu hören bekam, dass Kathis ausrangierter Wagen wirklich noch recht gut sei.

Jakob Kletzenbauer war Juli immer sehr gehemmt begegnet. Vielleicht hatte er immer noch ein schlechtes Gewissen, seinerzeit die üppige Kathi zur Frau genommen zu haben und nicht um die zarte, feingliedrige Juliana gekämpft zu haben. Und den Herrn Horner, der sich für einen Kopfmenschen körperlich sehr respektabel strapazieren konnte, den achtete er. Deshalb tat ihm die Geringschätzung, die Horner ihm entgegenbrachte, wirklich weh.

Als der Herr Lehrer Horner vor Jahren einmal auf zusätzlichen Verdienst angewiesen war und zu ihm, seinem ehemaligen Schüler, kam und um Ferienarbeit, gleich welche, ersuchte, da rächte sich der Jakob, wie man sich halt gerne an einem Lehrer rächt. Denn im Verlauf der Schulzeit ist wohl jeder einmal ungerecht beurteilt, behandelt oder eben bloßgestellt worden. Und das vergisst man nicht.

Und der Jakob Kletzenbauer hatte auch so einen Vorfall nicht vergessen: Horner hatte einmal gesagt:

„Also Jakob, alle haben das verstanden, entweder du hast geträumt, aber wahrscheinlich hast du geschlafen, als wir das durchnahmen." Das wäre weiter nicht so schlimm gewesen, aber die ganze Klasse hat so fürchterlich gelacht und in der Pause haben alle gehänselt: „Dummkopf oder schlauer, du bist der schlafende Kletzenbauer."

Deswegen ließ Jakob Kletzenbauer, noch sehr junger, aber sehr erfolgreicher Unternehmer in der Baustoffbranche, den Herrn Lehrer Horner auf das Ersuchen nach Ferienarbeit im Juli-August Sand aus einem Bachbett heraus karren. Eine Arbeit wie im Straflager.

Horner akzeptierte. Jeden Morgen begann er früh um fünf Uhr und transportierte Schubkarren um Schubkarren Sand aus einem trockengelegten, aber feuchten Bachbett heraus, zehn Stunden täglich.

Dabei hätte der Kletzenbauer noch erträglichere Arbeiten, ja sogar Büroarbeiten, in seinem Betrieb gehabt.

„Vati, warum machst du das?", fragte damals in ihrer Ahnungslosigkeit Juliana.

„Mutti muss gesund werden, und wir werden Spezialisten für ihre Krankheit finden, mein Kind, aber das bezahlt die Krankenkasse nicht."

Ende September starb Karoline Horner, noch keine vierzig Jahre alt.

Alois Horner erkrankte gefährlich, er wollte das gar nicht überleben, haderte mit Gott, begann mit allen Leuten zu streiten, gebärdete sich zeitweise als boshafter Zyniker, obwohl ihn dies noch tiefer in die Verzweiflung trieb, nur Juliana und Leopold hielten ihn am Leben.

Der sonst so sichere Herr Lehrer verlor in dieser ersten Trauerzeit völlig seine Orientierung, wurde trübsinnig, kam aus seinen Depressionen kaum mehr heraus, mied die Menschen, lebte wie in einem Schneckenhaus, stürzte sich in Arbeit, las ganze Berge von Büchern, sein Lieblingsautor wurde Adalbert Stifter, der ihn mit seinen großartigen Schilderungen vereinsamter Menschen gefangen nahm.

Erst eine neue Passion gab ihm wieder ein wenig von seinem inneren Frieden mit sich und der Welt zurück: Er entdeckte die Faszination des Schachspiels.

Der Herr Pfarrer war es, der ihm dieses Spiel zur Leidenschaft werden ließ. Der geistliche Herr sorgte sich um den Alois und dessen Anfälligkeit für Depressionen und schaute fast täglich bei ihm vorbei.

An den langen Winterabenden spielten sie dann regelmäßig mehrere Partien des königlichen Spiels.

Jakob Kletzenbauer saß im Gasthof Wald und trank Kaffee, als ihm die Nachricht von der Geburt seines vierten Kindes, eines gesunden Jungen, überbracht wurde.

Er fuhr in seine Werkstatt, wie er seine Ziegelfabrik nannte. Dort hatte man das freudige Ereignis auch schon erfahren und klatschte ergeben Beifall, stimmte das „Hoch soll er leben" an und erwartete das Gratisbier. Das kam auch in Strömen. Die städtische Brauerei brachte Fässer, der Fleischhauer Berge von Würsten, der Bäcker kam mit frisch gebackenen Brötchen. Der Tag wurde zum Feiertag. Gegen Morgen des nächsten Tages, eines freien Samstags, wankte die gesamte Belegschaft belämmert im Dauergegröle: „Er ist ein ganz ein Schlauer, unser Kletzenbauer, hat jetzt der Kinder vier, hoch lebe so ein guter Stier", durchs Dorf, die einen in die eigenen, die andern in die fremden Betten.

Jakob sah man es hingegen an: Zum Feiern war ihm ganz und gar nicht, irgendwie wirkte er ratlos.

Sein Vorarbeiter und ehemaliger Schulfreund, der Alfred Kiesenhofer, hieb ihm freundschaftlich auf die Schultern: „He, Jupp," so nannten ihn seine engeren Freunde, „wieder ein Stammhalter und erst noch – das ist ja doppelt, was sag ich, das ist ja dreifach schön – ich darf das als dein Freund wohl sagen – ein Nachzügler, super, wem glückt das schon – jetzt hast du drei Buben und die Ingrid."

Den Kiesenhofer schätzte der Kletzenbauer, denn er war ein Antreiber, wie man ihn sich wünscht. In der Schule war er zwar der Allerdümmste gewesen, aber als Vorarbeiter, da konnte er die anderen „motivieren", da hatte er Feldwebelqualitäten.

Im Dorf mochte man den Kiesenhofer nicht, wer es sich leisten konnte, zeigte ihm, was er von ihm hielt. Der Herr Horner konnte es sich leisten. Er nannte den Kiesenhofer Schinderhannes oder einfach den Sklaventreiber von Waldburg.

Die Kinder der Kletzenbauers waren schon im Jugendalter: der älteste, Jakob, wie der Vater, 18, der Florian 17, und die Ingrid, ein so richtig in der Pubertät steckendes kleines Teenagerlein, 15.

„Wenn das so weitergeht, musst du vergrössern. Du wirkst noch ganz durcheinander, wir kennen dich, du brauchst deine Zeit, auch um dich zu freuen. Ja, und wie heisst er denn, der kleine Prinz?", bohrte der Kiesenhofer unbekümmert weiter.

Jakob Kletzenbauer sagte darauf kein Wort, drehte sich brüsk um und verließ seine feiernde Belegschaft.

*

Zwei Nächte später lag Ludwig Paulas, der Mann der Hebamme, tot zwischen den Weidenbüschen am Bach, nicht weit weg von seinem Haus.

Die Gendarmerie stellte Tod durch Strangulieren fest. Mord. Das Dorf war entsetzt.

Seine Leiche wies neben den Würgespuren am Hals, die eindeutig von einem Stahlseil herstammen mussten, unzählige Blutergüsse, aber keine Schürfungen auf.

Ludwig Paulas musste vor seinem Tod noch dramatisch gequält worden sein. Das stand fest.

An seinen Fussfesseln fanden sich ebenfalls Strangulierungsstreifen. Wahrscheinlich war er an den Füssen gefesselt, hochgezogen und daraufhin wie ein Sandsack, wie ihn Boxer als Trainingsgerät haben, bewusstlos geschlagen worden.

Der oder die Mörder hatten mit Ludwig Paulas regelrecht abgerechnet.

Nun war das schon die dritte unheimliche kriminelle Tat. Hatten die Vorfälle etwas mitsammen zu tun? Vorerst blieb alles noch ein grosses Rätsel.

Doch der Revierinspektor Hermann Glasinger, seit einem halben Jahr erst Chef des Gendarmeriepostens Waldburg, hatte für sich schon eine Mordtheorie festgelegt, die Beweise fehlten ihm allerdings, sosehr er recherchierte und forschte.

Er hatte nur Indizien und die waren alles andere als zweifelsfrei. Zu viele Ungereimtheiten, Widersprüche und mangelnde Spuren musste er sich eingestehen; ja, wenn er sich selbst gegenüber mit kriminalistischer Sorgfalt das betrachtete, was er an effektiven Fakten besaß, musste er sich sagen, dass er gar nichts hatte, nur seine Verdächtigungen, aber das reichte noch lange nicht; würde er je dahinter kommen, lag er mit seiner Theorie vielleicht hoffnungslos falsch?

Er spürte aber, dass seine Karriere wohl auch davon abhängen konnte, ob er bei der Aufklärung des Mordfalls Paulas erfolgreich wäre.

Die Leute im Dorf mochten den Ludwig Paulas nicht sonderlich, er war und blieb ein Zugezogener, ein Fremder, der allerdings ein besonderes musikalisches Talent hatte.

Er betrieb eine kleine Tischlerei und hatte zeitweise bis zu drei Gesellen angestellt, seinen Arbeiten ging der Ruf des Pfusches voraus. Aber einen Todfeind konnte niemand ausmachen.

Die Polizei war ratlos. Spuren gab es kaum, denn in der Nacht, als der Mord geschah, hatte es vorerst in Strömen geregnet, danach war der Regen in einen alles verwischenden Schneematsch übergegangen. Die Ermittlungen schienen schwierig zu werden. Wer hatte ein Motiv?

Man wusste im Dorf, dass die Paulas, die kinderlos waren, nicht gerade ein harmonisches Ehepaar waren, dennoch gab es nie lautstarken Streit. Sie waren seit längerem einfach giftig und herzlos zueinander.

Ludwig Paulas hatte eine sehr gute Stimme, aus der mehr zu machen gewesen wäre.

Wenn im Winter in den Gasthäusern gesungen wurde, da war Ludwig in seinem Element. Besonders schmalzig verstand er die etwas schlüpfrigen Lieder zu singen, im Kirchenchor aber bot er Kunst an. Er sang die Tenorsoli.

Sein hinaus geschmettertes „Herr du hast mein Flehn vernommen" aus der Schubertmesse, sein ergreifendes „Tantum ergo" oder zur Weihnachtszeit sein weich interpretiertes „Transeamus usque Bethlehem", sein rigoros gesungenes „Credo in unum Deum", sein zart intoniertes „Ave Maria, gracia plena", sein wimmerndes „Kyrie eleison" erzeugten auch in den sonst religiös Gleichgültigen einen frommen Schauer.

Deshalb schätzte ihn der Herr Pfarrer. Es war ja fast unerhört und gegen jede liturgische Gepflogenheit, als einmal in der Mitternachtsmesse zu Weihnachten der Herr Pfarrer sich zum Chor hinauf wandte und Ludwig Paulas um ein Da capo, also eine Wiederholung des „Transeamus" bat.

Die Sangesfreude verband ihn auch mit Jakob Kletzenbauer, der die Basspartien sang, gegenüber Ludwig jedoch nur Mittelmass war und in der örtlichen Musikkapelle die Tuba blies.

Dass der Ludwig einmal eine Affäre mit der Katharina Kletzenbauer gehabt haben soll, war ein Gerücht, das im Dorf die Runde machte, aber so recht glauben wollte dies niemand.

Solche Gerüchte gab es öfter, an manchen war was dran, viele entsprangen jedoch jener dörflichen Phantasie, die gerne ihre kleinen Sensationen gehabt haben wollte.

Cilli Paulas wurde eingehend befragt: In der Mordnacht sei sie erst kurz vor zehn Uhr abends nach Hause gekommen. Sie sei bei einer Hochschwangeren gewesen, die geglaubt habe, die Wehen hätten schon eingesetzt. Aber es war nichts.

Ludwig sei zu Hause gewesen, wie sie der Gendarmerie angab, sei vor dem Fernseher gesessen, habe gerade die Nachrichten geschaut. Cilli sei müde gewesen und nach einem kurzen Gruß ins Bett gegangen.

Die Paulas hatten seit ein paar Jahren getrennte Schlafzimmer. Warum dann Ludwig noch aus dem Haus gegangen sei, darüber konnte sie nichts mitteilen, das sei auch für sie ein Rätsel, sie habe auch nichts mehr gehört, denn sie sei todmüde in einen tiefen Schlaf gefallen. Das Telefon habe aber nicht mehr geklingelt, denn das hätte Cilli gehört. Das Telefon höre sie immer, so eine Art Berufskrankheit, auch an der Tür habe niemand geklingelt, auch das hätte sie gehört.

Ludwig Paulas musste auf eine bestehende Abmachung hin noch das Haus verlassen haben oder er wollte vielleicht an diesem regnerischen Tag noch in ein Dorfwirtshaus gehen, wogegen aber sprach, dass Ludwig das kaum tat, so spät noch auf einen Schoppen zu gehen, zumal er keinen Alkohol trank, Bier verabscheute er, Wein und Schnaps sagten ihm wenig. Aber es kam häufig vor, gab Cilli zu Protokoll, dass Ludwig spät das Haus noch verließ, um ein wenig frische Luft zu schnappen, selten habe Cilli gehört, wann er von seinen Nachtspaziergängen heimgekommen sei.

Ludwig Paulas war sicher nicht am Auffindungsort umgebracht worden. Dies schloss der kriminalistische Dienst aus, denn es gab dort zwischen den Bachweiden keinerlei Kampfspuren, keine geknickten Zweige, keine durchfurchte Erde, die so nahe am Bach ja weich war, nichts, was auf einen Kampf hingewiesen hätte; aber ein

Kampf musste stattgefunden haben, so wie die Leiche zugerichtet war.

Ludwig war kräftig und gewandt, so einfach konnte es nicht gewesen sein, den Mann zu erdrosseln, nicht einmal mit einem Stahlseil. Außerdem hatte Ludwig keinen Alkohol im Blut, sogar die Geldtasche hatte er noch bei sich, ein Raubmord war also ebenfalls auszuschließen.

Gefunden wurde Ludwig im Morgengrauen vom jungen Kitzbichler auf dessen Weg zur Arbeit in die Ziegelei.

Was heißt da gefunden, beinahe wäre der über die Leiche gefahren, als er mit seinem Wagen in die abschüssige Linkskurve schlitterte. Furchtbar erschrocken sei er gewesen, habe aber nichts angerührt, auch die Leiche nicht. Dass es der Ludwig Paulas war, der dort lag, habe er gleich gesehen, denn niemand sonst im Dorf habe eine solche hellblaue Jacke gehabt.

Er sei dann sofort zur Gendarmerie gefahren, um Meldung zu erstatten.

Inspektor Hermann Glasinger versuchte Ordnung in die Aussagen zu bringen, da waren nun im letzten Jahr statistisch doch zu viele kriminelle Handlungen in und um Waldburg geschehen. War dieser Mord das letzte, vielleicht nur vorläufig letzte Glied in einer Kette von Verbrechen?

Jemand musste ein Motiv für diese schreckliche Tat haben, und der- oder diejenigen mussten kräftig sein, denn Ludwig Paulas war sehr athletisch gebaut, er war narzisstisch stolz auf seinen Körper, stählte ihn auch durch häufiges Training im Sportverein.

Er war ein begeisterter Turner und einer der wenigen in der Gegend, der auch in seinem Alter von 54 Jahren noch die Riesenfelge am Reck und den Handstand am Barren beherrschte.

Als junger Mann hatte er seinerzeit zahlreich Turnwettkämpfe in der Region gewonnen, daneben war er noch ein leidenschaftlicher Skispringer.

Im Winter baute er auch heute noch Sprungschanzen für die Dorfjungen und lehrte ihnen diesen Sport als technischer Leiter des Skiklubs. Bei der Dorfjugend war deshalb der Ludwig durchaus beliebt, weniger bei seinen Alterskollegen, vielleicht auch nur aus Neid.

*

Die Geburt des vierten Kindes der Kletzenbauer war anstrengender als die vorangegangenen Entbindungen, und Kathi war restlos erschöpft.

Cilli Paulas sah es aber sofort mit ihrem geübten Hebammenblick: Der Vater dieses Buben war nie und nimmer der Jakob; dieses Kind war jemand anderem wie aus dem Gesicht geschnitten.

Vorerst wollte sie mit Kathi nicht darüber sprechen, wollte sie erst zu sich kommen lassen. Aber für Cilli war es nicht nur ein Verdacht, für Cilli war es Gewissheit, und sie wusste auch, wer der Vater des Buben sein musste.

Über die näheren Umstände war mit Kathi natürlich schon noch zu sprechen, auch wenn für sie feststand, dass der Jakob von ihr nie etwas erfahren würde.

Cilli hatte schon viel gesehen. Ungereimtheiten dieser Art hat sie immer nur mit den Müttern besprochen, die Männer waren für sie – bis auf einige Ausnahmen –

triebhafte Wesen, die halt für die Erhaltung des Menschen-
geschlechtes leider nötig waren, und der Jakob verdiente
wirklich nichts anderes, als auch einmal betrogen zu
werden.

Seine sexuellen Abenteuer mit Frauen waren ja gar
nicht mehr zu zählen. Nicht dass er sich damit brüstete, da
war er ganz Gentleman, er war beinahe etwas wie die
Inkarnation des Grafen Casanova, ja wie der antike Zeuß,
der es einfach treiben musste, weil er getrieben war.

Viele Männer beneideten Jakob, besonders am Stamm-
tisch, ganz offen darum, vor allem um seine finanzielle
Potenz, die ihm sicher so manche Affäre, ja spektakuläre
Eroberung, erst ermöglichte.

Cilli Paulas verachtete den Jakob Kletzenbauer wegen
seines Lebenswandels.

Einmal sagte sie in aller Öffentlichkeit, als wieder so
ein Seelendrama eines jungen Mädchens ruchbar wurde,
das der Kletzenbauer ganz ungeniert herum chauffiert
hatte und mit dem er sogar Arm in Arm in der nahen
Bezirksstadt gesehen wurde:

„Es wäre besser, wenn der Jakob in einen Stier
verwandelt werden würde, die Kühe hätten Freude und die
Frauen ihre Ruhe."

Zwei Tage später war Kathi so weit erholt, und Cilli
Paulas ging die Angelegenheit gleich direkt an:

„Kathi, warum der Ludwig?"

Kathi stellte sich gar nicht erst unwissend, aber heulte
darauf los, nach und nach druckste sie es heraus.

„Der Jakob und der Ludwig haben über mich verhandelt, hier im Haus, ich habe alles vom Nebenzimmer gehört. Jakob versprach dem Ludwig ein neues Auto, wenn der es fertigbrächte, mit mir zu schlafen. So sicher war er sich, dass er alles machen könne, ich würde ja alles schlucken, schließlich war er hier der Herr, wie so ein arabischer Scheich aus tausend und einer Nacht.

Aber wahrscheinlich wollte er sich damit einen Freipass für sein ausschweifendes Leben erkaufen, er wollte auch mir was vorwerfen können."

Und die Cilli meinte; „Und dass der Ludwig geldgierig war, das war ja bekannt, darunter habe auch ich gelitten."

„Für mich war das so schlimm, so erniedrigend. Da hast du drei Kinder mit einem Mann, der dich dann quasi zum Abschuss freigibt, der dich als Köder auslegt.

Jakob hat mich seit diesem Abend nur noch einmal angerührt, was für mich schlimme Folgen hatte.

Wenn er spät abends nach Hause kam, roch er immer nach irgend einem Parfum."

Cilli nickte.

„Und jetzt ist der Ludwig tot. Ermordet, wie die Gendarmen sagen."

Kathi erschrak, man hatte es ihr noch nicht gesagt, wohl um die von der Geburt hergenommene Frau zu schonen.

Nach einer Weile stieß sie hervor: „Der Jakob war's, er erträgt keine Niederlagen." Dann gefasster: „Ich wollte doch kein Kind vom Ludwig, ich wollte auch nie mit deinem Mann etwas anfangen oder dir weh tun, ihn dir gar wegnehmen."

„Aber was, Kathi, du hast mir den Ludwig nicht
genommen, den habe ich schon selbst weggeschickt, mein
Gott, was war der gemein zu mir, anders als der Jakob zu
dir, aber unter die Haut ging´s auch mir. Du bist jünger
und hast eine so schöne Brust, nicht so mager wie mein
Brüstchen, so beschrieb Ludwig meine Brust, weißt du, du
hast mir nicht weh getan, zwischen Ludwig und mir war
schon Jahre nichts mehr, aber dass es jetzt ein Kind vom
Ludwig gibt, ist trotz allem schön, hoffentlich erbt es seine
Begabung, seine Stimme, und nicht seine Geldgier.

Ludwig war, wie er selbst sagte, verrückt nach schönen
Formen, nach weiblichem Barock, so nannte er es. Mich
hat er wohl nie geliebt. Er hat einfach in ein fertiges Nest
hinein geheiratet, er wollte es bequem haben, du weißt ja,
seine Arbeit hat ihm nie Freude gemacht, er war doch kein
Handwerker, er trauerte sein Leben lang einer Karriere als
Sänger nach, die ihm nicht ermöglicht wurde, da seine
Eltern arme Leute waren. Und ich liebte seine Stimme, sie
hatte mich blind gemacht. Aber sag, wolltest du dich
wirklich einfach nur rächen?"

„Anfänglich schon, der Ludwig bot mir Gelegenheit,
mich mit dem gleichen Mittel, dem Fremdgehen, zu
wehren, aber es kam dann doch ganz anders. Es machte
mich so glücklich, wie gierig der Ludwig nach mir war. Er
war für mich ein Liebhaber wie aus dem Paradies, so
zärtlich und ganz anders als Jakob, so rücksichtsvoll,
deshalb war mir dann auch ein sichtbares Zeichen der
Rache ganz recht.

Es war letzten Juli, ich hatte schon länger keine Pille
mehr genommen, wieso auch und für die seltenen Gele-
genheiten mit Ludwig hatte ich immer ein Präservativ
dabei.

Ludwig hatte am Sommernachtsfest in der Ruine Dornach gesungen, wunderschön, Volkslieder, musikalisch neu aufbereitet und einstudiert von Magister Guntram Bayer, diesem Musikgenie aus Freistadt.

Der Jakob ist dann mit irgendeinem Mädchen verschwunden, Ludwig und ich fuhren mitsammen heim, nicht gleich heim, sondern nach Summerau. Ludwig hatte ja die Schlüssel zu Dr. Müllers Schlösschen, dorthin fuhren wir in meinem Auto.

Der Doktor war wieder einmal mit seinen Rennautos unterwegs und die Frau Dr. Müller war nach dem sagenhaften Konzert in Griechenland bei ihrer Freundin in den Ferien.

Es wurde eine aufregend schöne Nacht. Als ich dann Ludwig fragte, ob er nun sein Auto bekomme, ist er ganz verlegen geworden und hat gemeint, das wolle er nicht, er wolle nur mich. Ich glaubte ihm. Von dieser Nacht bin ich schwanger geworden."

„So sind sie, die Männer, der eine verkauft dich, der andere tauscht dich ein", sinnierte die Hebamme.

Die beiden Frauen beschlossen, die Sache für sich zu behalten, sollten die Gendarmen den Mörder finden, der für Kathi nur Jakob heißen konnte. Grund: Mord aus gekränkter Eitelkeit.

Cilli Paulas war da ganz anderer Ansicht, sie meinte, es müsse was dahinter stecken, wovon niemand wisse, denn der Jakob sei sicherlich ein unmoralischer, exzessiver Schwerenöter, richtiggehend zügellos, aber zu einem Gewalttäter oder gar zu einem so brutalen Mord habe er nicht das Zeug. Cilli vermutete eher, dass irgendwie Geld im Spiel war, vielleicht ungesetzliches, wer weiß, denn der Ludwig habe ja so mit allem Geschäfte gemacht. Für ihn war nur wichtig, eine Ausrede zu haben, damit er nicht in seine Tischlerei gehen müsse. Eigentlich sei der Ludwig von diesen drei Leidenschaften wie besessen gewesen: Geld, Gesang und sich selbst. Dass er seinen Trieb noch irgendwie auslebte, habe Cilli geahnt, sie habe auch einmal von den Gerüchten mit ihr, mit Kathi, gehört, aber dem habe sie keine Beachtung geschenkt, es war ihr letztlich auch egal.

Cilli war der Meinung, dass Ludwig irgendwie autistisch veranlagt gewesen sei. Er war so verliebt in sich selbst. Sie habe ihn einmal – von ihm unbemerkt – dabei beobachtet, wie er nackt vor dem Spiegel getanzt, gesungen, gejodelt und dabei wie in einem Rausch onaniert habe.

Der Herr Oberlehrer Horner wurde in diesen Vorfrühlingstagen zum Oberschulrat befördert, stand er ja kurz vor seiner Pensionierung. Der Herr Bürgermeister gratulierte und die Blasmusik spielte ihm ein Ständchen, seinen Lieblingsmarsch, den Radetzky-Marsch.

Die Zeitungen waren nun voll vom „Mord auf dem Dorf." Alois Horner sammelte alle Zeitungsausschnitte, klebte sie fein säuberlich geordnet nach Erscheinungsdatum auf DIN A 4 – Blätter, um sie zu archivieren, später wollte er vielleicht einmal aus seinem Fundus heraus eine groß angelegte Dorfchronik verfassen.

Die Ermittlungen im Mordfall Ludwig Paulas schienen nicht voranzukommen. Die Kriminalpolizei aus der Stadt war mit einem großen Aufgebot angerückt, unterstützt wurden sie von der örtlichen Gendarmerie.

Sie verhörten, sie zitierten praktisch alle Dorfbewohner zur Einvernahme, natürlich auch den Jakob Kletzenbauer. Die Gendarmen kamen in viele Häuser, stellten den Leuten Fragen und überprüften die Alibis.

Jakob Kletzenbauers Unsicherheit fiel auf, aber er hatte ein Alibi. In jener Nacht war er zur fraglichen Tatzeit, gerichtsmedizinisch auf eine Stunde vor - bis maximal zwei Stunden nach - Mitternacht festgelegt, nicht zu Hause, aber geschäftlich in Salzburg, wie er zu Protokoll gab. Eine Hotelrechnung, die noch zu überprüfen war, konnte er vorlegen.

Auch Herr Oberschulrat Horner wurde vernommen, ob er etwas gehört, vernommen hätte.

Der Herr Oberschulrat nutzte die Plattform, um zu einem Vortrag über den Verfall der Sitten auf dem Lande, die Verrohung der Menschen, die Zerstörung der Natur und Umwelt auszuholen.

Nur mit Mühe konnte ihn der Untersuchungsbeamte in seinem Redeschwall stoppen.

Auf eine Befragung von Juliana Horner verzichtete man, da der redselige Herr Papa schon erwähnt hatte, dass seine Tochter zur fraglichen Tatzeit selbstverständlich zu Hause gewesen sei, denn es sei weder ein Kulturabend der Pfarrei noch eine Probe des Kirchenchors anberaumt gewesen. Das Wort „anberaumt" imponierte selbst dem Kommissar.

Magister Leopold Horner hatte zur fraglichen Zeit einen Weiterbildungskurs in der Hauptstadt besucht.

Der Schuhmacher Adolf Röbelreiter erregte noch gewissen Verdacht, da er sich laufend auf die Frage hin widersprach, wo er denn zur Tatzeit gewesen sei. Letztlich stellte sich heraus, dass er im Wirtshaus war und erst gegen vier Uhr stockbesoffen den Heimweg gefunden hatte, dies aber vor seiner Frau verheimlichen wollte.

Beargwöhnt wurde auch der Dorfmetzger, ein kräftiger Mann, der den Ludwig Paulas ganz und gar nicht mochte. Erst einmal war er nicht empfänglich für Musik und dann lag er prozessual im Streit mit Ludwig Paulas, weil keine einzige Tür und kein neues Fenster seiner neuen Fremdenpension so richtig passten, entweder klemmten die Türen oder ließen sich kaum schließen, bei den Fenstern zog es herein wie in einem Vogelhäuschen.

Aber für einen Mord war wohl auch dies ein zu mageres Motiv. Makaber, wie der Metzger sein konnte, trompetete er im Wirtshaus Wald, dass der Paulas sicher einen besseren Sargtischler genieße als jene, deren Särge der Pfuscher dereinst hergestellt habe.

Nach drei Monaten schien der Fall als vorläufig ungelöst in den Aktenstapeln der Polizei zu verschwinden.

Im Dorf nahm alles wieder seinen normalen mehr oder weniger ruhigen Verlauf. Nur den Gottesdiensten in der Kirche fehlte der strahlende Tenor des Ludwig Paulas und der Herr Pfarrer haderte besonders mit Gottes unerforschlichem Ratschluss, ihm seinen erstrangigen Publikumsmagneten genommen zu haben und die Hausmusik der Frau Dr. Ilse Müller von Wartberg verlor ihre wichtigste Stimme.

An den Stammtischen der Gasthäuser kehrten wieder andere Themen ein, die für die Lebenden wichtig waren: Die Regierung, die Steuern, die Preise, die Fremden.

Ab und zu stellte noch jemand die Frage, wer den Ludwig Paulas wohl umgebracht haben mochte. Lieber schwieg man jedoch die Sache tot, nur das unheimliche Gefühl, dass sich ein Mörder, eine Mörderin unter ihnen befinden könnte, beunruhigte die Dorfgesellschaft.

*

Bis die Angelegenheit dann doch wieder angefacht wurde; von einer verbalen Bombe, die Katharina Kletzenbauer wohl ganz zielgerichtet und absichtlich zündete:

Stolz fuhr die Kathi mit ihrem Kinderkorb im neuen, schnittigen BMW ins Dorf einkaufen, zum Plazack, dem kleinen Krämerladen, den Kinderkorb wie einen Triumph immer dabei.

„Nein, wie herzig, nein doch wie süß der Kleine, ja und wie heißt er denn jetzt, euer Nachzügler..?"

„Ludwig, wie der Wiggerl." Plötzlich sahen es alle: Es war der bare Ludwig Paulas, der da aus dem Kinderkorb lächelte, dem ermordeten Sänger, dem Tischler Paulas, dem Mann der Hebamme wie aus dem Gesicht geschnitten.

Der stets zur entwaffnenden Direktheit und bisweilen Taktlosigkeit neigende Adolf Röbelreiter brachte es auf den Punkt:

„Der gleicht aber dem Wiggerl aufs Haar."

Darauf die Kathi: „Der gleicht ihm nicht nur, der ist auch von ihm, hoffentlich singt er auch einmal so schön, dann habt ihr auch was davon, irgend jemand von euch hat ja den Ludwig doch umgebracht, der Kleine da war's nicht, aber vielleicht findet er es einmal heraus."

Natürlich hatte Kathi mit ihrem Mann Jakob längst abgerechnet, ihn gezwungen, dies und jenes zu unterschreiben, sie spürte auch, dass sein Salzburger Alibi alles andere als zweifelsfrei war. Jakob war nun erpressbar und für Kathi war er der Mörder des Ludwig.

Lebendig machen konnte dieser Verdacht den Ludwig hingegen nicht mehr, und ein Mann im Gefängnis taugt nicht mehr als Melkkuh. Die so genannt realistischen Geschäftsleute finden dann in einer derartigen Situation einen, wie sie sagen, vernünftigen Deal. Dies war auch bei den Kletzenbauers so.

Scheidung kam für Kathi nur in Frage, wenn Jakob weggehe, neu anfange und alles ihr überlasse.

Kathi war sehr selbstbewusst geworden, Jakob hingegen verunsichert. Die Defensive beherrschte er nicht. Er ließ sich nach wie vor treiben. Nur eines machte den Jakob Kletzenbauer noch stark: Er wusste zumindest für sich, dass er den Ludwig nicht umgebracht hatte, musste sich aber eingestehen, dass ihn die Niederlage in Bezug auf Kathi und Wiggerl doch mehr zu schaffen machte, als ihm lieb war. Sein Selbstwertgefühl hatte einen argen Kratzer abbekommen.

Umso mehr stürzte er sich in sein Leben als Don Juan, suchte beinahe krankhaft danach, junge Frauen zu verführen.

Kathi aber diktierte: Das Haus sei großzügig zu erweitern, Jakob solle dann den Geschäftsteil, die Familie den privaten mit Swimmingpool und allen Annehmlichkeiten bewohnen. Im übrigen sollte nach außen der Schein einer intakten Familie gewahrt bleiben.

Jakob willigte in alles ein, solange er sein Leben so leben konnte, wie er wollte: Frauen haben, vor allem

Frischblut, wie er seine recht jungen Gespielinnen nannte, genug Geld und keine Schwierigkeiten oder wie er sich in seinem Dialekt ausdrückte: keine Fisomatenzen.

Sein luxuriöses Appartement in der Stadt bewohnte er nun öfter als seine Räume auf dem Land. Meist kam er nur ein-zweimal pro Woche nach Hause. Im Betrieb hatte man sich daran gewöhnt, dass der Chef eben geschäftlich sehr häufig fort war.

*

Die Äußerungen der Kathi Kletzenbauer, was den kleinen Ludwig anbelangte, blieben natürlich nicht ohne Folgen.

Zuerst war es Jakob, der zu Hause schier durchdrehte, denn er vernahm postwendend vom Röbelreiter, was im Dorf schon wie ein Lauffeuer herumging: „Stell dir vor, die Kletzenbauer Kathi hat beim Plazack heute ganz offen gesagt, der kleine Ludwig sei vom Paulas."

Der Röbelreiter hatte daraufhin den Mercedes des Kletzenbauer theatralisch fuchtelnd aufgehalten und ihm brühwarm zugesteckt:

„Du Jakob, deine Frau hat gerade eben beim Plazack vor allen Leuten gesagt, dass euer kleiner Ludwig gar nicht von dir ist, sondern vom kalten Paulas."

Der Röbelreiter hatte seine Genugtuung daran, als er sah, wie der Kletzenbauer bleich wurde und nur heraus brachte: „Ach was, Stinker, so, so."

Der Kletzenbauer nannte den Röbelreiter in aller Öffentlichkeit Stinker, weil dieser nie gelernt hatte, seine Winde zu beherrschen.

In der Schule seinerzeit, als der Lehrer Horner wieder einmal Platzwechsel angeordnet hatte, weigerte sich der Kletzenbauer neben dem Röbelreiter Platz zu nehmen, denn: „Herr Lehrer, die Röbelsau furzt dauernd und stinkt wie ein Jaucherohr, da will keiner sitzen." In der Pause hänselten dann die Buben den Adolf: „Röbel-, Röbel-, Röbelreiter du stinkst zum Himmel und noch viel weiter, du stinkst wie eine Sau und steckst die Zechen in den Kaukau."

Der Röbelreiter hatte das dem Kletzenbauer nie verziehen. Nun war er so richtig schön schadenfroh, ihm eins auswischen zu können.

Als Kathi vom Einkaufen nach Hause kam, stand breitspurig der Jakob in der Tür und versperrte ihr mit seiner ganzen Größe den Durchgang.

„Bist du wahnsinnig geworden, ist es noch nicht genug, musst du das allen Leuten auf die Nasen binden? Ich steh ohnehin schon blamiert da und jetzt werde ich sicher noch die Gendarmen auf den Hals bekommen."

„Na, das tut mir aber Leid, aber du bist ein bisschen spät dran. Oder meinst du, dass mir früher deine Liebesaffären mit den jungen Mädchen, die oft deine Töchter hätten sein können, so gleichgültig waren? Mach jetzt Platz da, lass mich durch und hau ab!"

„Irgendwie sollten wir doch..." „Was?", ätzte nun Kathi: „Noch einmal abmachen, wer es schafft, mit mir zu schlafen? Mein Gott, Jakob, was bist du nur für eine fiese Figur, und jetzt bist du auch noch ein Mörder. So, und jetzt verschwinde, geh mir aus den Augen, ich will mit dir nicht mehr reden!"

„Ich hab´ den Ludwig nicht umgebracht, wer das war, weiß ich nicht, ich war es nicht, das kannst du mir glauben und noch etwas: Der Ludwig hat dann sein gewonnenes Auto prompt eingefordert und mir gesagt, der Beweis werde ja kommen.

Er wird´s wohl nicht so schwer gehabt haben, der hat dich schön eingewickelt, der Wiggerl. Na, da muss ich ihm nun kein Auto kaufen, weil er hin ist, tot, abgemurkst, aus und fertig, dafür kannst du ihm jeden Tag Blumen aufs Grab legen", knurrte Jakob Kletzenbauer, wandte sich ab und wollte in seinen Mercedes steigen, als ihm der Streifenwagen der Gendarmerie mit Blaulicht den Weg versperrte.

„Jetzt verschwinde aber, du elender Mistkerl, geh zu deinen Nutten und lass uns hier bitte in Ruhe!", quittierte die Kathi das heftige Gezänk.

Jakob Kletzenbauer wurde zwecks Überprüfung seines Alibis und wegen dringenden Mordverdachts vor seinem Haus verhaftet.

Im Dorf verbreitete sich die Nachricht von der Festnahme des Herrn Fabrikdirektors wie ein Lauffeuer, selbst Leute, die sonst kaum ins Gasthaus gingen, saßen in den Kneipen, um zu hören, was nun verhandelt würde.

„Der Kletzenbauer war das nie, auch wenn das Kind vom Paulas ist, das war doch dem Jakob eher egal, der Ofen mit der Kathi war ja schon längst aus", war die eine Meinung, die andere: „Naja, gewesen könnte er es schon sein, er war ja auf vieles eifersüchtig, was der Ludwig konnte, vor allem auf dessen Musikalität und Stimme und dann doch, dass es dem Ludwig gelungen war, die Kathi zu erobern und ihm, dem erfolgreichen Unternehmer und Geschäftsmann, Hörner aufzusetzen und damit Jakobs Stolz zu verletzen."

Das Karussell der Meinungen und Verdächtigungen begann sich erneut zu drehen.

Im Dorf war man überzeugt, dass keiner der Bewohner Waldburgs, wenn es nicht der Kletzenbauer war, der Mörder gewesen sein konnte.

Einige vermuteten auch, dass es womöglich jene Diebes-und Einbrecherbande gewesen sein könnte, welche vor einiger Zeit die Sparkasse im Nachbardorf überfallen hatte. Die hätten ausländisch gesprochen, so viel wusste man, aber aufgeklärt war diese Tat noch nicht.

War etwa der Ludwig Paulas mit denen verbandelt? Lauter Rätsel, aber keine Lösung.

Der Herr Oberlehrer Horner meinte dazu nur:

„Schade eigentlich, dass der Ludwig Paulas sein Söhnchen gar nicht mehr sehen durfte.

Hier wird der Herrgott wohl eingegriffen haben zur Strafe für die unmoralische Art, wie dieses unschuldige Leben entstanden ist, aber einen so schrecklichen Tod, nein, den verdient niemand."

Jakob Kletzenbauer war zwar nicht angezeigt worden, aber wegen der Gerüchte im Dorf sah sich der Postenkommandant der Gendarmerie gezwungen, Meldung zu erstatten, und deshalb werde man sein doch nicht ganz hieb- und stichfestes Alibi noch einmal genauestens überprüfen.

Das Hotel in Salzburg bestätigte, dass Herr Kletzenbauer zur fraglichen Tatnacht ein Zimmer gemietet hatte, aber ob und von wann bis wann er es benützt habe, konnte das Hotel nicht bestätigen.

Die Polizei errechnete, dass es für Jakob Kletzenbauer wohl möglich gewesen wäre, von Salzburg nach Hause zu fahren, den Mord zu begehen und in der Nacht wieder ins Hotel zurückzukehren.

Dieser Verdacht erwies sich aber bald als unbegründet: Jakob Kletzenbauer hatte mit einem Kunden ein geschäftliches Nachtessen und war mit diesem dann um etwa 23 Uhr ins „Flamingo" aufgebrochen.

Der Geschäftsfreund sei dann um etwa Mitternacht weggegangen, Jakob sei bis gegen drei Uhr im Nachtlokal geblieben, was sowohl der Barkeeper als auch einige Striptease-Tänzerinnen bezeugten.

Besonders abgesehen hatte es der Jakob auf die neue, blutjunge Stripperin, die Olga aus St.Petersburg.

Er wollte sie nach der Sperrstunde gerne mit sich ins Hotel nehmen.

Am Ausgang warteten drei russische Geschäftsfreunde der Olga. Deren Vorschussforderungen waren selbst für den vor Geilheit schier platzenden Jakob zu hoch, aber irgendwann würde er die Olga haben wollen, das stand für ihn fest, aber nicht zu diesem horrenden Preis.

Schon nach einem Tag wurde Jakob Kletzenbauer aus der Untersuchungshaft entlassen.

Für ihn war die Rückkehr ein Triumph. Lautstark verkündete er überall und jedem, ob der es hören wollte oder nicht, dass er nun im ganzen Dorf der einzige sei, dessen Unschuld am Mord an Ludwig feststehe. Außerdem wollte er nun doch die Scheidung von der Kathi, wie er sagte, dem Luder.

Die Kathi ließ sich von diesem Geschrei des Jakob aber kaum beeindrucken:

„Wenn er die Scheidung will, mir soll's recht sein, ausziehen muss aber dann er, das weiß er auch, das ist vertraglich vereinbart."

Für die großen Kinder der Kletzenbauers war das eine schwierige Zeit.

Jakob junior war froh, dass er während der Woche in der Hauptstadt war. Er besuchte eine Baufachschule, Florian, der seine Lehre als Maurer bei einem befreundeten Baumeister in der nahen Bezirksstadt absolvierte, daneben im kleinstädtischen Boxklub trainierte, kam vermehrt erst spätabends heim, nur die Ingrid, die gerne das Gymnasium weiter besucht hätte, war zu Hause, denn am Gymnasium des Städtchens war sie gescheitert.

Nächstes Jahr wollte sie ihren erneuten Versuch starten, an einem Privatgymnasium doch noch dereinst die Matura abzulegen. Ihr Traumberuf war Kinderärztin oder Kinderkrankenschwester.

Ingrid wurde in diesen Tagen zur großen Stütze der Mutter. Wie überhaupt; die Kinder wendeten sich mehr und mehr vom Vater ab, ja schämten sich wegen seiner enthemmten Lebensweise und entwickelten schon bald ein tiefes Verständnis für die Mutter.

Der kleine Ludwig wurde von ihnen gehätschelt, liebkost und ganz und gar als das kleine Brüderchen umsorgt.

Jakob Kletzenbauer änderte sich kaum. Von Scheidung sprach er allerdings nicht mehr, wohl auch auf das Anraten seiner Anwälte hin, denn das, was er Kathi in der Bedrängnis alles unterschrieben hatte, wäre ein finanzielles Desaster, vor allem für ihn, geworden.

Um aber seinen Lebensstil so enthemmt weiter pflegen zu können, brauchte er Geld, und dies nicht zu knapp, je älter er wurde, schließlich gingen seine besten Mannesjahre auch langsam dem Ende zu mit seinen fünfzig Lenzen. So lebte er neben seiner unzweifelhaft großartigen Geschäftstüchtigkeit wie in einem Triebkorsett.

Sein innerer Zwang zu Eroberungen und zu stets neuen aphrodisischen Exzessen war ungebrochen, ja wurde immer stärker.

Kathi merkte bald das schwindende Interesse an ihr. Jakob packte sie kaum noch, wie er dies früher oft tat, wild an ihren Brüsten, sie war bald nur noch sexueller Notnagel, nur noch Blitzableiter, wenn Jakob vor lauter Arbeit keine Zeit für seine Eskapaden hatte.

Der Vollzug der Ehe mit Jakob wurden immer seltener, dafür kam er immer öfter penetrant nach Parfum riechend ins Ehebett, meist spät nach Mitternacht, aber um fünf Uhr war er immer da, eisern, Vorbild für seine Belegschaft, so an die sechzig Arbeiterinnen und Arbeiter, stand auf, auch wenn er noch so weggetreten war, und eilte in den Betrieb. Sein Motto war: „Der Chef muss immer zuerst da sein am Morgen." Später, zur Pausenzeit um neun, erholte er sich gerne auf seiner Couch im Büro.

Die sexuelle Vernachlässigung hätte Kathi wenig ausgemacht, aber die Demütigung, dass er es sich erlaubte, ihr seine Seitensprünge duftend zu servieren, wenn er nachts ungewaschen neben ihr ins Bett plumpste, vertrug sie kaum noch.

Und dann nach einigen Jahren, als schon geschlechtlicher Stillstand herrschte, Kathi auch getrennte Schlafzimmer durchgesetzt hatte, kam dieses für Kathi so demütigende Angebot Jakobs an den Ludwig Paulas.

Sie meinte, sie höre nicht recht, säße in einem schlechten Film, als der Jakob dem Ludwig diese absurde Offerte machte. Gut, Jakob hatte einen auf der Gitarre, er lallte ja nur noch, der Ludwig schwieg dazu.

Kathi konnte daraus nur schließen, dass der Ludwig irgendwie mitmachte, weil er nicht dagegen protestierte und der Jakob nach einer Weile kompliziert mit erheblichem Zungenschlag trompetete:

„Also, abgemacht Wiggerl, ein Auto der Preisklasse VW Golf, wenn du die Kathi eroberst, ganz und gar meine ich, also mit Beischlaf.

Aber ich sag dir gleich, ich glaub nicht daran, denn die ist ja so naiv, die meint sicher, dass halt die Weiber nur wegen meines Geldes so auf mich fliegen und ich so dann und wann einer Versuchung nicht widerstehen kann und das toleriert sie, sie hat ja sonst alles. Welchem Weib hier in Waldburg wird schon ein solcher Luxus geboten, da darf sie schon ein Auge zudrücken."

*

Kathi wäre es nie und nimmer in den Sinn gekommen, sich mit dem Ludwig Paulas einzulassen.

Auf einem Waldfest im August, in einer der seltenen lauen Nächte, es war vielleicht zwölf Jahre nach der Geburt der Ingrid und etwa ein halbes Jahr nach dem kuriosen Angebot des Jakob an den Ludwig, kamen sich die beiden aber doch ganz unvorhergesehen näher.

Irgendwie ergab es sich, dass sie alleine nach dem Fest durch den Wald nach Hause gingen.

Der Jakob schmuste ganz offen mit einer kaum Sieb-
zehnjährigen herum, mit der Tochter seines Vorarbeiters,
der Kiesenhofer Gerti; und Papa Kiesenhofer, der Dummkopf, sah es in seinem Kriechertum noch gern, dass der
Herr Chef an seinem Töchterchen herumlutschte.

Die Cilli Paulas wurde dringend zu einer Gebärenden
geholt und so machten sich denn die Kathi und der Ludwig
mitsammen auf den Heimweg.

Direkt schüchtern war der Ludwig, manchmal begann
er sogar zu singen, und zwar Mozart:

„Ein Mädchen oder Weibchen wünscht Papageno sich,
denn so ein sanfte Täubchen ....“

Dann blieb er unvermittelt stehen und sagte: „Kathi, ich
möchte ein Busserl von dir, aber ein richtiges.“ Sie meinte
darauf: „Da musst schon du mir zuerst eins geben.“ Nach
einem endlosen Kuss fanden sie sich Minuten später wie
betäubt wieder.

Die beiden landeten etwas abseits des Waldpfades in
geschützter Dunkelheit auf einem moosigen Fleck, küssten
und streichelten sich, aber zu einem wilden Geschlechts-
verkehr, der nun Jakobs einziges Bestreben gewesen wäre
und auf den eigentlich auch Kathi gefasst war, kam es
nicht.

Der Ludwig mied in seinem zärtlichen Befühlen die
intimsten Zonen der Kathi, er tastete erst ganz vorsichtig
und unsicher unter ihre Bluse, dann immer zielgerichteter,
und trotzdem unendlich zart über ihre Brüste . „So schön
fest und doch weich, so rund, so elastisch und doch nicht
schlaff, so weich, so wunderbar für meine Hand, so was
Schönes, so was Formvollendetes, das ist wie Mozart, ja,
perfekt wie Mozart“.

Dazwischen suchten sich auch immer wieder ihre Lippen und Zungen. Zeitweise fühlten sie, als ob sie sich gegenseitig aufsaugten.

Kathi war wie elektrisiert von soviel Zärtlichkeit. Über zwei Stunden lagen sie dort, liebkosten sich immer wieder, aber vor allem plauderten sie auch.

Für Kathi war so etwas ganz neu. So einfühlsam zugehört hatte ihr schon lange niemand, und doch lag für Kathi ein Schatten auf ihrem ersten ehelichen Ausbruch – dieses für sie so demütigende Angebot ihres Mannes an Ludwig.

Schlechtes Gewissen hatte Kathi keines, aber eine quälende Verunsicherung nagte in ihr und sie versuchte, diese Abmachung wegzuwischen, redete sich ein, dass dies halt so ein Männergespräch gewesen sei, geschmackloses Geflunker, protzig, aber eigentlich nicht realistisch, einfach sexistisch, weil ja der Jakob ohnehin immer nur zwei Dinge im Kopf hatte: Sex und Geschäft, und fürs Geschäft war der Ludwig sehr empfänglich. Im Dorf hieß es: „Fürs Geld macht der Wiggerl alles."

Dann gingen sie umschlungen durch das restliche Waldstück und draußen auf dem Weg, der durch Wiesen dem Dorf zuführte, hielten sie sich an den Händen, die sie wechselseitig immer wieder drückten.

Und trotzdem, Kathi war seit langem wieder einmal froh, es machte ihr nicht einmal viel aus, dass in dieser Nacht der Jakob, der ein paar Minuten nach ihr heim gekommen war, wieder einmal wild über sie herfiel, denn der Kiesenhofer hatte endlich doch noch seine junge Tochter von dem immer dreister und ungestüm zudringlicher werdenden Mann, wohl auf energisches Geheiß seiner Frau, weggezogen.

Kathi war immer noch erregt, und so konnte sie sogar ihren Mann diesmal ertragen.

Die Katastrophe brach für sie aber bald herein. Sie war von dieser Nacht schwanger geworden. Das stieß sie in tiefste Verzweiflung. Sie wollte kein Kind mehr, schon gar nicht von Jakob.

*

Zuerst wandte sie sich an ihre engste und alleinige Freundin, die Gusenbauer Roswitha, die in der nahen Stadt wohnte, drei Kinder und einen ruhigen, liebevollen Mann hatte.

Auch sie riet ihr unter diesen Umständen ab, dieses ungewollte Kind zu bekommen. Zwei Wochen später ließ sie in der besten gynäkologischen Klinik in der Hauptstadt die Abtreibung vornehmen. Außer Roswitha erfuhr niemand davon. In die Stadt war sie unter dem Vorwand gefahren, sich wieder einmal gründlich untersuchen zu lassen.

Erst zwei Jahre später begann dann ihr eigentliches Verhältnis mit Ludwig Paulas. Es blieben aber seltene Schäferstündchen und sie begannen eher zufällig.

Als Kathi in der nahen Stadt war, um in der Wohnung ihrer Freundin Roswitha, die mit ihrer Familie in den Ferien war, die Blumen zu gießen, begegnete sie Ludwig auf der Straße. Sie landeten in einer Konditorei. Dies war der Beginn. Nach Kaffee und Kuchen gingen beide zusammen in die Wohnung Roswithas, wo es dann zum ersten Verkehr zwischen ihnen kam.

Daher stammte auch das Gerücht im Dorf, dass der Paulas und die Kletzenbäurin was miteinander hätten, denn der Gemeindesekretär Wagner hatte sie in der Stadt gesehen; der aber konnte nichts für sich behalten.

Kathi war erleichtert, als sie dies alles der Cilli erzählt hatte, spürte aber Unbehagen, denn die großzügige, verständnisvolle Reaktion der Cilli verwirrte sie.

„Weißt du", sagte Cilli, „ich bin gar nicht großzügig, denn ich habe den Ludwig schon lange aus meinem Leben gestrichen.

Er hat mich immer fürchterlich gedemütigt, ja bald nach unserer Heirat hat das begonnen. Er hat mir vorgeworfen, dass ich gar keine richtige Frau sei, ich könne zwar helfen, dass Kinder zur Welt kommen, aber selbst sei ich doch - er sagte es so - ein Mannsweib, ohne Brüste, ohne Sex, ohne Reiz, geheiratet habe er mich sowieso nur wegen des Geldes, denn ich sei eine gute Partie gewesen, aber zum Kinderkriegen viel zu hölzern.

Ja mit seinen seelischen Grausamkeiten könnte ich Bücher füllen.

Deshalb waren der Wiggerl und ich zwar auf dem Papier noch verheiratet, aber Ehe war das längst keine mehr. Wir gingen uns, so gut es ging, aus dem Weg, ließen uns aber mehrheitlich in Ruhe, nachdem die Jahre mit den bösen Streitigkeiten und Vorwürfen vorüber waren. Jeder ging seiner Wege. Seit einigen Jahren hatten wir auch getrennte Kassen und jeder wusste vom andern recht wenig. Zuletzt war es so, als würden zwei einander recht fremde Menschen im gleichen Haushalt leben, wobei jeder tat, was er wollte.

*

Der Wohnblock neben den Paulas war einige Jahre unbetreut, nachdem die beiden jungen Besitzerinnen, die Geschwister Eder, in die Fremde gezogen waren. Sie hatten in Athen geheiratet und wollten nicht mehr ins Dorf zurück. Das Haus wurde verkauft, der Verkauf von Ludwig Paulas geregelt, mit dem Mimi und Anna Eder den einzigen Kontakt zum Dorf noch auf einige Jahre hinaus gepflegt hatten.

Erstanden wurde das Haus in einer freiwilligen Versteigerung vom Gemeindearzt Dr. Müller, der die Liegenschaft als Geldanlage betrachtete und als Hausverwalter den Ludwig Paulas beauftragte, denn der betreute ja auch schon sein Jagdschlösschen in Summerau.

Es war dem Ludwig Paulas überlassen, an wen er das Haus vermieten oder ob er es auch leer stehen lassen wollte, denn Dr. Müller, der von seinem Vater ein respektables Vermögen geerbt hatte, war auf Mieteinnahmen nicht angewiesen. Einen Teil des Geldes hatte Ludwig in die Erhaltung des Hauses zu investieren, der Rest war sein Lohn für die Betreuung von Wohnblock, Jagdschlösschen und Jagdrevier.

Die Mieter im Ederhaus, wie dieses aus vier ordentlichen Familienwohnungen und zwei Studios bestehende Mehrfamilienhaus im Dorf hieß, wechselten häufig. Zur Zeit wohnte auch der neue Revierinspektor Hermann Glasinger in einer der Wohnungen.

Für Ludwig Paulas war diese Hausherrentätigkeit bald sein Königreich. Er konnte den Mietern kündigen, jungen Leuten zu einer ersten Wohnung verhelfen, sich als gnädiger Wohltäter aufspielen, er war der Herr, mit dem sich die Mieter gut zu stehen hatten.

Viele im Dorf wussten nicht einmal, dass der Wohnblock nicht dem Paulas, sondern dem Dr. Müller gehörte. Für den Ludwig Paulas wurde dies bald zum einzigen Einkommen, denn in seine Werkstatt im Parterre seines Wohnhauses verirrte er sich immer seltener, seine Tischlerarbeit erschöpfte sich rasch in den Reparaturen für sein Mietobjekt.

Den Auftrag zu dieser Verwaltertätigkeit hatte Ludwig Paulas aus zwei Gründen von Dr. Müller erhalten: Erstens, weil er ein Jäger war wie der Doktor, obwohl er noch nie etwas geschossen hatte, ausser einmal einen tollwütigen Fuchs und zweitens, weil die Frau Dr. Müller im Kirchenchor die Solosopranistin und Ludwig für sie das musikalische Stimmwunder schlechthin war.

Häufig wurde deshalb Ludwig ins Haus der Dr. Müllers gebeten, um diese und jene Stelle einer neuen Messe mit Frau Doktor einzustudieren.

Frau Dr. Müller lebte für die Kunst und für die Kirche, für Ihre beiden „K", wie sie scherzhaft sagte, sie sei eben noch aus der K.u.K.-Zeit der Donaumonarchie.

Sie besaß Theaterabonnemente in allen führenden Häusern, von der Wiener Staatsoper zu den Salzburger Festspielen bis hin nach Bayreuth, ja selbst an der Mailänder Scala hatte sie ein Premierenabonnement.

Ludwig Paulas' Stimme war für sie ein ungeschliffener Diamant, sie verglich sie selbst mit den Stimmen der absoluten Weltstars auf den großen Bühnen.

Und dass in einem kleinen Dorf ein derart einmaliger Könner wirkte, der mit seinem Tenor mühelos das hohe C schaffte, dafür dankte sie ihrem Herrgott, wie sie sagte.

Dr. Alfred Müller war da ganz anderen Geräuschen verfallen. Für ihn war Motorenlärm die Musik des Uranos, denn das Wort Himmel als Ort der Seligen kam dem Arzt, einem überzeugten Agnostiker, nicht über die Lippen, er sagte da nur, der Himmel ist blau und gehört den Vögeln, den Schmetterlingen, den Luftballons und den Flugzeugen.

In der Kirche sah man Dr. Müller, natürlich zum Missfallen des Herrn Pfarrers, nur zu den ganz hohen Feiertagen: zu Ostern, zu Pfingsten und zu Weihnachten, falls er im Lande war, und dies auch nur aus Rücksicht auf seine Frau und deren Gesang.

Dr. Müller hielt sich einen privaten Auto - Rennstall, mit dem er auf allen wichtigen Rallyes Europas anzutreffen war. Er wirkte dabei auch als Sportarzt für seine Piloten.

In seiner Dorfpraxis plazierte Dr. Müller immer öfter junge Ärzte, denen er somit ein Sprungbrett für deren Selbständigkeit schaffte.

Das stattliche Vermögen, das den Müller von Wartbergs dieses angenehme Dasein ermöglichte, verdankte Dr. Müller seinem Vater, der eine berühmte medizinische Kapazität war. Das Jagdschloss hatte schon Vater Müller, der Herr Professor für Chirurgie, gekauft. Es lag etwa zehn Kilometer von Waldburg entfernt Richtung böhmischer Grenze, etwas abseits der Hauptstraße, nahe dem Weiler Summerau, Grenzstation der Eisenbahn Linz - Prag, Ende der Welt, als noch der Eiserne Vorhang zwischen Böhmen und Oberösterreich hing.

Ein Bau aus der Zeit Kaiser Josefs des Zweiten, erbaut um 1780 als Wechselstation für die Pferdeeisenbahn Linz - Budweis, ein weitläufiges Rokokogebäude mit einem zentralen Herrenhaus, idyllisch an einem riesigen Fischteich gelegen, in einer parkähnlichen Lichtung, umsäumt von alten, mächtigen Bäumen.

Professor Müller, ein leidenschaftlicher Jäger und Heger, ließ das Gebäude aufwändig und sehr geschmackvoll renovieren. Zentrum des Schlösschens war ein eleganter Saal mit Barockspiegeln, einer wunderschönen Stuckdecke, verspielten Erkern, glockenförmig geschwungenen Fensterbögen, einem kunstvollen Intarsien-Parkettboden. Jedes der zwölf Zimmer, an sich schon ein großzügiger Raum, mit eigenem Badezimmer ausgestattet, eine mit modernsten Geräten eingerichtete Küche und Räume für Bedienstete, daneben Stallungen für Pferde, die aber später der Sohn für seine Rennwagen zu Garagen umfunktionierte.

Frau Müller stammte aus der Familie derer von Wartberg, einem Adelsgeschlecht, das aber sein Vermögen durch riskante Spekulationen des Vaters, den man in Waldburg nur den „Herrn Baron" nannte, zum großen Teil verloren hatte, und ließ sich gerne Frau Ilse Müller von Wartberg nennen, wie es auch auf ihrer Visitenkarte stand.

Frau Ilse Müller-Wartberg, wie sie nüchtern und poesielos zu ihrem Verdruss in den öffentlichen Dokumenten geführt wurde, hatte die Kunsthochschule besucht, dort ihren jetzigen Mann, eben Alfred Müller, Student der allgemeinen Medizin, kennen und lieben gelernt.

Als Alfred Müller sein Doktorexamen abgelegt hatte, hielt er bei deren von Wartberg um die Hand ihrer schönen, kunstsinnigen Tochter an. Die Eltern des jungen Paares sahen die Verbindung gern.

Zum Leidwesen beider blieb die Ehe kinderlos, aber es war eine Verbindung, die anfänglich pures Glück für beide, später verständnisvolle Herzlichkeit und ein

Gewährenlassen des anderen in dessen Interessen und Lebensfreuden war.

Frau Doktor fuhr ihrer Kunst nach, Herr Müller, der auf seinen Titel wiederum gar keinen Wert legte, am liebsten eben Alfred Müller war, war ganz der Faszination des Autorennsports verfallen. Zwar fuhr er seine Rennwagen nie selbst, da schätzte er sich absolut realistisch ein, aber als Kopilot schwieriger Rallyes fungierte er leidenschaftlich, auch kompetent und genoss so den Geschwindigkeitsrausch.

Frau Ilse war nicht gerne auf dem Schlösschen, wie die Müllers das Etablissement in Summerau nannten.

Am Tage ging es ja noch, doch in den Nächten ängstigte sie sich. Alleine blieb sie nie mehr dort, nachdem sie einmal während einer Nacht, in der sie alleine war, weil ihr Mann zu einem Notfall gerufen wurde, die wildesten Geräusche, ein Geknarre, ein Schleifen, ein Zuschlagen der Türen und wieder quietschendes Öffnen derselben gehört haben wollte. Sie war felsenfest überzeugt, dass es in diesen Gemäuern spukte, sobald man sich des Nachts alleine darin befand.

Die Müllers waren in der Gesellschaft, in der High-Society, etabliert, ihr Bekanntenkreis umfasste die Spitzen aus Kunst, Wirtschaft und Politik. Nicht selten sah das Schlösschen illustre Gäste aus dem In- und Ausland. Im Zentrum solcher Einladungen aber stand immer die Kunst: Entweder gaben sich berühmte Interpreten, Opernsängerinnen und -sänger oder Schauspieler die Ehre, oder man ging auf die Jagd.

Höhepunkt für Frau Ilse, Juliana Horner, für Ludwig Paulas und Guntram Bayer war ein Liederabend vor dem griechischen Verkehrsminister Panagiotis Antonopoulos und dessen Gattin Stella und noch weiteren ausgesuchten Gästen, denn dieser Abend hatte Folgen, die für das Quartett ein einschneidendes künstlerisches Erlebnis bringen sollten.

Guntram Bayer, noch jung, knapp dreißig, Musiklehrer am städtischen Gymnasium, ein Genie an der Orgel, dem Klavier, der Harfe und seinen beiden Lieblingsspielzeugen, wie er sie nannte, der Zither und der Ziehharmonika. Guntram wurde für die Probenzeit der musikalische Leiter, wenn man so will, im Hause Müller.

Ludwig Paulas hatte ihn nach Waldburg gebracht, als eine neue Messe, die Missa Solemnis von Ludwig van Beethoven, als bisher ehrgeizigstes Vorhaben des mehrfach vom Bischof der Diözese ausgezeichneten Kirchenchors von Waldburg einstudiert werden sollte.

Die Fähigkeiten des sonst ganz brav spielenden Dorforganisten gerieten da doch an ihre Grenzen, das Projekt drohte zu scheitern.

Ludwig Paulas, der sich vorerst für allfällige Tantiemen das Plazet von Frau Dr. Müller geholt und der den jungen Musikus kennen gelernt hatte, als dieser den erkrankten Stadtorganisten von Freistadt vertreten hatte, bat Guntram Bayer, den Kirchenchor von Waldburg zu unterstützen.

Schon als der junge Herr Magister in der nächsten Chorprobe die Orgel testete und in einer rasenden Fuge von Johann Sebastian Bach seine Virtuosität zum Besten gab, erschauerte der Chor. So etwas hatte man auf Waldburgs Orgel noch nie gehört.

Mächtig rauschten die Akkorde durch das Kirchenschiff. Mit rasender Schnelligkeit stürmte das die Fuge einleitende Motiv in immer drängenderem Tempo durch die leeren Kirchenbänke und füllte den Altarraum mit imposanten Tonkaskaden.

Der Herr Pfarrer, der sich gerade - wie immer, wenn der Kirchenchor probte - in der Sakristei zu schaffen machte oder dort sein tägliches Brevier betete - eilte hinein in seine Kirche und blieb wie angewurzelt, wie vom heiligen Geist getroffen, mitten in der Kirche stehen und hörte sich das musikalische Toben auf seiner Orgel mit verzücktem Gesichtsausdruck an.

Juliana Horner, sie führte die Altstimmen im Chor an, durchfuhr ein Gefühl, als hätte sie ein mächtiger Blitz getroffen, sie wusste nicht, worauf sich ihre Konzentration mehr fokussierte , auf die Macht der Klänge oder auf das Bild des sich wie ein Artist auf der Orgel betätigenden jungen Musikers.

Guntram Bayer äußerte sich lobend über die Orgel und deren weichen, samtenen Klang. Die Missa Solemnis wurde ein beeindruckender Erfolg, selbst aus der Landeshauptstadt kamen Kirchenbesucher nach Waldburg, um sie zu hören.

Noch einmal, gut zwei Jahre später, vermochte Guntram Bayer die Gemeinde der Gläubigen zu erschüttern, als er zum Begräbnis des Ludwig Paulas das Requiem von Mozart ohne Chor auf der Orgel spielte.

Klagend und von unerträglichem Schmerz erfüllt heulte sein „Requiescat in pace".

Zur Begleitmelodie, als man nach der Totenmesse den Ludwig Paulas von der Kirche auf den Friedhof trug, wählte er das „Näher mein Gott zu dir", was der trauernden, erschütterten Gemeinde die Tränen in die Augen trieb.

Alfred Müller und der griechische Verkehrsminister kannten einander schon etliche Jahre.

Bevor Panagiotis, so nannten ihn seine Freunde und Verwandten, Verkehrsminister geworden war, war er Präsident des Organisationskommitees der Akropolis-Rallye, an der Alfred Müller mit seinem Team regelmäßig teilnahm.

Die beiden Männer waren gute Freunde geworden, verbunden durch die Liebe zum Rallye-Sport.

Gerne nahm Panagiotis die alljährliche Einladung zur Herbstjagd nach Österreich in das Schlösschen an. Seine Frau Stella begleitete ihn auf diese Reisen schon wegen Alfreds Frau Ilse. Längst waren diese Besuche zur lieb gewordenen Tradition geworden.

Frau Müller wiederum fuhr mit Ihrem Mann nie zu den Ralleys, das war so ganz und gar nicht ihre Welt, nur nach Griechenland kam sie mit, jeden Juni, aber nicht zur Rallye, sondern zur Frau Minister Stella Antonopoulos.

Denn wenn die Männer ihrer Motorenleidenschaft nachhingen, genossen die beiden Frauen die Kunst.

Stella führte Frau Ilse in die griechische Musik ein; sie besuchten Rembetika-Konzerte, Liederabende von Georges Dalaras, von Charis Alexiou und anderen Grössen der so reichen Musikszene Griechenlands. Besonders angetan war Ilse von den Kompositionen des Mikis Theodorakis, den sie eines Abends selbst kennen lernen durfte.

Zwischen Ilse und Stella entwickelte sich eine tiefe Freundschaft, die über den Kunstgenuss hinaus die beiden Frauen auch in deren Herzen eng aneinander band. Es verging keine Woche, an der sie sich nicht mindestens einmal telefonisch austauschten und ihre Befindlichkeit mitteilten.

Auch Frau Stella war kinderlos geblieben, beide waren Frauen anfangs fünfzig, sie wussten voneinander, was es hieß, trotz Kinderwunsch, keine zu haben.

Sowohl Panagiotis als auch Stella sprachen fließend Deutsch, denn Panagiotis hatte sein Studium als Maschineningenieur in Graz absolviert, Stella hatte das Deutsche Gymnasium in Athen besucht und anschließend Journalismus mit Schwerpunkt Kultur an der Universität von Saloniki studiert.

Sie hatte, bevor sie verheiratet war und bevor sie die Frau eines Ministers wurde, Kritiken und Rezensionen für eine wichtige Athener Zeitung geschrieben.

An jenem erwähnten Abend im Schlösschen, es war Jagdsaison, Ende Oktober, fand das Hauskonzert statt. Frau Ilse zusammen mit Ludwig Paulas, Juliana Horner, geleitet und inszeniert von Guntram Bayer präsentierten jene musikalische Eigenkreation, auf die sich das Quartett professionell vorbereitet hatte. Vier- bis fünfmal pro

Woche wurde während einigen Monaten geprobt. Frau Ilse war wie beseelt von der Idee dieses Konzerts und in Herrn Guntram Bayer hatte sie jenen Könner gefunden, dessen es bedurfte, um so eine Darbietung im Schlösschen vor erlesenem Fachpublikum und Honoratioren zu wagen.

Guntram Bayer stellte ein Programm aus Volksliedern zusammen, arrangierte die Stimmen und die Begleitung, die er selbst entweder auf dem Flügel, der Zither oder der Ziehharmonika spielte.

Wehmut, Besinnlichkeit, Melancholie, aber auch Fröhlichkeit trafen das Publikum in einer wunderbaren Eindringlichkeit mit Liedern nach Texten des Dichters Franz Stelzhammer, wie *"Hoamatland"*, *„Fein sein, beinander bleib'm"*, *„Hörst du's net, wie die Zeit vergeht?"* *„Über d'Alma"* und anderen Perlen echter Volkskunst. Lieblingsstrophe für Frau Stella im Lied *„Fein sein beinander bleib'm"* wurde jene, in der die Stimmen eine selten erlebte Zartheit präsentierten mit: *„Treu sein nit außigros'n, denn d'Lieab is so zoart wie a Soafenbloas'n."*

Diese Strophe musste das Quartett noch einmal singen, Frau Stella konnte sich daran fast nicht satt hören.

Für Frau Antonopoulos war dieser Abend so hinreißend schön, dass sie spontan ein Konzert mit eben diesen Liedern in Griechenland organisieren wollte.

Panagiotis' Einfluss würde dies ermöglichen.

Etwas anstößig war, dass dem Ludwig Paulas in seiner Gier entfuhr, ob denn da auch etwas herausspringe.

Guntrams strafender Blick wies ihn zurecht, die anderen übergingen die Frage.

Im Kirchenchor war zwar so mancher eifersüchtig, als die intensiven Proben kein Geheimnis mehr waren, insbesondere erhofften sich die Bassstimmen, allen voran der Kajetan Winkelhofer, noch berücksichtigt zu werden.

Das Fehlen eines sonoren Basses war auch ein echtes Manko, und Guntram Bayer bedauerte diesen Umstand anfänglich, empfand aber später seine Aufgabe, die Bässe nur instrumental mitschwingen zu lassen, als um so reizvoller.

Jakob Kletzenbauer kam als Bass nicht in Frage, denn er kam ja auch nicht sehr regelmäßig zu den Chorproben und für Frau Ilse war er schon wegen seines Lebenswandels inakzeptabel. Der erste Bass des Kirchenchors, Kajetan Winkelhofer, war wiederum ein Querulant erster Güte, führte ein weitgehend unbeachtetes und zurückgezogenes Junggesellenleben, war der Besitzer der Mühle, die allerdings still gelegt war, betrieb auch ein kleines Taxiunternehmen und betätigte sich vor allem als von einer Gottheit auserwählter Heiler aller Kranken.

Er hatte einmal das Gymnasium besucht, war aber kurz vor der Matura Knall auf Fall aus der Schule ausgetreten, aus Gründen, die niemand kannte, schulische Gründe waren es jedenfalls nicht. Vielleicht hing der Austritt mit dem plötzlichen Tod seines Vaters zusammen, den man eines Tages neben den Mühlrädern fand. Todesursache: Herzinfarkt. Wohl möglich, dass Kajetan darüber nie hinweg gekommen ist, denn er war nun allein, die Mutter hatte er gar nicht gekannt.

Aber sein cholerisches Wesen brach oft mit derart erschreckenden heftigen Aggressionen aus, dass so manches Chormitglied schon den Austritt seinetwegen vollzogen hatte und dann nur noch geziert wieder nach gutem Zureden mitmachte.

Ausschlaggebend für seine Nichtberücksichtigung waren wohl zwei Gründe: Zum einen seine Geistheilerei und dann eine Auseinandersetzung mit Ludwig Paulas, dem es da zu bunt wurde, als der Kajetan selbst an Guntram Bayer während einer Chorprobe zur Missa Solemnis verletzend und beinahe bösartig herumzunörgeln begann und meinte, die Tempi stimmten nicht, und überhaupt, so ein Herr Magister habe sicher auch nicht immer Recht, der Beethoven habe sich das wohl anders vorgestellt, denn das „Agnus Dei" müsse ganz leise, demütig, gebracht werden, nicht so fürchterlich kriegerisch und schon gar nicht so schrill.

Da fuhr ihn der Ludwig an: „Also Kajetan, jetzt reicht's, es ist ja nicht das erstemal, dass dir etwas nicht passt und dann derart zynisch reagierst, entweder du fügst dich der Interpretation des Herrn Bayer oder du gehst nach Hause und kommst nicht mehr wieder, das ist ja nicht zum Aushalten mit dir und deiner Rechthaberei."

Daraufhin packte Kajetan Winkelhofer seine Noten, nuschelte noch etwas von Scheißchor und verschwand. An der nächsten Chorprobe stand er wieder da, aber es wurde ihm beschieden, dass man auf seine Mitwirkung bei der Missa Solemnis keinen Wert mehr lege, denn sowohl Ludwig Paulas als auch der Herr Magister verweigerten nach diesen Beleidigungen die Zusammenarbeit mit ihm.

Guntram Bayer konnte einen Kollegen, den Magister Ernst Nöstlinger, der die Basspartien singen würde, für die Mitarbeit an der „Solemnis" gewinnen. Ernst Nöstlinger hatte sich ausbedungen, nur für die „Solemnis" einzuspringen, aber weitere Verpflichtungen müsse er ablehnen, warum sagte er nicht.

Frau Ilse meinte nur: „Gott sei Dank habe ich diesen Herrn Winkelhofer nicht in unser kleines Hausorchester genommen."

„Vielleicht ist er deswegen so aggressiv," dachte Frau Juliana Horner für einmal laut, was sonst gar nicht ihrem so zurückhaltenden Wesen entsprach.

Für das Hausorchester war aber Kajetan Winkelhofer insbesondere auch wegen seiner erwähnten okkultischen Naturarzttätigkeit nicht verwendbar, denn er unterhielt eine recht zwielichtige Kurpfuscherei, er nannte dies „Geistheilung."

Er hatte gewissen Erfolg. So mancher meinte nach einer Konsultation, dieses oder jenes Leiden verloren zu haben, diese oder jene Salbe des Kajetan hätte genützt oder lästige chronische Schmerzen seien nach einer chiropraktischen Sitzung wie weggeblasen.

Dr. Alfred Müller war das geheimnisvolle Tun des Kajetan Winkelhofer sicherlich ein Dorn im Auge, doch ließ er ihn gewähren, solange keine ernsthaften Betrügereien oder Schäden für die bei ihm Hilfe Suchenden ruchbar wurden.

Die jungen Ärzte, die Dr. Müller jeweils vertraten, hatten da weniger Nachsicht mit dem selbst ernannten Wunderheiler und zeigten ihn das ein und andere Mal bei den zuständigen Sanitätsbehörden an. In einem Fall war es auch unbedingt nötig, als er nämlich einmal eine Wunde bei einem Mädchen, dessen Bein in die Speichen eines Fahrrades geraten war, als sie hinten auf dem Gepäckträger mitfuhr, dermaßen falsch behandelt hatte, dass dann eine schwere Blutvergiftung die Folge war.

Das Kind musste notfallmäßig ins Krankenhaus und es war nur dem raschen Handeln des Vertretungsarztes zu verdanken, dass das Kind am Leben geblieben war.

Kajetan Winkelhofer verteidigte sich absurd: Das Kind sei vom Teufel besessen gewesen und der habe es in Besitz gehabt, auch er, Kajetan, hätte das Kind noch gerettet, er hätte gespürt, wie durch sein Gebet und nach seiner Behandlung mit geweihtem Wasser und den Salbungen mit seinen heiligen Ölen der Teufel nach und nach den Mädchenkörper verlassen hätte, aber die Eltern seien halt wegen des hohen Fiebers des Kindes kopflos geworden und zum Arzt gelaufen, der dann seine, Kajetans, Früchte nur habe ernten können.

Nicht alle im Dorf schüttelten den Kopf über diese mittelalterliche Denkweise im zwanzigsten Jahrhundert. Der Kajetan Winkelhofer hatte noch seine Anhänger, man schrieb ihm geheimnisvolle Kräfte zu und viele verzweifelte Kranke, auch von weit her, kamen zur alten Winkelhofermühle, in der er den Raum, der früher das Mehllager war, zu einem mystischen Saal umfunktioniert hatte.

Schwere, dunkelrote Vorhänge tauchten den imposanten, hohen Raum mit seinen Balken und sichtbaren Dachsparren in ein dumpfes Dämmerlicht, selbst bei Tag.

An den Seitenwänden hing eine Sammlung von Kruzifixen wie aus einem Museum für Volkskunde, zahlreiche Hinterglasbilder vor allem mit Märtyrer – Motiven; auf kleinen Podesten standen Figuren, wie die des Heiligen Sebastian, durchbohrt von den Pfeilen seiner Peiniger. Aus den Wunden der Gipsfigur floss fluoreszierendes Blut.

An der dem Eingang gegenüber liegenden Wand prangte ein riesiges Bild, eine schaurige Kopie einer

Kreuzigungsszene des Matthias Grünewald mit seinen zu
Fratzen verzerrten Gesichtern, einem blutüberströmten
Heiland, alles in düster dräuendem, apokalyptischem
Licht.

Die Konsultationen fanden in diesem Raum statt und
wurden von bombastischer Orgelmusik aus einem Ton-
bandrckorder begleitet. Kajetan erschien in einer weißen
Tunika und einer roten Samtstola.

Die Patienten mussten niederknien und zuerst Gebete
nachsprechen, dann besprengte Kajetan sie mit geweihtem
Wasser; aus einem Kesselchen stieg Weihrauch auf, denn,
so erklärte Kajetan:

„Jeder Schmerz kommt vom Teufel und der muss
ausgetrieben werden, aber es ist nicht leicht; nach unserer
Heiligen Schrift ist er der Fürst dieser Welt."

Je nach Leiden mussten sich die Patienten dann auf ein
hochbeiniges Samtsofa legen oder auch auf einen Samt-
hocker setzen. Nach den einleitenden Zeremonien begann
Kajetan sein Heilverfahren: dehnte, zerrte, drückte an den
Körpern herum, wusch zuerst die schmerzenden Stellen
mit seinem geweihten Wasser und beschmierte sie nachher
mit seinen Wundersalben.

Honorar verlangte er keines, aber „freiwillige" Spenden
nahm er an, doch ohne etwas zu bezahlen, verließ keiner
die Winkelhofermühle, sonst hätten ihn die grässlichsten
Verwünschungen begleitet.

Sein sonderbares Treiben beargwöhnte neben den Sanitätsbehörden auch die Kriminalpolizei.

Nach einem Alibi zur Mordzeit an Ludwig Paulas
befragt, hatte er sich rüde und barsch geäußert:

„Ich war allein zu Hause an diesem Abend. Darf man
das oder darf der Mensch nicht alleine sein? Wenn Sie es

mir nicht glauben, so beweisen Sie mir bitte eine andere Version, jedenfalls: Mein Taxi hat niemand bestellt." Sagte das, stand auf, verabschiedete sich mit den besten Empfehlungen und wünschte den Kriminalisten viel Erfolg.

*

Nach jenem herbstlichen Konzert auf dem Schlösschen zu Summerau entwickelte sich ein emsiges Planen zwischen Frau Stella Antonopoulos und Frau Ilse Müller.

Das Quartett nahm Proben seiner Lieder in einem Tonstudio in Linz auf und schickte die Bänder nach Griechenland an Frau Stella, die sie den Organisatoren der Sommerkonzerte anhören ließ.

Kurz vor Weihnachten flogen Frau Müller und Juliana Horner nach Athen, denn der Herr Minister hatte bereits seine Beziehungen spielen lassen und das Quartett wurde vom Organisationskomitee des kleinen Städtchens Palea Epidauros für deren Sommerkonzerte offiziell eingeladen.

Alljährlich finden hier im Sommer im kleinen antiken Theater unweit des Hafens wunderbare Konzerte statt, namhafte Künstler sind dort schon aufgetreten, vor allem Solisten und kleine, unbekannte Gruppen, aber auch berühmte Sängerinnen und Sänger, denn das Ambiente dieses etwa zweitausend Leute fassenden antiken Kleinods ist phantastisch.

Eingesäumt von Olivenbäumen schlängelt sich ein abends hübsch beleuchteter Weg auf die Höhe der kleinen hügeligen Halbinsel hinauf, in dem das Theater mit seinem Halbrund idyllisch eingebettet liegt.

Nur an den Juli-Wochenenden stehen Konzerte, die längst zum Geheimtip avanciert sind, auf dem Programm, trotzdem verirren sich nur wenige Touristen dorthin.

Es sind vor allem Athener, die auf der Autobahn und der gut ausgebauten Küstenstraße höchstens zwei Stunden nach Palea Epidauros zu fahren haben. Ferner sind es Griechen, die in der reizvollen Umgebung um Korinth ihre Sommerferien verbringen, manchmal auch Segler, die in der malerischen Bucht vor Anker liegen.

Der Herr Minister persönlich und seine Frau Stella hatten das Patronat über den Auftritt des, wie es nun Frau Stella nannte, „Summerauer Schlossensembles" übernommen. Frau Ilse Müller von Wartberg unterzeichnete den Vertrag. Am ersten Wochenende im Juli sollte das Konzert stattfinden.

In Waldburg war es natürlich Ludwig Paulas, der dafür sorgte, dass bald alle Leute des Dorfes wussten, welch ehrenhafte Sache sich hier anbahnte und es dauerte nicht lange, gelangte eine Gruppe an das Reisebüro Wetzl in Linz mit dem Wunsch, eben zu jenem Konzert in Griechenland eine Reise zu organisieren.

Leicht war es für den Reiseveranstalter nicht, die gewünschte Anzahl Karten zu bekommen, denn diese sind in Epidauros oft vorbestellt, schon bevor das Programm offiziell bekannt ist und meist sofort ausverkauft.

Gut ein dutzend Dorfbewohner und noch zehn Leute aus der Stadt hatten sich gemeldet. Es waren vor allem Mitglieder des Kirchenchors, aber auch der Herr Oberschulrat Horner, Magister Leo Horner und auch Frau Cilli Paulas.

Mit Hilfe von Frau Müller und Frau Antonopoulos gelang es letztlich doch noch, die Karten zu reservieren.

Man freute sich im Dorf auf diese Reise, wollte damit auch eine Rundreise zu den berühmten antiken Stätten wie zum grossen Theater von Epidauros, nach Mykene, Delfi, Olympia und den Mistras-Klöstern verbinden.

Es war anfangs Februar, auf dem Lande regierte der Fasching mit seinen Bällen und Veranstaltungen.

Guntram Bayer fuhr müde mit seinem Wagen, einem weinroten Citroen 2CV, von einer Probe im Hause Müller nach Hause, es war nach elf Uhr abends und morgen hatte er einen anstrengenden Tag in der Schule.

Er wohnte in einer kleinen Zweizimmer-Wohnung in einem Quartier des Städtchens, dessen Häuser, wie die Leute es sagten, noch aus der Hitlerzeit, also aus den dreißiger Jahren, stammten, lieblose Zweckbauten ohne großen Komfort, zum Leidwesen des Musikus ganz schlecht isoliert, sehr hellhörig, doch hatte er schon eine bessere Bleibe in Aussicht.

Die ungepflegten, wild wuchernden, winterlich entlaubten Ahornbäume vor den Häusern zerteilten das schummrige Licht der Straßenbeleuchtung in Streifen und fleckige Muster.

Plötzlich trat eine vermummte Gestalt aus dem Schatten eines Baumes auf ihn zu und sprach ihn an:

„Herr Magister Bayer, einen Moment."

Er konnte die Stimme keinem Bekannten zuordnen, denn die Gestalt hielt sich einen Schal vor den Mund.

„Ja, was gibt's, kann ich Ihnen helfen?", fragte Guntram Bayer mit einem etwas sonderbaren Gefühl des Schreckens, hervorgerufen durch die Plötzlichkeit der Anrede. Guntram wollte nicht stehen bleiben, sich hastig Distanz von der Gestalt verschaffen, als ihn ein brennender Strahl am Hinterkopf und im Nacken traf.

In einer spontanen Reaktion hatte er sich umgedreht und so diese schmerzende Flüssigkeit nicht in die Augen bekommen, doch strauchelte er, verhängte sich mit dem Mantel in den Dornen eines Berberitzenstrauchs und fiel hin.

„Hilfe, Hilfe, Überfall," brüllte er stolpernd, auch des heftigen Schmerzes wegen. Fenster gingen auf.

Guntram rief den Hausbewohnern zu: „Bitte rufen Sie die Polizei, ich bin angegriffen worden."

Er verspürte einen rasenden Schmerz, der ihm vom Hals über den Rücken lief und sich wie ein flammendes Inferno auf seinem Körper ausbreitete, dann wurde er ohnmächtig.

Einige beherzte Hausbewohner stürzten gleich aus dem Haus, aber vom Täter oder den Tätern war keine Spur mehr zu sehen. Es war auch ein Leichtes, um eine Hausecke in die Dunkelheit der Nacht zu verschwinden.

„Ruft sofort den Notarzt, der Mann ist ja nicht mehr bei Bewusstsein!", rief der Nachbar, der zusammen mit seinem Sohn den Guntram Bayer von der Straße in den Hausflur schleppte.

Guntram hatte noch Glück, er trug sein dunkelbraunes Haar, das einen schönen Stich ins Rostrote zeigte, im Winter recht lang, es fiel von seinem Mittelscheitel in leichten Wellen über die Wangen bis fast auf die Schultern.

In jener Nacht, einer sehr kalten Winternacht, hatte er den Schal noch um Haar und Hals gelegt, deshalb traf ihn die Schwefelsäure nicht voll am Kopf oder gar im Gesicht, aber sie floss hinter dem Haar durch die Kleider den Rücken hinunter.

Das Bewusstsein verlor er nicht so sehr der Schmerzen wegen, sondern wegen der Plötzlichkeit der Gewalt und des Schreckens, den diese unerwartete Attacke ausgelöst hatte und weil er durch den Sturz hart auf einen Eisrand des Gehsteigs aufgeschlagen und sich eine klaffende Kopfwunde zugezogen hatte.

Die Gendarmerie war wenige Minuten nach dem unbegreiflichen Überfall an Ort und Stelle, konnte aber keine Spuren ausmachen. Der Täter aber musste auf Guntram Bayer gewartet haben.

Der noch immer ohnmächtige Mann wurde mit der Ambulanz ins städtische Spital eingeliefert. Der junge Assistenzarzt, der die Nachtschicht hatte, versorgte die verätzten Hautstellen, nähte die Kopfwunde nach allen Regeln seines noch unerfahrenen praktischen Könnens und bekam in den nächsten Tagen großes Lob seiner Vorgesetzten für seine Handlungsweise. Er hatte genau nach Lehrbuch gehandelt.

Die Nachricht von diesem dreisten Überfall auf den beliebten Musiker und allseits geschätzten jungen Gymnasiallehrer wühlte das Städtchen auf. Wer konnte es auf ihn abgesehen haben?

Die Gendarmerie befragte Guntram Bayer zum Hergang, zur Täterschaft, hielt ihn an, sich möglichst an alles zu erinnern, an jedes Detail, auch wenn es ihm unbedeutend erscheine.

Guntram beschrieb den Angreifer als einen großen, kräftigen Mann mit einer hohen Fistelstimme, die so gar nicht zu seinem Körper passte und die vielleicht verstellt war.

„Wie groß war der Mann etwa?" fragte ihn der Gendarm.

„Das weiß ich nicht so genau, es ging alles so schnell, aber er war sicher größer als ich, vielleicht zehn Zentimeter größer, breitschultrig, hatte eine Wollmütze tief in die Stirn gezogen, den Schal vor der unteren Gesichtshälfte, mehr konnte ich nicht erkennen, er stand im Lichtschatten eines Baumes," gab Guntram zu Protokoll.

Guntram Bayer war selbst einen Meter achtzig groß.

Damit fiel ein Verdächtiger weg, der sich nicht nur den Gendarmen aufgedrängt hatte, nämlich der Kajetan Winkelhofer, denn der war klein, etwa einen Meter fünfundsechzig und sehr schmächtig, schlank, ja fast fragil.

Dieser hätte wegen der leidigen Angelegenheit zur Probe der Missa Solemnis und der Tatsache, dass Guntram einen Ersatz für ihn bereitgestellt hatte, doch ein Motiv gehabt.

„Haben Sie sonst noch was erkannt, versuchen Sie sich zu erinnern, alles kann uns weiterhelfen, den Täter zu fassen?", fragte der Gendarm noch weiter.

„Er hatte einen schwarzen, glänzenden Mantel an, wie einen Gummimantel und riesige Handschuhe, Gummihandschuhe, wie sie die Bauern zum Ausführen der Jauche brauchen und dann hielt er diesen Kessel in der Hand, einen Blechkessel, der sah aus wie ein Milcheimer, vielleicht sieben, acht Liter groß, hell, ich denke, aus

Aluminium, mehr weiß ich nicht mehr," beendete Guntram die Befragung und bat um Ruhe. Die Schwester bedeutete dem Gendarmen mit einem Kopfnicken, nun zu gehen. Auf dem Gang sagte sie zu ihm: „Kommen Sie morgen wieder, der Mann steht noch unter Schock."

Natürlich schickte man, um alles zu überprüfen und Gewissheit zu erlangen, einen Gendarmen zu Kajetan Winkelhofer, der diesem erklärte: „Ich war gestern Abend allein zu Hause und es beleidigt mich schon, dass man mich verdächtigt, und dies nur wegen des läppischen Streits, das ist doch kein Grund, so etwas zu tun."

Winkelhofer blieb auch noch nach der Missa Solemnis, als der Chor wieder seine Routinemessen sang, diesem fern, auch wenn Herr Bayer schon längst nicht mehr auf der Orgel in Waldburg spielte, dessen Engagement beim Kirchenchor nach den sechs Aufführungen der Missa Solemnis zu Ende war und obwohl ihm der Ludwig Paulas die Versöhnung angeboten hatte:

„Willst nicht wieder kommen, Kajetan, wir sollten auf den Vorfall einen Stein drauflegen?", fragte ihn Ludwig nach einer Messe noch vor Weihnachten, als die Männer auf dem Dorfplatz herumstanden und man beriet, in welches Wirtshaus man heute gehen wollte, zum Frühschoppen, wie sie ihren Aperitif am Sonntag vor dem Mittagessen nannten.

„Du kannst dir deinen Gesang und den Scheißchor in die Haare schmieren, zu so einem Arschverein kriegst mich nimmer dazu," gab ihm der Kajetan bockig zur Antwort.

„Dann eben nicht, bleibst halt eine beleidigte Leber-
wurst, so einen wie dich finden wir noch immer," kränkte
nun Ludwig seinerseits den Kajetan und ließ ihn stehen.
Dieser kehrte der Männergesellschaft demonstrativ den
Rücken zu und ging nach Hause.

Am nächsten Morgen, gleich nachdem das Gemein-
debüro um acht Uhr geöffnet hatte, erschien Frau Ilse
Müller auf dem Amt bei Juliana Horner: „Hast du es schon
gehört Juli, so was Schreckliches?"

Seit ihrer Reise nach Athen waren Juliana Horner und
Ilse Müller Du-Freundinnen, was Juli als besondere Aus-
zeichnung und Ehre ansah, weil Frau Doktor mit niemandem sonst im Dorf per du war.

„Nein, was?", fragte Juli erschrocken.

„Na, das mit Guntram, überfallen hat man ihn, nachdem
er von unserer Probe nach Hause gefahren ist, schwer
verletzt ist er gestern noch ins Spital eingeliefert worden,
irgendwer hat ihn mit Säure überschüttet."

„Um Gottes willen, aber er lebt doch?" Die Frage kam
zitternd über Julianas Lippen.

„Ja, er hat noch Glück gehabt, komm, mach den Laden
zu, häng ein Schild hin, du seist rasch weg, komm wir
fahren ins Krankenhaus, der Alfred ist schon unterwegs
dorthin."

Eilig hängte Juliana das Schild „Vorübergehend ge-
schlossen" an ihre Bürotüre, warf sich den Mantel über

und beide Frauen hasteten zum Auto. Als Juli im Auto saß, überkam sie ein Weinkrampf, der nicht enden wollte.

„Na, Juli, nimm dich zusammen, er lebt ja und wird sicher wieder gesund, aber mir scheint, mir scheint.."

„Ja, flüsterte Juli, ich liebe Guntram, ich liebe ihn über alles, dir Ilse kann ich es anvertrauen, aber es ist ja aussichtslos, er ist doch viel zu jung für mich und außerdem werde ich ihm nicht soviel bedeuten," dabei formte sie mit den Fingern das Zeichen für wenig.

„Da wäre ich mir aber nicht so sicher. Wie dich Guntram immer anschaut, verliebter kann man ja gar nicht sein und wie schon fast unbeholfen er dich anfasst bei den Stimmübungen, wenn er dir zeigt, wo du die Töne stützen musst.. aber jetzt müssen wir uns um ihn kümmern, der Alfred wird schon dafür sorgen, dass er die beste ärztliche Betreuung bekommt," lenkte schließlich Ilse ab.

Dr. Alfred Müller und der Chefarzt des Krankenhauses waren im Krankenzimmer, als die beiden Frauen eintrafen.

Guntram war mit Hilfe schmerzstillender Spritzen in einen unruhigen Schlaf gefallen. Die beiden Ärzte unterhielten sich leise sprechend, wobei der Chefarzt ständig mit dem Kopf nickte.

Alfred Müller hatte ihm vorgeschlagen, den Patienten ins Landeskrankenhaus nach Linz zum erfahrenen und weit über die Landesgrenzen hinaus bekannten Dermatologen Professor Dr. Baldur Böhler zu bringen.

Es war für Alfred Müller eine delikate Sache, denn er wollte keinesfalls die Fähigkeiten des Bezirksspitals in Zweifel ziehen. Aber der Chefarzt Dr. Huber war kein eitler Mann und willigte ohne zu zögern ein: „Natürlich, die in Linz haben viel mehr Möglichkeiten, wenn Transplantationen nötig werden und du kennst ja den Professor

Böhler gut, der wird dann wohl einverstanden sein, von mir aus habt ihr den Segen." Noch am gleichen Tag wurde Guntram Bayer nach Linz zu Professor Böhler gebracht.

Die beiden Frauen standen eine Weile, bis die Vorkehrungen zum Transport getroffen waren, noch am Bett des schwer Verletzten, Juliana wie erstarrt und mit den Tränen ringend.

Draußen auf dem Gang fragten beide Frauen fast gleich-zeitig: „Wie sieht das nun aus, wie geht das weiter?"

Dr. Müller beruhigte sie:

„Die Verletzungen sind zwar nicht unproblematisch, einige Verbrennungen dritten Grades, sicher sehr schmerzhaft, aber meine Damen, ich glaube wir können zuversichtlich sein, dass die ärztlich Kunst den jungen Mann wieder so herstellt, wie er war, ein paar Kratzer werden vielleicht schon bleiben, aber Baldur Böhlers Können wird die ästhetische Erscheinung unseres Musikus sicher wieder hinkriegen, dennoch, mit sechs Wochen Krankenhaus wird schon zu rechnen sein, je nach Heilungsverlauf."

Dann meinte er noch scherzhaft: „Kopf hoch Juli, der bleibt schon so schön, wie er war." Damit trieb er Juliana Horner die Röte ins Gesicht, die Alfred väterlich tätschelte. Auf der Rückfahrt sprachen beide Frauen kaum ein Wort, nur: „Wer konnte das gewesen sein, hatte denn Guntram Feinde, von denen sie nichts wussten, hatte er Neider, war er in etwas verwickelt?"

Über sich hat er ja nie etwas erzählt, nichts über sein Elternhaus, kaum was über die Schule; er war so erfüllt von seiner Aufgabe, ein Konzert einzustudieren. Selbst die Beträge, die ihm Frau Ilse jeweils für seine Arbeit ausbezahlte, quittierte er mit einem einfachen, sehr höflichen

„Dankeschön, vielen herzlichen Dank, vergelt's Gott", steckte das Geld wie abwesend in seine Geldbörse, er zählte es nie nach, wahrscheinlich wusste er gar nicht, wieviel es jeweils war.

Auch die Gendarmerie kam nicht weiter. Gab es etwa doch eine dunkle Seite im Leben des Herrn Magisters, von der niemand wusste? Nährboden für Gerüchte. Einmal hieß es, er habe sich in seiner Studienzeit wegen einer fatalen Liebesaffäre schwer verschuldet, andere wieder wollten ahnen, dass er sogar Verbindungen zur Rauschgiftszene haben müsse.

Seine Hausnachbarn schätzten ihn sehr, wenn ihnen auch sein Zitherspiel bis spät in die Nacht manchmal auf die Nerven ging, vor allem wenn er Stücke spielte, deren künstlerischer Anspruch zwar hoch war, aber nur geübte Ohren die Musik genießen konnten.

Ein kurzes Klopfen genügte aber immer, und am nächsten Tag entschuldigte er sich mit einer Flasche Wein oder einer Schachtel Pralinen mit der Bitte um Vergebung: „Ich habe wieder einmal die fortgeschrittene Zeit gar nicht bemerkt, ich war so vertieft, tut mir leid. Bitte weisen Sie mich ruhig zurecht, wenn ich nach zehn Uhr noch spiele."

Im Kollegium war Guntram Bayer als witziger, blitzgescheiter, liebenswürdiger, hilfsbereiter Kollege geschätzt. Die Gerüchte tat man dort zumindest als dummes Geschwätz ohne Hand und Fuß ab.

Leo sagte einmal zu Juliana auf deren vorsichtige Frage nach Guntram Bayer, wie der so sei:

„Ich glaube, der ist einerseits ein derart naiver Mensch, der nur für seine Kunst lebt, der für die Realitäten im Leben noch gar nicht gerüstet ist, er ist ein liebenswürdiger Träumer, andererseits ist er allerdings fachlich ein Genie,

Neben seiner musikalischen Begabung spricht der Mensch noch sehr gut Italienisch, Französisch, Spanisch, Portugiesisch und selbstverständlich Englisch, ein ganz seltenes Multitalent."

Der Überfall blieb trotz aller Nachforschungen ein Rätsel, auch Guntram Bayer konnte sich diese Tat nicht erklären, wollte sich die Tat nicht erklären, tippte auf einen Verrückten, vor dem er sich aber in Zukunft wohl in Acht nehmen und wohl auch zu fürchten hatte.

 Frau Ilse und Juliana beschlossen am übernächsten Tag ins Landeskrankenhaus zu fahren, um Guntram zu besuchen. Juliana klopfte das Herz bis zum Hals, sie bekam nasse Hände, je näher sie zum Krankenzimmer von Guntram kamen. Sie pochten leise an die Tür und auf ein hörbares „Ja, bitte", traten sie ein.

„Entschuldigung, haben wir uns in der Tür geirrt, liegt hier nicht Herr Magister Bayer?", fragte Frau Ilse, denn im Krankenzimmer war kein Bett, aber drei Menschen, die schweigend um ein Tischlein saßen.

„Doch, doch, Sie sind schon richtig, der Guntram kommt gleich wieder, er ist bei Professor Böhler, der ihn zwecks einer Behandlung in einen Spezialraum hat bringen lassen, er wird aber bald wieder zurückgebracht."

Die Erklärung kam von einer jungen, ausnehmend hübschen Frau.

Juli Horner zuckte zusammen. Das ist sicher die Freundin des Guntram, dachte sie.

Das Rätsel löste sich aber umgehend, denn die Stimme - Juli sah nichts mehr, hörte nur die Stimme - fuhr fort:

„Darf ich vorstellen, Herr Edmund Bayer, Guntrams Vater, Frau Ingeborg Bayer, die Mutter und ich bin Jasmin Bayer, die Schwester. Mit wem haben wir die Ehre?"

Frau Ilse stellte sich und die noch immer wie in Erstarrung verharrende Juliana vor.

„Freut uns sehr, Guntram hat schon oft von Ihnen erzählt, von Ihrem Konzertprojekt in Griechenland, vom Konzert vor der illustren Gesellschaft im Schlösschen zu Summerau und wir waren auch in seiner Missa Solemnis in Waldburg, die uns sehr beeindruckt hat." Nach einem herzlichen gegenseitigen Händeschütteln schwiegen alle.

Zuerst fing sich Frau Ilse Müller: „Und jetzt so was, wir sind tief bedrückt und aufgewühlt, wissen Sie schon Genaueres, wie es dem Herrn Magister geht?"

Jasmin Bayer: „Es geht ihm heute schon viel besser, die schlimmsten Schmerzen sind entweder abgeklungen oder von den Medikamenten betäubt, natürlich ist er noch sehr müde, am schlimmsten ist, dass er dauernd auf dem Bauch liegen muss, weil die Verätzungen am Rücken Luft bekommen müssen, Herr Professor Böhler hat aber schon mit den ersten Hauttransplantationen begonnen, die Ärzte geben sich zuversichtlich."

„Gott sei Dank," sagte Juliana und erntete damit ein überaus freundliches Lächeln der Familie Bayer, „dürfen wir noch auf ihn warten oder stören wir, bitte sagen Sie es?"

„Auf alle Fälle müssen Sie noch bleiben, er freut sich auf Ihren Besuch, Sie bedeuten ihm sehr viel. Vorhin, bevor er zu Professor Böhler gebracht wurde, fragte er nach Frau Dr. Müller und nach Frau Horner und meinte, dass er sie beide gerne sehen würde," ließ sich Herr Bayer vernehmen.

Man holte noch zwei Stühle und vergrößerte die Runde um das kleine Tischchen.

Jasmin Bayer nahm als erste die Unterhaltung ganz unbefangen auf:

„Der Guntram hat uns erzählt, dass er sich so etwas Phantastisches in der Provinz nicht hätte träumen lassen, dass er dort in Waldburg – zu Beginn sagte er uns, wisst ihr, das ist dort hinter der Bretterwand, wo sich Fuchs und Hase gute Nacht sagen – auf Menschen trifft, die ein so kultiviertes Musikverständnis, eine so hohe Bereitschaft zeigten, sogar alle stimmbildenden Übungen mit großer Ausdauer mitmachten, so dass er wie mit Profis arbeiten könnte. Er ist halt ein solcher Perfektionist. Wenn auch an der Missa Solemnis noch einiges zu verbessern gewesen wäre, gelang sie letztlich doch hervorragend, wenn man bedenkt, dass das alles Laiensänger waren. Aber sein kleines Ensemble, wie er Sie nennt, sei einfach grandios."

Und Frau Ilse meinte: „Gott sei Dank verhindert die Provinz die Kunst nicht, wenn man auch schnell einmal auf Unverständnis bei den Dorfleuten stößt, denn die meisten hielten es wohl mit Brecht: Zuerst kommt das Fressen..., aber ein Glück war und ist, dass die Behörden den Herrn Guntram in die Provinz geschickt haben und er durch einen günstigen Zufall zu uns gekommen ist."

Da ging die Tür auf und das Bett, auf dem Guntram lag, wurde herein geschoben. Bäuchlings lag er auf einer Vorrichtung, die ihm dieses Liegen erleichtern sollte, eine Art schiefe Ebene mit einem Verstellmechanismus.

„Ich sehe es euch an, ihr habt über mich geredet, was ich für Sachen mache und warum ich den Halunken nicht erledigt habe, aber für einen Ringkampf sind die Arme eines Musikers einfach zu schwach", scherzte er und, „wie mich das freut, dass eine Delegation aus Waldburg da ist, haben die mich doch noch nicht abgeschrieben, ja, so schnell erledigt man einen Bayer nicht, grüß Gott, man darf mir schon die Hand geben, die Hände haben nichts abbekommen von der Brühe, aber für Umarmungen bin ich noch nicht geeignet, nur seelische Umarmungen bitte."

So kannten Ilse und Juliana ihren Maestro gar nicht.

Bei den Proben war er stets sachlich und sehr knapp, überhaupt redete er nur wenig und ein Vor- und Nachher gab es kaum, er kam immer pünktlich, kurz vor der vereinbarten Zeit und war nach den Proben immer gleich weg, wie wenn er sich davor fürchtete, dass ein Gespräch ins allzu Private abgleiten könnte.

Manchmal fragten sich die Frauen schon, ob es einfach Scheu war, ob er etwas zu verbergen hätte oder ob er nur seine Musik sah, aber alles andere ihn nicht berührte.

Sie hielten sich denn auch mit Fragen zurück, waren nun deshalb über seine Gesprächigkeit froh, wenn die Umstände nur nicht so dramatisch gewesen wären, und freuten sich, dass sie seine Eltern kennen lernen durften.

Ilse hatte mehr als einmal zu Juliana gemeint, wenn die beiden Frauen nach der Probe noch bei einer Tasse Kaffee auf ein Schwätzchen beisammen saßen: „Er ist eine zarte Pflanze, man muss ihm Zeit lassen, diese Knospe öffnet sich schon noch, ein Mensch mit einer so großartigen musikalischen Begabung hat wohl auch nicht immer ein allzu leichtes Innenleben, wer weiß, was ihn plagen mag, warum er sich so verschließt, ich sage dir, liebe Juliana, wir werden es noch erfahren."

„Guntram, ist es auszuhalten?", fragte ihn unvermittelt Frau Bayer.

„ Mein Mütterchen, du sorgst dich wirklich zu sehr, du weißt, wir sind nicht ganz aus weichem Holz, natürlich brennt's noch dann und wann, aber das Schlimmste ist vorbei, das Schlimmste war der Schrecken, aber wenn ich euch so um mich besorgt sehe, dann ist alles wie weg, nur noch ein böser Traum," beruhigte der Sohn seine Mutter.

Juliana konnte die Tränen nicht mehr zurückhalten, wischte sich kurz die Augen, murmelte eine Entschuldigung und verließ das Krankenzimmer. Da war dieses zärtliche „mein Mütterchen", das sie seit ihrer Kindheit selbst nie mehr hatte, da war ein Klang tiefster herzlicher Verbundenheit in der Stimme, da lag dieser von ihr so über alles geliebte Mann und da war, dass sie das alles nicht äußern konnte.

Auf dem Gang überkam sie ein heftiges Schluchzen, sie hielt das nicht mehr aus, ihr Inneres war außer Kontrolle geraten, sie, die ansonsten eine starke Frau war, auch gestählt im Aufwachsen nur mit ihrem Vater und ihrem Bruder, flüchtete auf die Toilette. Es dauerte für Juliana schier eine Ewigkeit, bis dieses Rasen des Pulses, dieses Flirren der Nerven, das Zittern am ganzen Körper abgeklungen war.

Obschon sie spürte, dass man ihrem Gesicht und den Augen die Spuren ihres Heulens ansehen werde, wagte sie den Weg wieder zurück ins Krankenzimmer.

Es schien niemand bemerkt zu haben, wie es Juliana gerade noch gegangen war.

Kurz darauf verabschiedete sich der Besuch von Guntram, der nun doch müde wirkte, man wollte ihn schlafen lassen.

Jasmin, die an diesem Tag etwas wie die offizielle Familiensprecherin war, fragte Frau Dr. Müller und Frau Horner, ob sie nicht noch auf eine Tasse Tee zu ihnen nach Hause kommen wollten, damit man auch sehe, woher der Guntram stamme.

Die beiden Frauen nahmen die Einladung gerne an.

Auf der Straße schlug Jasmin vor: „Mama und Papa fahren doch mit Frau Doktor und Juliana, ich darf Sie doch so nennen, Guntram spricht ja nur von seinen beiden Frauen, von Frau Doktor und von Juliana, Sie kommen mit mir, so verfährt sich niemand, weit ist es zwar nicht, aber doch ein wenig kompliziert zu erklären, wo es durchgeht."

Im Auto, nach ein paar Metern eröffnete Jasmin: „Juliana, Sie gefallen mir sehr, aber ich habe eine Bitte, eine ganz grosse Bitte an Sie."

Juliana zuckte wie auf einen Stich hin zusammen, fühlte, als stieße ihr jemand einen Dolch in die Seite, das konnte doch nur heißen: Lass die Finger von meinem Bruder, du bist doch viel zu alt für ihn...mein Gott.

Nach einer Pause fasste sich Juliana, bemühte sich, ganz sachlich zu tönen: „Sie gefallen mir auch sehr, aber welche Bitte könnte ich Ihnen erfüllen?"

„Wir, das heißt unsere ganze Familie, außer Guntram, wollen, dass mein Bruder von diesem Provinznest wegkommt, in die Hauptstadt versetzt wird. Gut, was passiert ist, kann auch hier geschehen, aber diese unfassbaren Umstände, dass wir nicht wissen, was da los ist, das bringt unsere Mutter noch ins Grab."

„Das kann ich euch wirklich nachfühlen, auch wir haben Angst", und leiser: „Schreckliche Angst, lähmendes Entsetzen und es wäre wohl besser, wenn Guntram nicht mehr in Freistadt arbeiten müsste, sondern hier in Linz eine Stelle bekäme", meinte Juliana, sichtlich erleichtert, dass die Frage nicht jene Richtung eingeschlagen hatte, die sie befürchtete. „Aber wie können wir dazu beitragen?"

„Unser Vater hat da schon etwas eingefädelt. Er ist seinerzeit mit dem Landeshauptmann ins Gymnasium gegangen und hat bereits mit ihm gesprochen, wenn keine Widerstände erwachsen, sollte das gehen."

„Ja, und woher sollten Widerstände kommen?"

„Sie wissen, die Dr. Müller von Wartbergs sind einflussreiche Leute, ihr Arm reicht weit hinauf, weiter als unserer und wenn Frau Müller, weil sie ja so sehr für ihr Projekt, jenes Konzert in Griechenland, lebt, könnte es ja sein, dass sie diese Versetzung torpediert, verständlich wäre dies, denn für Frau Müller ist dies so etwas wie ein absoluter Höhepunkt, der nicht gefährdet werden darf und wenn Guntram eine neue Stelle antritt, könnte er doch sein Interesse an dem Projekt verlieren, es zumindest nur noch halbherzig betreiben, wir haben hin und her diskutiert.

Darum möchte ich Sie bitten, uns zu unterstützen, wir haben einfach Angst um unseren Guntram, nach allem, was passiert ist. Das alles kann ich aber nur Ihnen erzählen, ich weiß nicht, wissen Sie, dieser Herr Paulas ist ja nach Guntram wirklich eine einmalige Naturbegabung, aber menschlich weiß er nicht so recht, was er von ihm halten soll. Mein Gott, was habe ich Ihnen nicht jetzt alles von unseren Ängsten angedeutet, vielleicht liegen wir auch ganz falsch, wir sehen es ja nur aus der Distanz, aber Guntram kommt oft nach Hause und wir spüren, dass ihn

vieles beunruhigt, aber das ist dann so seine Art, er sagt
nicht, was ihn wirklich beschäftigt und wir müssen
rätseln."

„Also, ich glaube ganz sicher, dass Frau Müller nie und
nimmer etwas in Bewegung setzt, wenn Guntram versetzt
werden sollte, dann müssen wir halt einen anderen Weg
suchen, um uns für die Proben zu treffen, aber dem Guntram würde sie nie etwas in den Weg legen."

„Dann bin ich beruhigt", sagte Jasmin leise und: „Wir
sind da."

Sie hielten vor einem kleinen Haus, das inmitten eines
Gartens lag, der mehr der Natur überlassen und nicht von
der Hand eines Hobbygärtners malträtiert war. Die Sträucher waren noch Sträucher und keine Zierbüsche. Auf der
Wiese, denn man sah es ihr selbst um diese Vor-
frühlingszeit an, dass sie noch eine echte Wiese war, kein
steriler Rasen, zauberten Büschel von Krokussen, Schnee-
glöckchen, Gänseblümchen und die ersten Schlüssel-
blumen ein farbenfrohes Muster auf den Boden. Ein
schlichter Kiesweg führte zur Haustüre, alles wirkte wie
selbstverständlich, sehr einfach, aber harmonisch und
geschmackvoll. Als Jasmin die Haustüre eben aufschloss,
hielt auch der Jaguar von Frau Dr. Müller.

Juliana Horner fühlte sich in diesem Haus sofort
heimisch. Hier standen beinahe dieselben Möbel wie daheim, jene typischen Sesseln mit den geraden, zeitlosen
Linien, das Sofa im Stil der Möbel der sechziger Jahre, an
den Wänden schnörkellose Bücherregale aus hellem
Buchenholz, voll von Büchern, ein Aquarell zeigte eine
typische Mühlviertler Landschaft mit ihren weich gewell-
ten Hügeln, in einer Ecke ein Cello und auf einem Instru-
mentenständer hing eine Geige, ein heller Raum, in der

Mitte ein runder Tisch aus der Zeit Louis Philipps, darum herum die klassischen Wiener Kaffeehausstühle, Thonet Nummer vierzehn. Einrichtung, Bücher, Bilder und nicht zuletzt die Musikinstrumente vermittelten das Bild einer gebildeten, der Musik zugetanen Mittelstandsfamilie.

Jasmin erriet die fragenden Blicke: „Ja, Mutter spielt Cello und ich bin die Geige, nur Vater spielt kein Instrument. Einen Zuhörer und Kritiker brauchen wir ja, aber er ist unser Tontechniker." Sagte es, nahm ihr Instrument und spielte ihren Satz des Liedes „Fein sein beinander bleib'm".

„Das ist Ihnen ja bekannt, Guntram schrieb auch für unsere Instrumente den Notensatz zu seiner Version."

Zart aber dennoch bestimmt glitt der Bogen in schnurgeradem Strich über die Saiten, ließ einen reinen, vollen Klang trotz des Pianos erklingen, dann folgte eine Variation, die das Motiv in einem mitreißenden Crescendo steigerte, abbrach, bis zur Ausgelassenheit zu einem furiosen Fortissimo anschwellen und dann in einem versöhnlichen Mezzopiano ausklingen ließ. Frau Müller und Juliana waren überrascht. Frau Bayer brachte den Tee, selbstgebackenen Kuchen.

„Wir wussten gar nicht, dass noch so ein musikalisches Talent in der Familie ist, der Herr Magister erzählte uns noch nie über Sie. Soviel wie er heute im Krankenhaus gesprochen hat und dies so locker und scherzhaft, hat er bei uns noch nie geredet," wandte sich Frau Müller an die Familie Bayer.

„Guntram ist scheu, oft auch sehr unsicher und Frauen gegenüber recht hilflos würde ich sagen," meinte die Mutter.

„Das ist doch alles noch wegen der Margot", schaltete sich Vater Bayer erstmals ins Gespräch ein, „es war seine erste große Jugendliebe. Die beiden steckten dauernd beisammen, dann aber ging Guntram nach Wien, um zu studieren, Margot nach Salzburg und plötzlich war ein anderer Freund der Margot da. Für Guntram ist damals die weibliche Welt aus den Fugen geraten, seither lässt er, wie mir scheint, die Finger von den Frauen, na er ist ja noch jung."

„Aber wenn schon Guntram nichts von uns erzählt hat, so werde ich dies nun nachholen, denn von Ihnen hat er uns unentwegt berichtet", setzte Jasmin das Gespräch fort: „Unser Herr Papa ist Techniker mit Leib und Seele, seine freien Stunden verbringt er in seinem Technikstudio auf unserem Dachboden, von dort funkt er in die ganze Welt hinaus mit seinem Kurzwellengerät, seine, früher natürlich unser aller Brötchen, verdient er als Leiter des Linzer Donauhafens, dort müssen die Frachtkähne nach seiner Pfeife – wie er scherzhaft sagt, sein einziges Instrument, das er beherrscht – tanzen.

Mama war, bis wir kamen, das Cello des Orchesters des Landestheaters, sie brachte die Musik ins Haus, dann hat sie uns das Musizieren beigebracht und jetzt erteilt sie Privatunterricht. Und schließlich komme noch ich: Nächstes Jahr werde ich meine Geigenausbildung beenden und mir dann eine Stelle suchen, doch zur Zeit bin ich noch eine fixe Stundenplanbelastung des Bruckner-Konservatoriums."

Die erfrischend offene, ja explosive Art der Jasmin gefiel den beiden Frauen aus Waldburg. Frau Dr. Müller lud die Familie Bayer spontan nach Waldburg , besser gesagt nach Summerau auf das Schlösschen, ein.

Man vereinbarte, diese Einladung sofort wahrzunehmen, sobald Guntram aus dem Krankenhaus sei, denn er sollte natürlich dann auch mit.

Jasmin strahlte: „Das ist schön, dorthin wollte ich schon immer einmal, Guntram hat uns dieses Haus in den schönsten Farben geschildert."

Auf der Heimfahrt erzählte Juliana der Frau Ilse, was Jasmin Bayer ihr auf der kurzen Fahrt vom Krankenhaus zum Wohnhaus der Bayers anvertraut hatte: dieses Bestreben nach Versetzung, die Ängste, und auch die Befürchtung, dass dieses Vorhaben blockiert werden könnte.

Spontan meinte Frau Müller: „Weißt du, den Gedanken, dass Guntram nach diesem Anschlag weg muss, hatte ich auch schon, wir wissen ja wirklich nicht, was hinter dieser Tat steckt, wer das gemacht oder veranlasst hat, ob er eventuell Neider in Freistadt hat, wenn ich da helfen kann, selbstverständlich. Wir werden einen Weg finden, gell Juli, meine Liebe. Aber dich hat das heute recht hergenommen, sitzen wohl sehr tief deine Gefühle für unseren Musikus, hm?" „Hat man das gemerkt?"

„Ich glaube nicht, nun vielleicht Jasmin, vielleicht auch die Mutter, wirklich nette Leute die Bayers."

Frau Ilse und auch Frau Stella hatten zur Juliana nach dem Besuch in Athen irgendwie ein mütterliches Verhältnis entwickelt. Ilse nannte Juli, wenn sie ganz privat waren, immer „meine Liebe oder mein Kind". Inspiriert wurde sie von der demonstrierten Herzlichkeit Frau Stellas.

Die Griechinnen gehen mit ihren verbalen Koseformen viel weicher, mit einer ganz offen zur Schau gestellten seelischen Nähe, um, als die Mitteleuropäer, für die das

Näherrücken in der Freundschaft oft lange braucht, um sich von der Verkrampftheit der zwischenmenschlichen Höflichkeiten zu lösen. So nannte Stella Juli ganz selbstverständlich „Juliana mou, meine Juliana oder Glyka mou, meine Süsse, Koritsi mou, mein Mädchen, Paedi mou, mein Kind."

Ihr Schatz an Koseformen für Juli schien unerschöpflich. Und Juli tat dies wohl, ihr Herz schien das kaum fassen zu können, es war einfach Glück, das sie spürte, und sie erlebte eine ganz neue, innige Seelenverwandtschaft, wie sie der Mensch braucht.

Zwar waren der Vater und der Bruder wirklich immer bemüht und fürsorglich, aber diese weibliche Zartheit konnten sie Juli nicht geben.

„Wir können nur hoffen, dass Guntram bald gesund wird und nachher auch noch die Kraft hat, um unser Konzert vorzubereiten, und wenn nicht, werden wir das auch überstehen, gemessen an dem, was Guntram widerfahren ist, sind das doch unwichtige Kleinigkeiten", meinte Frau Ilse nachdenklich.

*

Guntram Bayers Verletzungen heilten schneller, als die Ärzte in ihrer Vorsicht prognostiziert hatten. Juliana und Frau Müller, die Guntram jede Woche mindestens einmal besuchten, waren jedesmal froh, diese Fortschritte im Heilungsprozess zu sehen. Bereits nach vier Wochen durfte Guntram das Spital verlassen, sollte sich allerdings noch schonen, aber er brannte darauf, die Proben für das Konzert wieder aufzunehmen. Man vereinbarte, dass die drei, Ludwig Paulas, Juliana und Frau Müller ins Haus der Bayers kämen und dort probten.

Jasmin, die noch zu Hause bei den Eltern wohnte, hörte anfangs interessiert zu, bis sie Guntram aufforderte, auch ihren Geigenpart in den Chor einzubringen, auch die Mutter wurde mit ihrem Cello wie zum Spass einmal eingebunden.

Das Ensemble klang plötzlich viel voller, satter im Ton. Spielte man ohne die Streicher, fehlte es der Darbietung an Körper, alle spürten, dass dies nun ein gewaltiger Unterschied war, was Guntram sichtlich nervös machte, er war nun mit der kleinen Formation gar nicht mehr zufrieden, kritisierte da und dort, ließ dieses und jenes nicht mehr gelten.

Da löste Frau Ilse die Verkrampfung: „Bitte, Herr Guntram, würden Jasmin und ihre Frau Mutter nicht unsere Musik erst richtig perfekt machen, würden Jasmin und Frau Bayer auch mitmachen, mitkommen nach Griechenland?"

Alle merkten es, Guntram schien einen innerlichen Luftsprung zu machen, die beiden Frauen wurden gar nicht mehr weiter gefragt, deren Einverständnis schien sich Guntram schon vorher eingeholt zu haben.

„Dann werde ich sofort daran gehen, alle Lieder werde ich neu arrangieren. Ich machte mir ehrlich gesagt schon ein wenig Sorgen, denn was in einem Raum, wie dem im Schlösschen voll klingt, tönt möglicherweise nur dünn in einem Freilichttheater. Und ich bin Ihnen dankbar, Frau Doktor, dass der Vorschlag von Ihnen kommt, ich habe schon hin und her überlegt, wie ich das vorschlagen könnte. Danke, tausend Dank.

„Aber Herr Guntram, aber auch, da muss ich mir denken, ich sei eine Furie, wenn Sie solchen Respekt vor mir haben und sich keine derartigen Vorschläge zu machen getrauen, aber ich verstehe, Sie wollten nicht den Eindruck erwecken, dass Sie Ihrer Familie quasi einen Liebesdienst erweisen, Sie Schlimmer."

Frau Müller war gegenüber Guntram Bayer bei dieser förmlichen Sie - Anrede geblieben, obwohl ihr das so ganz und gar nicht behagte, aber sie wollte einfach den Ludwig Paulas nicht brüskieren, denn trotz aller Bewunderung für seine Stimme, wollte sie mit dem Mann keine Du – Anrede, wollte es lieber beim distanzierten Sie lassen, auch wenn ihr Mann „Wiggerl" zu ihm sagte und sich die Männer duzten.

Es wurde vereinbart, die ersten Proben dann abzuhalten, wenn Guntram wieder voll hergestellt war.

Inzwischen war man auch auf dem Landesschulinspektorat aktiv geworden.

Guntram Bayer wurde von Freistadt an das Bischöfliche Gymnasium nach Linz versetzt, aber erst nach den großen Sommerferien sollte er seine Stelle in der Landeshauptstadt antreten.

Vorläufig war er noch krank geschrieben, erst im Mai durfte er mit seiner Lehrtätigkeit am Gymnasium Freistadt wieder beginnen.

In seine Wohnung aber wollte er nicht mehr zurück, immer überkam ihn Angst, wenn er sich auch nur in der Nähe der Straße befand, wo dieser Überfall stattgefunden hatte.

Ernst Nöstlinger und Leo Horner holten die wenigen Möbel ab, die Guntram hatte, und brachten diese nach Linz in das Haus der Bayers.

Guntram beschloss, in den zwei vor den grossen Sommerferien noch verbleibenden Monaten, Mai und Juni, täglich von Linz nach Freistadt zu pendeln und lieber diesen Weg von gut einer Stunde für eine Fahrt, also zwei Stunden pro Tag für den Hin- und Rückweg, auf sich zu nehmen. Allerdings wollte er nie in der Nacht fahren, denn immer noch erschrak er heftig, wenn ein Schatten den Lichtkegel seines 2CV durchkreuzte, begann am ganzen Körper zu zittern, bekam feuchte Hände und Angstschweiß rann ihm von der Stirn.

Gut wurden die Tage immer länger und am Morgen, wenn er um sechs Uhr von zu Hause wegfuhr, begann der Tag schon zu grauen. Aber es ließ sich nicht vermeiden, auch manchmal abends zu üben.

Die Proben fanden von nun an immer im Schlösschen in Summerau statt, denn es kamen auch Frau Bayer, Jasmin und der Vater, der die Familie chauffierte und sehr bald zum unentbehrlichen Tonmeister wurde.

Spielte man vorerst ohne Verstärker, so erkannte man bald, als man einmal im Hof des Schlösschens, um die Freiluftatmosphäre zu spüren, probte, dass ein Verstärker unbedingt nötig war.

Jetzt kam Herr Bayer senior in sein Metier. Er probte und tüftelte an der Verstärkeranlage herum, die er besass und selbst aus Bausätzen für höchste Ansprüche zusammengebaut und mitgebracht hatte, kaufte noch dieses und jenes Zubehör, bis er von der Tonqualität restlos befriedigt war.

Es war anfangs Mai, Herr Magister Bayer hatte seinen Unterricht wieder aufgenommen und wurde von seinen Schülern wie von einer Fan – Gemeinde enthusiastisch begrüßt. Die jungen Leute schätzten seinen Musikunterricht, denn er verstand es neben seinem Lehrauftrag zur Einführung in die klassische Musikwelt, von Mozart über Beethoven, Brahms und Bruckner bis hin zu Arnold Schönberg, auch das zu bringen, was die Gymnasiasten noch mehr fesselte.

So sangen die Schüler mit ihm Beatles – Lieder, Songs von Bob Dylan, von Simon and Garfunkel, Gospelsongs, Negro Spirituals, aber auch französische Chansons der Piaf, sozialkritische Lieder von Jaques Brel, von Charles Aznavour und vieles mehr.

Eines Montags, es war schon nach acht Uhr abends, streikte sein Citroen und war nicht mehr in Gang zu bringen. Irgendwie hilf- und ratlos stand er an der Tankstelle, es dämmerte bereits. Gerade wollte er zum Telefon gehen, um seinen Vater anzurufen, ob er ihn nicht abholen könnte, denn der herbeigeholte Automechaniker beschied ihm: „Diese Kraxen kann ich Ihnen heute nicht mehr flicken, da brauch' ich etwas länger Zeit dafür, die Benzinpumpe ist im Eimer, ich werde schauen, ob ich morgen so eine von irgendwoher kriege." Sagte es und ließ sich von Guntram die Schlüssel geben. Da hielt Leo Horner an der Tankstelle, um zu tanken: „Servus Guntram, was ist los, warum schaust du drein wie sieben Tage Regenwetter?"

„Ah, meine Ente streikt, der hat jemand den Stecker rausgezogen, wahrscheinlich ist die Benzinpumpe defekt."

„Ja und was jetzt?", fragte ihn Leo.

„Ich werde meinen Vater anrufen, dass er mich holt", meinte Guntram.

„Nichts wirst du, komm, du kannst doch bei uns in Waldburg, in unserer Bibliothek, das ist auch unser Gästezimmer, übernachten, ich habe morgen wieder früh Unterricht, dann fahren wir gemeinsam zur Schule," bestimmte Leo.

Guntram war froh, seinen Vater abends so spät nicht mehr bemühen zu müssen, nahm dankend an, rief aber noch zu Hause an, dass alles o.k. sei, dass er aber heute bei Horners übernachte, weil die Ente nicht mehr wollte, stieg zu Leo in dessen VW und fuhr mit ihm nach Hause, nach Waldburg.

„Schau, wen ich dir da heute mitgebracht habe, einen Schiffbrüchigen, dessen Franzosenweibchen, also sein Auto, nicht mehr gewollt hat," rief Leo schon vom Garten zum offenen Fenster hinein und: „Schwesterchen, du wirst dich recht schön kümmern um unseren Gast, er übernachtet nämlich heute hier."

Der Herr Oberschulrat begrüßte den Maestro mit einer einladenden Geste, nuschelte was von Ehre, was dem Guntram gar nicht behagte, deshalb meinte er abwehrend, die Ehre sei wohl seinerseits, aber Umstände möchte er keine bereiten. Juliana war auch schon unterwegs, den beiden eine Kleinigkeit zum Essen zuzubereiten.

Um etwa zehn Uhr abends verabschiedeten sich die beiden Horner Männer, Leo sagte, er hätte noch etwas zu korrigieren für morgen und der Herr Oberschulrat meinte, für ihn sei es Bettzeit. Juliana brachte den Gast hinüber in die Bibliothek. In der Tür streiften sich ihre Körper.

„Entschuldige", murmelte Guntram. Da drehte sich Juliana um und flog ihm wie von einer Urgewalt gezogen an den Hals, wuschelte in seinen Haaren herum und presste sich ganz fest an seinen Körper. Dann riss sie sich abrupt los von ihm und meinte: „So, und jetzt entschuldige du, bitte." Nun war es Guntram, der sie an sich zog, küsste, streichelte, liebkoste. „Mein Gott, ist das wahr? stammelte er aufgewühlt. „Ja, ich liebe dich, ich liebe dich, ich liebe dich, siehst du das nicht, ich bin doch auch nicht aus Holz, ich bin nicht einfach dieses brave Heimchen, wie mich alle wollen, ich bin eine wilde Katze mit Krallen, du ich will dich, du sollst mir gehören, mir ganz allein. Ich habe Blut in den Adern, kochendes Blut, ich verbrenne fast und du hast mich so distanziert gehalten, liebst du mich, doch, sag, dass du mich liebst, nicht nur jetzt, immer," brach es wie ein Sturm aus Juliana heraus.

Juliana war keine Jungfrau mehr. Als sie vierundzwanzig war, war ihr Leben in arge Turbulenzen geraten. Damals hatte sie eine Stelle in Innsbruck angetreten, wegen Gerd, der dort studiert hatte und dann eine Stelle als Bauingenieur beim Bau der Brennerautobahn angenommen hatte.

Sie hatte Gerd in Italien kennen gelernt, im Urlaub. Die Freundschaft hatte nicht lange gehalten. Eines Abends, nach einem Kinobesuch, allein, denn Gerd hatte gesagt, er hätte eine Besprechung mit einem Geologen, ging sie noch in eine Pizzeria. Dort saß dann auch Gerd mit seiner Geologie, einer üppigen Blondine, kaum zwanzig Jahre alt. Juliana veranstaltete keine Szene, setzte sich aber trotzig an den Nachbartisch.

Das war das Ende, weiter nicht tragisch, die erste große Liebe eben gescheitert, tat weh, Juliana wusste damit zurechtzukommen. Nach den anfänglich heftigen Liebesschmerzen, fing sie sich wieder gut auf, dann begegnete sie dem nächsten Mann ihrer Träume, dem Günther, er war verheiratet, in Bozen, was sie erst viel später erfuhr.

Sie war sein Kätzchen, sein Schnurli, sein Vögelchen, mit ihr wollte er sich ein schönes Nest bauen. Dann stand eines Tages die Ehefrau Günthers mit ihren zwei Kindern vor ihrer Einzimmer - Wohnung.

Juliana verließ bald darauf Innsbruck. Es war eine fürchterliche Zeit der Selbstvorwürfe für sie. Sie war am Boden, verzweifelt, flüchtete nach Hause. Nur Leo vertraute sie sich an, der Herr Papa wäre wohl todtraurig und sterbenskrank geworden. Dann trat sie ihre Stelle auf dem Gemeindesekretariat von Waldburg an. Der Papa war glücklich, Juliana wieder bei sich zu haben, aber von den Männern hatte Juliana vorerst einmal die Nase voll.

Guntram streichelte ihre Nacktheit und hörte dem zu, was aus Juliana wie ein wilder Wasserfall hervorsprudelte, er stellte keine Zwischenfragen. Juliana schien sich eine bedrückende Last von der Seele reden zu müssen.

Dann liebten sie sich, zärtlich und dennoch wie von einer Macht wild ineinander getrieben. Sie lagen noch lange wach, sich verspielt liebkosend, kamen noch einmal zusammen, dann schliefen sie in einer weichen Umschlungenheit ein. Guntram murmelte noch etwas, wie, „Von mir erzähl ich dir später."

Guntram erwachte um sechs Uhr alleine, Juliana war weg, war schon drüben im Haus, bereitete das Frühstück. Um sieben Uhr fuhren Leo und Guntram zur Schule, Juliana ging auf ihr Gemeindeamt.

*

Drei Kilometer außerhalb von Waldburg befindet sich
die alte Hammerschmiede. Es war eine der ganz wenigen
Sensenschmieden, die der Rationalisierung, aber auch dem
Zeitenwandel trotzten. Man erzeugte längst keine Sensen
mehr, die Bauern brauchten ja auch kaum noch welche.
Motormäher und Traktoren besorgten den Ernteschnitt.

Aber der Besitzer der Schmiede, Ferdinand Himmelbauer, war schon immer geschäftstüchtig und er entdeckte
neue Absatzmöglichkeiten. Er stellte kunstvolle schmiede-
eiserne Grabkreuze, Stiegengeländer, Gartentore, Kande-
laber, Lampen und auch, dies mehr als Hobby oder auf
spezielle Bestellung, verspielte Skulpturen, her.

Seine Kinder waren in die Welt hinaus gezogen, seine
Tochter, die Margarethe, in Zürich gut verheiratet mit
einem Hotelier, den sie als Praktikantin der Hotel-
fachschule in der Schweiz kennen gelernt hatte. Sie kam
ganz selten nach Hause. Der Sohn lebte schon lange in
Amerika, wo er als Schiffsbauer tätig war und wie der
Himmelbauer erzählte, einen eigenen Betrieb hatte.

Die Frau des Himmelbauer war lange Zeit bettlägerig
gewesen, vor einigen Jahren durfte sie dann doch sterben.
Beim Begräbnis sah man die Himmelbauerkinder ein
letztes Mal im Dorf. Vater Himmelbauer, mittlerweile
auch schon siebzig geworden, fuhr alljährlich für ein paar
Wochen in die Schweiz, wohin auch der Sohn dann von
Amerika her kam.

Eigentlich hätte es der Himmelbauer nicht mehr nötig
gehabt zu arbeiten, aber das war nun einmal sein Leben

und ohne Arbeit, wie er sagte, könne er gar nicht sein, es müsse ihm schon der Tod dereinst den Schmiedehammer aus der Hand reißen.

Für die schweren Arbeiten hatte er seine beiden Gehilfen, er selbst gab mit den kleinen Hämmern und Zangen seinen Produkten den letzten Schliff.

Die Hammerschmiede hatte noch cinen voll in Gebrauch stehenden Wasserhammer. Über eine Achse, einem mächtigen Buchenstamm, hoben an dessen Ende zwei Noppen den Hammer an und ließen ihn in ihren Aussparungen wieder niedersausen. Ein rhythmisches Tack, Tack dröhnte durch das enge Tal. Die Achse wurde von einem grossen Wasserrad, dem Schöpfrad, angetrieben.

Die Schmiede stand unter Denkmalschutz, es war eine Rarität, die nicht wenige Touristen anzog.

Fürs Grobe hatte er seine zwei Dumserbuben, den Schani und den Schorschi, zwei imbezille Burschen, gut dreissig Jahre alt, von strotzender Blödheit, ja geradezu rigider Schwachsinnigkeit.

Sie hatten ihre Schulausbildung in der zweiten Klasse der Volksschule beendet, und dies auch nur deswegen, weil es für die ganz kleinen Schulanfänger nicht mehr zumutbar war, wenn da in der hintersten Bank die beiden Lackeln vor sich hindösten. Lesen und Schreiben, geschweige denn einfachstes Rechnen, war denen nicht beizubringen.

Der Vater der Dumserbuben, wie sie im Dorf hießen, war hochgradiger Alkoholiker, man fand ihn eines Januarmorgens erfroren im Straßengraben, die Mutter, eine Bauernmagd, war bei der Geburt der Zwillinge gestorben.

Die Gemeinde musste für sie etwas unternehmen, als sie mit fünfzehn zu Vollwaisen wurden und vor dem Nichts standen. Da nahm sich der Himmelbauer der Buben an, stellte sie als Hilfsarbeiter bei sich in der Schmiede ein, denn er war mit dem Dumser noch ganz weit entfernt verwandt. Er zahlte ihnen immer einen ansprechenden Lohn, den sie großteils auf die Bank brachten, wie ihnen das Frau Himmelbauer beigebracht hatte.

Schani und Schorschi wuchsen zu außerordentlich kräftigen Männern heran, zu regelrecht hünenhaften Erscheinungen. Die Schmiede war das genau Richtige für sie. Stundenlang konnten sie die glühenden Eisen mit den schwersten Hämmern traktieren, die klobigen, scharfkantigen Metallstücke herumschleppen, Kokssäcke buckeln und die zentnerschweren fertigen Erzeugnisse auf die Lastwagen verladen.

Im Haushalt Himmelbauer wurde einige Zeit nach dem Tod von Frau Himmelbauer auch noch die Kirinschitz Barbara, die Wetti, wie sie gerufen wurde, angestellt. Sie führte den Haushalt, kochte, besorgte die Wäsche und den Gemüsegarten. Sie war etwa Mitte dreißig, eine robuste, kernige Person mit einem hübschen Gesichtchen, wie einem Gemälde des Rubens entstiegen.

Der alte Himmelbauer bewohnte den oberen Stock des an die Schmiede angebauten Wohnhauses, die Wetti hatte ihre Kammer im Parterre und für die beiden Dumserbuben hatte der Himmelbauer den alten Pferdestall umgebaut, wo sie zusammen in diesem grossen Raum hausten.

Die Wetti war als ganz junge Frau eine recht aparte Erscheinung gewesen, sie war auch jetzt noch fesch und viele Männer warfen ihr immer noch begehrliche Blicke nach. Sie nannte einen schönen, wohlgeformten Busen ihr

Eigen und die in die Mannesjahre kommenden Dorfjungen stiegen ihr seinerzeit ständig nach.

Sie war keine Einheimische, war ganz allein als etwa Siebzehnjährige von irgend woher, aus Böhmen oder gar aus Polen in das Dorf gekommen, wie wusste keiner mehr. Eltern oder Angehörige kannte sie selbst keine.

Mit knapp neunzehn wurde sie schwanger, wie es hieß vom Jakob Kletzenbauer, der sie aber dann stehen ließ, weil die Kathi Greslehner, seine spätere Frau, fast gleichzeitig von ihm schwanger wurde.

Der Kletzenbauer brachte die Wetti, die gar nicht so recht wusste, wie und was ihr geschah, zu einer Engelmacherin. Die Abtreibung endete in einer Katastrophe. Man fand die Wetti unansprechbar mit hohem Fieber in ihrer Kammer, als sie noch im Wirtshaus Wiesner als Servierhilfe gearbeitet hatte und nicht zur Arbeit erschienen war. Dr. Müller ließ sie sofort ins Spital einliefern, wo ihr die Gebärmutter entfernt werden musste.

Wie es zu der Kindsabtreibung gekommen war, wer dahinter steckte, von wem sie schwanger geworden sei, das hatte die Wetti niemandem verraten, auch dann nicht, als man sie für eine Weile ins Gefängnis gesteckt hatte.

Daraufhin verließ sie das Dorf für etliche Jahre, zog in die Stadt, wo sie , wie die Leute sagten, eine Hure geworden war, was aber niemand wirklich genau wusste.

Als der Himmelbauer einige Zeit nach dem Tod seiner Frau einmal in Linz der Geschäfte wegen in einem Gasthof übernachtete und noch im abendlichen Quartier herumstreifte, traf er die Wetti zufällig und lud sie auf ein Bier ein.

Sie schilderte ihm ihre verzweifelte Lage, dass sie halt immer und überall ausgenutzt werde, einmal von den

Zuhältern, dann wieder von einem Wirt, wo sie servierte, ein Scheißleben sei das, worauf er meinte:

„Ich würde eine Haushälterin brauchen, für mich und den Schani und den Schorsch, du kennst sie ja sicher noch, die Dumserbuben." Er bot ihr einen guten Lohn an, sicherte ihr den freien Sonntag zu. Die Wetti meinte, sie würde sich das überlegen.

Schon ein paar Tage später stand sie da, mit Sack und Pack, richtete sich ein und war bald die unumstrittene Herrscherin im Haus. Sie brachte den Sauhaufen, wie sie sagte, auf Vordermann.

Einmal, nach ein paar Wochen, an einem lauen Frühlingsmorgen, rief ihr der Himmelbauer aus dem Schlafzimmer:

„Geh, Wetti, komm doch schnell einmal herein, hilf mir." Wetti meinte, was Gott da los sei, weil es irgendwie anders als normal tönte, vielleicht war dem Ferdi, so wollte der Himmelbauer von ihr gerufen werden, schlecht, deshalb hastete sie, so rasch es ging, die Treppe hinauf und nach hinten ins Schlafzimmer.

Dort stand der Schmied, splitternackt mit erigiertem Geschlecht.

„Aber geh, Ferdi, pack dein Zeug wieder ein, was soll denn das?"

„Ich will aber mit dir!", er sagte es in einem ganz bestimmten, eindringlichen Ton.

„Das ist aber im Vertrag nicht eingeschlossen", fauchte ihn die Wetti an, im Begriff sich umzudrehen und aus dem Schlafzimmer hinauszugehen.

„Das weiß ich schon, ich möchte auch zahlen."

„Das kostet aber einen Hunderter."

Der Himmelbauer fingerte seine Geldtasche hervor, legte einen Hunderter auf das Nachttischchen. Darauf zog sich die Wetti die Unterhosen aus, schob ihren Rock hoch, legte sich mit gespreizten Beinen aufs Bett. Der Ferdi kam über sie und befreite sich von seinem Drang.

Die Wetti dachte sich weiter nicht viel dabei. Ihr Ziel war es, möglichst viel und rasch zu sparen und sich dann in der Stadt eine Imbissbude und eine kleine eigene Wohnung zu kaufen, ganz selbständig zu werden und auf niemanden, vor allem auf keine Männer mehr, angewiesen zu sein. Der Zusatzverdienst konnte ihr Vorhaben ja nur beschleunigen und irgendwie mochte sie den alten Himmelbauer. Er war seit langem ein Mensch, der ihr Gutes tat, ihre Kochkunst rühmte, sie in vollen Tönen lobte, wie gut sie den Haushalt führe und ihr immer pünktlich den Lohn auszahlte. Und dass er halt auch einmal Sex haben wollte, verstand sie noch.

Von da an wurde es eine regelmässige Gepflogenheit. Immer, wenn der Ferdi hinunter rief:

"Geh, Wetti, komm doch schnell, hilf mir," wusste die Wetti, um was es ging. Der Geldschein, immer gleich, lag stets am selben Ort, das Prozedere war auch immer das gleiche und der Himmelbauer verlangte immer öfter nach ihr, er erlebte so etwas wie einen sexuellen Spätfrühling. Die Wetti sagte sich: „So verdiene ich ja bald mehr als mit der Arbeit, mir soll's recht sein."

So blöd die Dumserbuben waren, aber das kriegten sie bald spitz. Eimal stellten sie eine Leiter an und schauten den beiden durch das Fenster des Schlafzimmers zu.

Schon am Abend des selben Tages riefen sie aus ihrer Kammer: „Geh, Wetti, komm doch schnell, hilf mir." Als die Wetti in das Zimmer der Dumserbuben kam, standen beide splitternackt da. Wetti machte kehrt und stürmte hinaus, zurück in ihr Zimmer.

Ihr Zorn dauerte nicht lange, denn die Aussicht auf Zusatzverdienst lockte und war letztlich stärker als irgendwelche Scham, die sie ja schon längst als Luxus abgetan hatte. Wenn schon der Himmelbauer sein gutes Geld an sie weitergab, um etwas zu haben, wonach er so verlangte, warum soll sie das nicht auch vom Schorsch und vom Schani nehmen? Sie ging zurück ins Zimmer der beiden.

Die saßen auf ihren Betten, die in dem grossen Raum, ein Bett dem anderen gegenüber, an der Wand, also weit voneinander entfernt, standen und glotzten dermaßen hilflos vor sich hin, dass die Wetti schallend lachen musste, als sie das Bild sah.

Dann legte sie ihnen dar, wie sie das handhaben wollte: Zuerst einmal keine Gewalt, nur in ihrem Zimmer und nur dann, wenn sie ja sagte, sonst nicht, zudem kostete es einen Hunderter, gleich wie dem Chef, außerdem mussten sie sich vorher duschen. „Denn den Schmittendreck und den Russ will ich nicht in meinem Zimmer." Über die debil stierenden Visagen kam ein Leuchten, wie wenn sie erfahren hätten, dass sie im Himmel seien. Der Schorsch, vielleicht der um eine Spur nicht ganz so depperte, grinste und stotterte heraus: „Ich zuerst sofort, dann der Schani."

„Also gut, zuerst unter die Dusche, dann nimmst du das Geld mit, dann kannst du kommen, aber zuerst anklopfen, nachher darf der Schani kommen."

Schon ein paar Minuten später klopfte, nein polterte es an Wettis Türe. Sie machte dem Schorsch auf, der stand bereits splitternackt vor ihr. Aber da erschrak auch die Wetti. So ein Riesending hatte sie noch nie gesehen. Das war ja ein Riesenzapfen. Über zwanzig Zentimeter ragten ihr da entgegen.

Vorsorglich schmierte sie sich ihre Vagina dick mit Vaseline ein, vor diesem Apparat hatte sie doch ein wenig Angst. Sie zog ihre Hosen aus, schmierte noch einmal, legte sich hin und spreizte die Beine. Schorsch drang sanfter in sie ein, als sie befürchtet hatte, außerdem zitterte er am ganzen Körper, es war sicher sein erstes Mal. Schon nach kaum einer Minute merkte sie, wie es ihn schüttelte und seine Samen kamen. Schorsch ging mit einem breiten Grinsen auf dem Gesicht und Schani kam. Es war fast gleich, nur dass Schani etwas ungestümer war und irgendwelche gurgelnde Urlaute von sich gab, aber fertig war er genau so schnell.

Wetti sinnierte nachher: drei Hunderter heute und sie begann zu rechnen.

Eines war für Wetti noch von Vorteil bei der Sache: Ihre drei Männer taten ihr schön, halfen ihr, wo sie konnten, schwere Sachen musste sie nie mehr schleppen und der Ferdi spendierte ihr öfters, wenn er ihr am Samstag den Wochenlohn auszahlte, eine Flasche Schampus. Die beiden, der Schorsch und der Schani, fraßen ihr aus der Hand, mit denen konnte sie alles machen. Sie folgten ihr wie zwei Hunde. Dies verhalf ihr auch einmal zu jenem unverhofften Erlebnis der Rache, von dem sie insgeheim geträumt hatte:

Der Jakob Kletzenbauer hielt vor der Hammerschmiede, wer weiß warum, denn er kam gar nicht dazu, sich zu erklären. Als er die Wetti mit seinem von oben herab hingesagten: „Da schau, die Wetti, dich gibt's auch noch, hast wieder heim gefunden, ist dir die Hurerei in der

Stadt doch zuviel geworden?", beleidigend begrüßte und
ihr einen Klaps auf den Hintern gab, rief sie den beiden:
„Schorschi und Schani, helft mir, der tut mir weh, packt
ihn und verdrescht ihn."
Wie zwei sabbernde Bulldoggen stürzten sie sich auf
ihn, ihre Fäuste flogen in Jakobs Gesicht, dann hauten sie
ihn um, traktierten ihn mit Fußtritten, schleiften ihn über
die Steinplatten, und wäre der Himmelbauer, aufge-
schreckt durch das Gebrüll des Kletzenbauers, nicht
dazwischen gestürzt und hätte die Buben nicht zurück-
getrieben, es hätte wohl das letzte Stündchen des Jakob
geschlagen gehabt.
Der richtete sich mühsam auf, grässlich zerschunden
war er, üble Beulen überzogen seinen Schädel.
Die Wetti sagte zu ihm nur: „Lass dich hier nie wieder
blicken, du billiger Jakob, du Drecksau du verdammte."
Dann wankte Jakob zu seinem Wagen und gab Vollgas.
Jakob Kletzenbauer dachte einen Augenblick an eine
Anzeige, ließ es aber sein, denn er fürchtete natürlich
Wettis Aussage immer noch, falls die Sache vor Gericht
landen würde.
Der Himmelbauer aber sagte zu den Dumserbuben:
„Das dürft ihr nie mehr tun, nicht hier auf meinem Hof."
Dann erzählte ihm die Wetti alles und warum sie das getan
hatte und auch ganz recht fand.
Der Himmelbauer seufzte und meinte: „Trotzdem."
Am Abend kochte die Wetti den Männern deren Lieb-
lingsessen: Rindfleisch mit Semmelkren.
Hernach ging die Wetti zum Ferdi und legte sich zu
ihm erstmals völlig nackt ins Bett, irgendwie aus
Dankbarkeit, aber sicher auch aus Geschäftssinn.

Für den Himmelbauer war dies eine Lusterfahrung, die er sich oft und oft gewünscht hatte, aber immer, wenn er sich am Busen der Wetti zu schaffen gemacht hatte, wehrte sie ihn energisch ab, mit: „Mein Busen gehört mir, Finger weg davon, der ist nicht inbegriffen."

Nach der aus Dankbarkeit gewährten Gratistour, wie die Wetti ihre Offerte bezeichnete, meinte Ferdinand noch immer sehr erregt: „Was kostet es denn in Zukunft mit den Titten?" „Naja, meinte die Wetti, nackert und mit Schmuserei muss ich schon zwei Hunderter haben."

Von nun an lagen immer zwei Hunderter auf dem Nachttischchen.

In Wettis Traumwelt verkürzte sich die Zeit bis zu ihrer Selbständigkeit rasant. Nur Samstag und Sonntag waren die Tage, an denen nichts ging, da ließ die Wetti mit sich ganz und gar nicht reden.

Es gefiel ihr vieles an ihrer jetzigen Stelle, vor allem, dass sie was zu sagen hatte. In der Haushaltsführung redete ihr niemand drein. Sie konnte kochen, was sie wollte, alles wurde mit Begeisterung aufgenommen, die zwei Dumserbuben hatten ohnehin einen Appetit und aßen wie die Drescher.

Ein wenig Anstand brachte die Wetti den Männern gleich zu Beginn bei, so wurde am Tisch nicht mehr gerülpst und gefurzt, die Männer mussten sich vor dem Essen die Hände waschen, der Himmelbauer sprach ein kurzes Tischgebet: „Herr wir danken dir für Speis und Trank, Gott segne, was du uns bescheret hast, Amen." Es wurde mit dem Essen gewartet, bis alle etwas auf dem Teller hatten und der Himmelbauer „Mahlzeit" gewünscht hatte. Am Ende der Essenszeiten gab der Hausherr mit seinem Verlassen des Platzes das Zeichen, dass es vorbei war.

Die Wetti war froh darüber, dass ihr Leben nun ganz genau fixierte Zeiten hatte. Im Sommer stellte sie um sieben, im Winter um acht das Frühstück hin: Kaffee, Marmelade, Bort und Butter, besorgte dann die Wäsche und erledigte andere Haushaltsarbeiten oder machte sich im Gemüsegarten zu schaffen, um neun rief sie ihre Männer zur Jause, meist Brot mit Speck und Käse, begann dann zu kochen und pünktlich um zwölf stand das Essen auf dem Tisch.

Am Nachmittag von zwei Uhr an, wenn sie mit der Küche fertig war, hatte sie ihre Zimmerstunde bis zur Vier-Uhr-Jause. Da gab es nur eine Kleinigkeit, wie ein belegtes Brot mit einem Glas hauseigenem Most, denn das Abendessen nahm man früh, schon um halb sieben Uhr, ein. Oft gab es Reste vom Vortag, eine kräftige Suppe oder Teigwaren mit Hackfleisch. Dann war die Wetti frei in ihrer Abendgestaltung.

Sie las gerne, am liebsten die billigen Heftchen, Liebesgeschichten, in denen die Helden zu leiden hatten, dann aber glücklich wurden, Herz-Schmerz-Storys wie „Margarethe von Hohenfurth" und ähnliche Geschichten aus der blaublütigen Gesellschaft.

Eines hatte sie noch im Sinn und bat auch den Himmelbauer darum, dies tun zu dürfen: Sie wollte die Fahrprüfung machen und meldete sich in der Fahrschule an. Der Himmelbauer war froh, denn dann konnte die Wetti mit seinem Pick-up zum Einkaufen nach Waldburg oder nach Freistadt fahren, denn er merkte, dass er beim Autofahren immer unsicherer wurde.

Die Dumserbuben konnten fahren, hatten aber keinen Führerschein, sie waren schon dreimal an der theoretischen Fahrprüfung gescheitert, deshalb durften sie mit dem Wagen nie auf die öffentlichen Straßen, aber auf dem Grundstück manövrierten sie mit dem Pick-up leidenschaftlich gerne herum.

Schon nach drei Monaten hatte sie die Prüfung bestanden, was mit einem besonders guten Essen, einem Schweinebraten, und von der Wetti spendiertem Wein gefeiert wurde.

Obwohl sie nun unabhängiger war, ging sie trotzdem kaum aus, nur zum Einkaufen fuhr sie, erledigte das am liebsten in Freistadt in einem Supermarkt. Man kannte sie dort kaum, nach Waldburg fuhr sie ungern, denn sie fühlte sich dort nicht wohl. Ansonsten ging die Wetti nicht aus, es war ihr in ihrer Kammer am wöhlsten. Ab und zu fuhr sie an Sonntagen nach Linz, anfangs noch öfter, doch mit der Zeit immer seltener.

*

Noch einmal nach dem Zwischenfall mit dem Kletzenbauer wurde der Hausfrieden in der Hammerschmiede empfindlich gestört. Ursache war die grenzenlose Blödheit der sonst gutmütigen Dumserbuben. Etwa drei Kilometer weiter talabwärts, an der Eisenbahn, liegt die wohl verruchteste Spelunke der Gegend, das „Wirtshaus zur Haltestelle", ein sehr verrufenes Beisel.

Tagsüber konnte man dort ein schmackhaftes Speck-
brettl, mit speziellem und weit herum bekanntem Bauern-
speck haben, aber abends, besonders an den Wochenenden, ging es dort wüst und derb zu und her.

Der Herr Oberlehrer Horner nannte die Kneipe „Waldburgs Auerbachs Keller", beweisend, dass er Goethes
Faust gelesen hatte, der Herr Pfarrer bedeckte schon nur
beim Namen „Haltestelle" seine Augen und seufzte was
von Schandmal für das Dorf, von Sodom und Gomorrha.

Die Kneipe hatte der Brummeier Adolf gekauft. Er
hatte seine Ersparnisse aus seiner Zeit bei der
französischen Fremdenlegion in das Wirtshaus investiert,
es auch ganz ordentlich, rustikal eben, renoviert.

Seinerzeit war der Adolf in die Fremdenlegion geflüch-
tet, weil er einem Gendarmen die Pistole abgenommen,
ihn dann in eine Jauchegrube gestoßen hatte und mit der
Waffe abgehauen war. Wozu er den Revolver gebraucht
hätte, wurde nicht bekannt, doch hieß es, der Adolf sei
Mitglied einer Einbrecherbande.

Als er nach einigen Jahren aus der Fremdenlegion
zurückkam, musste er vorerst ins Gefängnis, zeigte sich
reumütig, wurde vorzeitig entlassen und kaufte sich das
Gasthaus. Er führte es allein, für die Küche hatte er Aus-
hilfen und seine alte Mutter wohnte noch bei ihm. Sie
hatte eine Kammer oberhalb der Gaststube. Weil sie halb
taub war, störte sie allfälliger Krach, der aus der
Wirtsstube herauf drang, nicht.

An einer Wand der Gaststube hing ein großes,
lackiertes Holzbrett, in das mit einer Lötlampe eingebrannt
war: „Raufen streng verboten". Dies wurde auch
eingehalten. Wenn schon zwei in angetrunkenem Zustand
aneinander gerieten, ließen sie sich seit folgendem Vorfall

willig hinaus spedieren und droschen auf der Straße aufeinander ein:

Ein Metzgergeselle aus dem Nachbardorf Hirschbach, wollte es genau wissen, was das heißen sollte, das blöde Schild. Er war bekannt als brutaler Schläger und mit seinen Fäusten auch rasch zur Stelle, denn geistig war er nicht viel heller als die Dumserbuben.

Adolf Brummeier erklärte ihm, noch ruhig aber bestimmt: „Das heißt, dass da hier drinnen nicht gerauft wird, auch nicht von dir." Da sprang der von einigen Schnäpsen schon gereizte Metzgerbursche auf, stänkerte: „Das werden wir ja sehen, ich prügle mich dort, wo es mir passt", und ging wie wild auf den Brummeier Adolf los. Immer noch beherrscht sagte der: „Also, wenn du meinst, so gehen wir hinaus." Die Gaststube war voll, es war ein Samstagabend, Hochbetrieb.

Alle drängten hinterher, da musste man dabei sein. Keiner hätte auf den Brummeier gesetzt, der andere war ja ein Riese, an die zwei Meter groß, massig, vor Rohkraft strotzend. Der Brummeier war auch nicht klein, etwa einen Meter achtzig, drahtig, schlank, aber er wirkte gegen den anderen beinahe wie David vor dem Goliath.

Kaum waren sie auf dem kleinen Platz vor dem Haus, wuchtete sich der Metzger wie eine Straßenwalze auf den Adolf los, der aber wich in seiner katzenhaften Gewandtheit, die er in der Fremdenlegion gelernt und trainiert hatte, aus und schon nach ein paar Sekunden wirbelte der Metzgergehilfe von ein paar Judowürfen ausgehoben durch die Luft und krachte mit seiner ganzen Masse auf den Boden.

Dann drehte ihm der Brummeier den Arm nach hinten um und traktierte ihn mit Handkantenschlägen, bis dem Metzger das Blut aus Nase und Mund floss.

Als der sich dann nicht mehr rührte, trat er ihm noch ein paar in die Weichteile und sagte:

„So, deine Zeche übernehme heute ich, aber du lass dich einen Monat nicht mehr blicken, sonst kannst du dich gleich selbst abstechen, du fette Metzgersau," drehte sich um und meinte zu den Gästen: „Ich glaub', das Schild verstehen jetzt alle."

Der Metzgerbursche taumelte hoch, griff sich an seinen Brummschädel, stieg wortlos in seinen Lieferwagen, spuckte noch einen Zahn aus und brauste davon.

Nachher waren alle wie aufgedreht und es wurde einer der säuischten Abende, den die Spunte je gesehen hatte.

Schnaps und Bier flossen in Strömen, die - es waren die Samstagsstammgäste - die versammelte Primitivität der Gegend - wurde in ihren Witzeleien immer zotiger, geiler und schlüpfriger, die vulgärsten Weiber, die Schmiedinger Miez und die Haushofer Zenzi, zwei Arbeiterinnen, die in der Stadt, im Eisen-und Stahlwerk, ihre Brötchen verdienten, in ihrem nymphomanischen Männerkonsum gar nicht wählerisch waren, packten unter Gejohle ihre Brüste aus, ließen die wogenden Busengebirge auf den Tisch klatschen und kreischten: „Einmal Tutteln angreifen kostet einen Liter, daran zuzeln, einen Doppelliter". Der Schani und der Schorsch stellten sich auch in die Warteschlange.

Der Brummeier hatte an solchem Treiben seine wahre Freude. Längst hatte er den Haupteingang zum Wirtshaus zugesperrt und ein Schild hinaus gehängt: „Heute geschlossene Gesellschaft". Nach der Aktion mit den Brüsten, war die Reihe an den Dumserbuben.

Der Brummeier sagte: „He, Schani und Schorschi, von euch sagt man, ihr habt die größten Schwänze im ganzen Land." Dann ließ er einen Hut, in den er einen Fünfziger hinein warf, herumreichen: „Schaut's zwei Hunderter sind da drin, wir wollen messen, und wenn euch keiner überbietet, gehört das Geld euch."

Die beiden Halbdeppen lachten verlegen, standen halbwegs auf, öffneten den Hosenladen und legten ihre Penisse auf den Tisch. Der Brummeieir kam mit einem Lineal, nahm umständlich Maß und verkündete triumphierend: "22 cm, wer bietet mehr?"

Da entschlüpfte der Haushofer Zenzi unter dem schon orgiastischen Gebrüll aller: „Mein Gott, mit dem möchte ich nichts zu tun haben, der zerreißt dich ja." Worauf der Schorsch mit beleidigtem Grinsen meinte: „Aber bei der Wetti geht er eini."

Diese Aussage führte zu tumultartigen Szenen, die Weiber quietschen vor Vergnügen, die Männer röhrten wie brunftige Hirsche.

In einer Ecke hinten saß auch der Winkelhofer Kajetan, er ging aus Verbitterung in kein Gasthaus im Dorf mehr und schloss sich nun immer öfter hier der gesellschaftlich untersten Schublade an. Er war es dann, der der Wetti ein paar Tage später von der strohdummen Aussage erzählte.

Die war bitter erzürnt, schrie die beiden an: „Was seid's denn ihr für blöde Hunde, man sollte euch euern Zipf abschneiden!", knallte ihnen die Tür zu und noch so stürmisches Bitten konnte sie nicht erweichen.

Mehr als einen Monat hielt sie sich die beiden Sauhammeln, wie sie sie nun nannte, vom Leib. Dann ließ sie sich von den um Verzeihung winselnden Schani und Schorschi und wohl auch von ihrer eigenen Sparwut erweichen und Eintracht kehrte wieder ein ins Himmelbauerhaus.

Aber ein Versprechen nahm sie ihnen ab: „Ins Wirtshaus zur Haltestelle geht ihr mir nicht mehr, geht in anständige Gasthäuser, wenn ihr noch einmal dorthin geht, dann ist es aus mit uns." Schorsch und Schani hielten sich lange Zeit brav daran.

Der Winkelhofer Kajetan kam von nun an öfter vorbei, aber offen getrauter er es der Wetti nicht zu sagen, dass er auch gerne bei ihr gelandet wäre, denn seine Erlebnisse mit Frauen, es war eigentlich nur eines, wenn man von seinen Bordellbesuchen absieht, konnte man schon als traumatisch bezeichnen und so meinte er, wenn die zwei Deppen bei ihr was erreichten, sollte es für ihn ja auch einmal möglich sein.

Seinem häufigen Vorbeikommen schob er einen Grund vor.

Er ließ beim Himmelbauer ein großes schmiedeeisernes Tor in Auftrag geben und musste doch bei der Entstehung des Kunstwerkes mitreden. Der Himmelbauer machte gute Miene zu den Vorstellungen, was das für ein Tor werden sollte, aber er sagte sich: „Auftrag ist Auftrag, es entspricht nicht meinem Geschmacksempfinden, aber an der Qualität der Schmiedearbeit soll es nicht mangeln."

Dem Kajetan schwebte ein martialisches Tor vor: durchbohrte Herzen, Dornenkronen, gekreuzte Lanzen, ein gewelltes Blech sollte das Schweißtuch der Veronika darstellen, ein Sammelsurium aus dem biblischen Kabinett.

Als die Dumserbuben das schwere Tor aufluden, begann es über das Holz abzurutschen, drohte den Schani zu erdrücken, der stemmte sich mit aller Kraft dagegen, da knackste es und seine rechte Schulter hing ausgekugelt schlaff herunter. Auch der Schorsch hatte seinen Fuss so unglücklich dagegen gestemmt, dass er schräg wegstand.

Der Himmelbauer rief der Wetti, sie sollte mit den beiden schnell zum Kajetan fahren, nicht zum Doktor. Sie warf eine alte Matratze auf den Pick-up, die beiden legten sich darauf und Wetti brauste davon.

Der Kajetan war zu Hause und begann auch gleich mit seinem Heilverfahren.

Die Wetti schaute ihm entgeistert zu. Es war für sie wie ein Bild aus einer anderen Welt: Die beiden wimmernden Dumser lagen auf dem Hochsofa, da kam der Kajetan ganz in Weiß mit einer blutroten Stola um den Hals herein, warf den Rekorder an und begann mit der Zeremonie. Wetti verstand immer nur: „Ahriman entferne dich, Ahriman entferne dich, Ahriman entferne dich", dann begann der Kajetan sein chiropraktisches Handwerk. Er zog und drehte, behorchte, befühlte die verletzten Stellen.

Beim Schani sprang das Schultergelenk bald hörbar in die Pfanne zurück und auch den Fuss des Schorsch drehte der Kajetan unter Zug und einem fürchterlichen Aufschrei des Patienten in seine richtige Lage.

Dann beschmierte er die Körperpartien mit seiner Kampfersalbe, besprengte die Buben und auch die Wetti mit seinem geweihten Wasser. Die beiden Dumserbuben beruhigten sich erstaunlich schnell.

Kajetan legte ihnen noch einen Verband an, verordnete einige Tage Bettruhe. Auf die Frage der Wetti nach den Kosten, meinte er: „Das regle ich schon mit dem Ferdinand. Morgen komme ich vorbei und schaue nach, aber der Teufel ist draußen, ich hab's gespürt, die werden bald wieder in der Schmiede stehen."

Am nächsten Tag stand er schon um acht Uhr vor der Hammerschmiede. „Die zwei schlafen ja noch, willst nicht vorher noch einen Kaffee mit uns trinken, Gugelhopf habe ich auch gebacken?", lud ihn die Wetti ein.

Dazu ließ er sich nicht zweimal bitten. Der Himmelbauer murmelte etwas von Glut, die er anfachen müsse, stand vom Frühstück auf und ging in die Schmiede hinüber. Kajetan schlürfte genüsslich seinen Kaffee, tunkte den Gugelhopf ein und aß mit hörbarem Vergnügen.

Die Wetti schaute dem Mann zu. War das der gleiche Kajetan, der gestern ein so komisches Spektakel inszeniert hatte, der aber sehr wohl Erfolg gehabt hatte, denn die beiden Dumserbuben sagten kein Wort mehr davon, dass es noch irgendwo sehr weh täte und waren zu Hause gleich in einen tiefen Erholungsschlaf gefallen. Vorhin war die Wetti noch in deren Zimmer, die beiden schnarchten immer noch friedlich.

Sie musterte den Kajetan. Irgendwie sonderbar war dieser Mann mit seinen stechenden, tiefliegenden Augen, den feingliedrigen Fingern, dem dünnen, etwas zu lang geratenen Hals. Die Wetti dachte: „Wie eine Krähe, der man den Hals gestreckt hat, sieht er aus."

Dieses Äußere wurde noch durch die Kleidung des Kajetans unterstrichen. Er schien für sich nur die Farbe Schwarz zu kennen. Wetti konnte sich nicht erinnern, den Mann je lachen gesehen zu haben. Immer war er todernst und hatte eine Miene aufgesetzt, als müsse er demnächst auf ein Begräbnis eines ihm lieben Menschen gehen.

Wenn er sprach, bewegten sich seine Lippen wie der Schnabel eines Vogels, spitz und sich übertrieben weit öffnend, aber seine Stimme hatte einen warmen, tiefen Klang und passte so gar nicht zu seinem Aussehen.

Und worüber er sprach. Oft waren das so sonderbare
Gedanken, wie wenn dieser Mensch in einer anderen Welt
leben würde. Er sprach immer in sehr gewähltem Hoch-
deutsch, mit kunstvollen Wendungen, und stets kam er
nach ein paar Sätzen auf sein Hauptthema, die Geistheilerei, zu reden.

Die Wetti hatte irgendwie Mitleid mit ihm. Er war ja
auch ein Außenseiter der Gesellschaft, anders als sie
selbst, aber doch auch irgendwie einer ohne Glück.

Die Leute zuckten mit den Achseln, wenn von ihm die
Rede war, tippten sich mit dem Finger auf die Stirn, um
anzudeuten: Bei dem stimmt es nicht ganz. Der Ferdi war
der Meinung:

„Der Kajetan ist schon recht, halt nicht so wie die
andern, er hat ganz bestimmte Vorstellungen, die sind aber
schon ein wenig seltsam, aber dumm ist der nicht, der hat
ja fast die Matura gemacht.

Wenn das damals mit seinem Vater nicht gewesen
wäre, dieser plötzlich Tod, dann wäre wohl alles ganz
anders gekommen. Damals ist er ja auch fort, wohin hat er
niemandem erzählt, aber nach ein paar Jahren war er
wieder da und begann mit dieser Geistheilerei, die er nach
den Gerüchten im Dorf irgendwo in Indien gelernt hatte.

Geld war für ihn scheint's keine Frage, wahrscheinlich
war vom Vater noch genug da, denn von seinem Taxiunternehmen konnte er nicht leben, und seine Geistheilerei
brachte ihm keine regelmäßigen Einkünfte.“

Im Dorf nahm man keine große Notiz von Kajetan, er
fiel auch nicht weiter auf, mischte sich weder dorfpolitisch
in die öffentlichen Angelegenheiten noch nahm er Teil am
Dorfgeschehen; außer im Kirchenchor, da sang er gerne

mit, bis es eben zum Zerwürfnis anlässlich der Proben zur Missa Solemnis gekommen war.

Freundschaftlichen Umgang pflegte er nicht, er schien ganz in seiner mystischen Welt der Geistheilerei aufzugehen, richtige Feinde hatte er nicht. Was allen auffiel, waren seine brennenden, stechenden Augen, die von einem inneren Feuer zeigten.

Nur eines konnte ihn maßlos erzürnen: Wenn man ihm vorwarf, er sei ein Spinner, ein Verrückter. Da holte er dann jeweils redegewandt aus:

„Ja ihr, die ihr nie über Waldburg, geschweige denn über das Mühlviertel oder über Österreich hinaus gesehen habt, ihr könnt so daherreden, aber ihr quasselt nur aus dem Bauch heraus, euch geht es ja nur ums Geld, ums Fressen und Saufen und vor allem darum, wer mit wem ins Bett gegangen ist. Ihr seid doch alle scheinheilig.

Für euch ist jeder ein Verrückter, der nicht so einfältig ist wie ihr selbst und wenn einer in der Welt draußen war, dann ist er euch sowieso nicht mehr geheuer. Wenn ihr mich einen Spinner nennt, dann halte ich euch entgegen, dass ihr eine Horde von Dummköpfen seid, die von den gigantischen Mächten, die diese Welt steuern, keine Ahnung hat. Schaut euch doch in den Spiegel, was euch da entgegen grinst. Das ist doch die bare Einfältigkeit, die borniert Blödheit, nur seid ihr zu stupide, das zu merken, weil ihr vom Bazillus der Ignoranz befallen seid und dagegen gibt es kaum ein Heilmittel."

Nach einer Weile fasste Kajetan allen Mut zusammen, denn jetzt war wohl die Gelegenheit günstig:

„Du Wetti, ich möchte dich was fragen."

„Ja, was denn?"

„Ich weiß nicht so recht, wie ich dir das sagen soll."

„Na, bist aber gar schüchtern."

„Aber darfst nicht bös werden."

„I wo, ich werd's schon vertragen, meinst du wegen gestern, das mit deiner Geistheilerei, ein bisschen komisch, ein wenig gesponnen ist das schon, aber wenn es hilft und die Leute dran glauben, mir ist doch das Wurst."

„Das meine ich nicht, darüber lässt sich auch nicht diskutieren, das sind meine Verbindungen zu den jenseitigen Mächten."

„Na, du spinnst dir schön was zusammen, weißt an den Himmel glaub ich schon lang nicht mehr, das erzählen sie doch den armen Leuten, damit die schön still sind."

„Die Pfarrer schon, aber ich bin von der Vorsehung zur Gerechtigkeit ausersehen."

„Was redest du nur für hirnverrücktes Zeugs daher, aber jetzt frag doch schon, was du von mir willst!"

„Also dann", Kajetan holte noch einmal tief Luft, dann stieß er heraus: „Ich möchte einmal mit dir schnackseln."

War es das Wort „schnackseln" oder das unsichere Gesicht des Kajetans, jedenfalls prustete Wetti darauf los, dann ernster, nach einer kurzen Denkpause:

„Ist es wegen dem, weil die Dumserbuben damals im Wirtshaus so blöd geredet haben?"

„Schon, das hat mir Courage gegeben, dich das zu fragen, aber ich möcht's wirklich, du gefällst mir halt schon sehr, du bist eine schöne Frau."

Die Wetti überlegte kurz und sagte dann nüchtern und trocken: „Das kostet einen Hunderter, wenn du einen mit hast, dann komm, aber es bleibt unter uns."

Der Kajetan holte seine Geldtasche hervor, legte ihr den Geldschein hin. „Komm", sagte sie, dann marschierten sie in ihr Zimmer. Die Prozedur war für die Wetti die gewohnte, der Kajetan stierte wie fixiert auf ihre Möse, als sie mit gespreizten Beinen so dalag, dann murmelte er was von „Gott sei bei uns" und legte sich auf sie. Die Wetti merkte kaum was, denn der Kajetan litt unter einer extremen Mikrogenitalis, sein winziges Schwänzchen war für sie kaum zu spüren, aber das machte ihr wirklich gar nichts, sie dachte dabei immer nur: ein Hunderter ist ein Hunderter.

Der Kajetan rammelte und rammelte, schnaufte und schwitzte, endlich befreite er sich unter einem wonnigen Zucken. „Dank dir schön, Wetti, dir werde ich das nie vergessen," keuchte er glückselig.

„Aber geh, hast ja zahlt dafür, Geschäft ist Geschäft", quittierte Wetti seine salbungsvollen Dankesworte.

Der Kajetan hatte früher einmal eine schlimme Erfahrung mit einer Frau gemacht, was ihn seither, und er war nun auch schon fünfundvierzig, einschneidend geprägt hatte. Er war gerade zwanzig und wenn er auch keine umwerfende Erscheinung war, so war er doch leidlich gut situiert und hätte für manche junge Frau eine gute Partie abgegeben.

Es war damals im Sommer. Er half bei einem Kunden seines Vaters, der die Mühle noch betrieben hatte, beim Bauern Unterweglehner, bei der Getreideernte aus. Dort arbeitete die damals dreißigjährige Karolin, eine Bauernmagd mit dem Spitznamen „Nymphenlini", der man nachsagte, dass sie es mit jedem trieb.

Die zwei hatten die Kornbündel in der Scheune zu schichten und kaum waren sie damit fertig, fielen die beiden übereinander her. Als dann Kajetan seine Hosen ausgezogen und ganz nervös seine Premiere bei einem Wcibc vor sich hatte, lachte ihn die derbe Dirne angesichts seiner physischen Deformation schallend aus:

„Was, mit dem kleinen Würmchen? Nein, da kannst du es mit einem Kaninchen machen , pack dein Zeugerl wieder ein, das lohnt sich wirklich nicht."

Daraufhin schob sie ihren Rock wieder hinunter und der Kajetan blieb mit seiner Verzweiflung und Demütigung zurück. Seither hielt er sich von den Frauen fern, nur auf die kleinen Schulmädchen war er scharf, doch hinderte ihn eine innere Bremse bisher davor, hier ein Verbrechen zu begehen, obwohl er oft nahe daran war, besonders wenn er ein kleines Mädchen in seiner Geistheilerbehandlung hatte. Einzig in einem Bordell in Linz, der Landeshauptstadt, konnte er seinen Trieb befriedigen. Dort war er Stammgast geworden, nachdem die Bordellmutter, eine verständige, abgebrühte Frau, ihre Damen instruiert hatte, wie mit dem Kajetan umzugehen war. Auf dessen stets ängstliche Frage: „Wie war ich?" hatten sie zu antworten: „Eine Wucht, Klasse, Mann, ein Wahnsinn, du bist der Beste."

Kajetan kannte bald alle Damen und die schätzten ihn alle, denn er war so zart mit ihnen und von seinem Penis war kaum was zu spüren. Dann lud er sie stets zu einem Getränk, einer Flasche Sekt, ein, gab gutes Trinkgeld, machte nie Krach, benahm sich immer tadellos. Die Huren des Bordells waren für ihn ein notwendiges Mittel zum Zweck. Ersatz für Selbstbefriedigung.

Die Wetti aber, die war seine Hohepriesterin, ja Gebieterin, für ihn von Ahura Masdah auserwählte Königin an seiner erlauchten Seite.

Mit den Proben für das Konzert kam man gut voran, wenn auch die Nervosität auf den Anlass hin ständig stieg. Eine Generalprobe vor Publikum wurde diskutiert und Guntram meinte, dass sie unbedingt eine brauchten, es sollte eine Veranstaltung in geschlossener Gesellschaft sein, aber das Konzert müsse als Freiluftveranstaltung so aufgeführt werden, wie es im Juli in Epidauros erklingen sollte.

Guntram schlug vor: „Hier vor dem Schlösschen, im Park, wäre es schon ideal, wenn Frau Ilse und der Herr Doktor damit einverstanden wären."

Es war keine Frage für Frau Ilse, es war eine Selbstverständlichkeit. Herr Dr. Müller war zu dieser Zeit nicht im Lande, er war mit seinen Rennwagen unterwegs.

Eingeladen wurden natürlich der Kirchenchor, die Lehrerschaft von Waldburg, der Herr Pfarrer, die Kollegen Guntrams vom Gymnasium Freistadt mitsamt Familien und Guntram offerierte auch seinen Musikklassen den Anlass auf freiwilliger Basis, dafür wurden zwei Busse angeheuert. An einem Samstag, anfangs Juni, am Nachmittag um fünf Uhr, begann das Konzert. Das erste

Lied war Franz Stelzhammers Lied an die Heimat, dessen einfache Sprache beeindruckt und dessen weiche Melodie die Herzen zart zu rühren weiß, von Guntram raffiniert arrangiert: Das Cello begann mit der Melodie. Sanft und pianissimo wurde das Motiv vorgestellt, dann tanzte die Geige lebendig und beflügelt darüber, die Zither Guntrams führte den Wettstreit der beiden Streicher in den Akkord zusammen, von dem aus die Stimmen einsetzten. Die Tenorlage war für Ludwig Paulas so hoch gesetzt worden, dass er sein Vibrato in seiner Stimme wie ein Vögelchen präsentieren konnte, die Altstimme Julianas erklang als dezente Begleitung, der Sopran von Frau Ilse vervollständigte den Dreiklang.

Das Publikum war entzückt und viele der Schüler summten die ihnen bekannte Melodie mit. Die erste Strophe mit dem Mundarttext war von vielen Lippen abzulesen:

Hoamatland, Hoamatland,
die han i so gern
wie a Kinderl sei Muatta
wie a Hünderl sein Herrn

Die zarte Besinnlichkeit des Textes fand in den drei Sängern wunderbar harmonisierende Interpreten.

Lebendig und frisch erklang die zweite Strophe:

Dur is Tal bin i glaufen
Auf'm Hügel bin i glegn,
und dei Sunn hat mi trickert
wenn mi gnetzt hat dein Regn.

Gefühlvoll endete der Text dieses großartigen oberösterreichischen Mundartdichters mit:
Dahoam is dahoam
Wann ,d net fort muaßt, so bleib
Denn die Hoamat is enter,
dein zweit Muattaleib.

Schon nach diesem ersten Lied war der Funke auf die Zuhörer hinübergesprungen und stehende Ovationen begleiteten die Verbeugungen der Künstler. Quer durch das Liedgut seiner Heimat führte der Chor die Gäste und endete alsdann wieder mit einem Text Franz Stelzhammers, mit dem „Fein sein beieinander bleib'm".

Die Begeisterung des Publikums, die herzlichen Gratulationen der Kollegen und nicht zuletzt das uneingeschränkte „Bravissimo" des Direktors des Linzer Brucknerhauses, Herrn Professor Cornelius Hornsteiner, der rein zufällig anwesend war, weil er gerade in der Gegend weilte, ganz in schwarz gekleidet, mit einem riesigen Schlapphut, wie einem Gemälde van Dycks entstiegen, der auf Guntram losstürmte, ihn herzlich umarmte und sich dann theatralisch vor ihm verneigte, mit dem Hut eine weit ausholende Bewegung vollführend, bestärkte Guntram und beruhigte den kleinen Chor. Nun fühlte man sich gerüstet. Die Reisevorbereitungen nahm man mit sich steigernder Vorfreude auf.
Guntram Bayer und sein Vater wollten mit einem VW-Bus, in dem sie alle Instrumente, die Elektronik, Beleuchtung und die restlichen Utensilien verstauten, mit dem Fährschiff von Venedig aus nach Griechenland reisen.

Frau Ilse und die anderen würden nach Athen fliegen, wo sie Frau Stella erwarten werde.

Herr Alfred war zur selben Zeit schon mit seinem Rallye – Team in Griechenland, denn wie alljährlich im Juni startete man zur Akropolis – Rallye.

Es war ein Abend, wie ihn der Sommer des Südens in verschwenderischem Maße zu bieten hat, nördlich der Alpen jedoch Seltenheitswert besitzt: warm, das Land, von der Glut des Sommertages geröstet, strahlte bis tief in die Nacht, ja bis in den Morgen hinein, diese wunderbare warme Behaglichkeit aus, die aus den Menschen um das Mittelmeer eben diese kontaktfreudige Spezies geformt hat, die offen aufeinander zugeht, die Geselligkeit über alles liebt und auch lebt. Zwei Aufführungen des „Summerauer Schloss-Ensemble", wie es angekündigt wurde, standen auf dem Programm.

Am Freitag um 22 Uhr begann das Konzert, am Samstag war der zweite Abend geplant. In Scharen strömten die Griechen herbei, das kleine Theater war, wie meist, restlos ausverkauft.

Erwartungsvoll plaudernd saßen die Besucher unter dem südlichen Nachthimmel mit seiner hinter den Argolis-Bergen eben aufgehenden Mondsichel. Fledermäuse schwirrten mit ihren eleganten, abrupten Flugwendungen durch das Dämmerlicht.

Einer saß weit hinten in der vorletzten Reihe, schwarz gekleidet wie immer, zitternd vor Erregung:

Kajetan Winkelhofer.

Er war ganz alleine mit einem Linienflug, einem Wochenendticket der AUA, hergereist und versuchte sich nun, unerkannt von den Leuten aus Waldburg, ins Theater zu schmuggeln. Eine Karte hatte er sich unten am Hafen noch gekauft, in einem Kiosk, der nicht abgeholte Billette anbot.

Der Herr Oberlehrer Horner aber entdeckte ihn, als er sich in dem kleinen Theater umsah und er erschrak.

Was wollte der Mensch hier? Für ihn saß Kajetan da wie einer aus einer griechischen Tragödie des Euripites, wie eine männliche Erinnye, diese griechischen Göttinnen der Rache, oder, was ihm unvermittelt in den Sinn kam, wie Timotheus in Schillers Ballade „Die Kraniche des Ibykus", als ihm der eine Mordbube den Mord verratend zugerufen hatte:

> *„Sieh da ! Sieh da Timotheus,*
> *Die Kraniche des Ibykus. "*

Und am liebsten wäre Herr Horner aufgesprungen und hätte es den antiken Griechen Schillers gleich getan und wäre auf Kajetan losgestürzt mit dem Vollzug der Strafe und hätte ihm entgegen geschleudert:

> *„Man reißt und schleppt ihn vor den Richter,*
> *Die Szene wird zum Tribunal,*
> *Und es gestehn die Bösewichter,*
> *Getroffen von der Rache Strahl. "*

Herr Horner aber beschloss, nichts von der Anwesen-
heit des Winkelhofers zu sagen, um seine Leute nicht zu
beunruhigen.

Bevor die Künstler auf die Bühne kamen, betraten die
Ehrengäste als letzte das Halbrund: Herr Minister Antonopoulos mit Gattin und noch weitere Größen der kul-
turellen, wirtschaftlichen und politischen Prominenz und
auch Herr Dr.Müller.

Wie das in Griechenland an solchen Anlässen üblich
ist, wurden sie beklatscht. Als letzter, begleitet von zwei
engelhaft schönen Frauen in fast durchsichtigem Tüll
betrat der grosse Mikis Theodorakis das Theater. Tosender
Beifall, huldvolles Winken, gespannte Stille. Die Scheinwerfer gingen an.

Unter artigem Beifall nahmen die Musiker ihre Plätze
ein. Schon nach dem ersten Lied, dem „Hoamatland" ließ
sich das Publikum zu Begeisterungsovationen hinreißen.

Diese zarte, melancholische Melodie, dann die Har-
monie der Instrumente, die Klänge der Zither, die die
Einheimischen an die Bouzouki erinnerte, das Vibrato in
der Stimme des Ludwig Paulas erreichte das musikalische
Gemüt der Griechen auf Anhieb.

Bald summte das ganze Theater die Refrains der
Lieder, als wären es ihre bekannten Kunstlieder der
Alexiou, der Protopsalti, der Kouka, der Galani, der
Glykeria, des Dalaras und anderer Interpreten, mit
Inbrunst mit.

Es wurde ein unvergesslicher Abend. Selbst Theodorakis ließ es sich nicht nehmen, am Ende des Konzerts
Guntram Bayer in die Arme zu schließen und prophezeite
ihm eine große Karriere. Auch der zweite Abend gelang

auf die gleiche Weise, und nicht wenige versuchten noch einmal eine Karte für die Wiederholung zu bekommen.

Die Presse überbot sich in Lobeshymnen, ein großformatiges Photo zierte den Kulturteil der größten Athener Tageszeitung.

Der Kajetan Winkelhofer, der sich zur eigenen Seelenmarter dieses Konzert, seinem Trieb des ungestillten Hasses folgend, hat angehört, war nach der Vorstellung wie erschlagen.

Er selbst sah sich während der Darbietung auch mitten im Ensemble stehen und fühlte an der Seite des Ludwig Paulas und des Herrn Bayer und der anderen die Bewunderung des Publikums auf sich und seinen so wunderbaren Bassbariton gerichtet.

So sang er denn auch alle Lieder irgendwie instinktiv mit, was aber die Griechen, die neben ihm saßen, nicht störte, denn in Griechenland ist es üblich, dass bei solchen Konzerten das Publikum mehr oder weniger inbrünstig mitsingt oder mitsummt. Eine Nachbarin, eine Griechin, fragte ihn denn auch in perfektem Deutsch:

„Gehören Sie auch zu dieser wunderbaren Truppe?" Kajetan nickte nur unbestimmt. Aber gerade diese Frage stürzte ihn umso tiefer in den Hades seiner Gefühle.

In grenzenloser Verzweiflung trat er den Heimflug an. Nur seiner Gottheit, dem Ahura Masdah, wollte er sich anvertrauen und um Sühne für seine rasenden Schmerzen des Neids und der Eifersucht in einer Weihestunde bitten.

*

Magister Ernst Nöstlinger, Freund und Kollege des Leo Horner und des Guntram Bayer, wäre auch gerne nach Griechenland mitgekommen, doch war von seiner geschiedenen Frau Gudrun dezitiert vorgegeben worden, dass er in den Ferien seine beiden Kinder, den fünfjährigen Bodo und die dreijährige Franziska, nur anfangs Juli bekommen würde.

Die beiden Kleinen wohnten seit der Scheidung des Paares bei der Mutter in der Stadt, in Linz, wo die Mutter in einem Mietshaus, das ihren Eltern gehörte, in einer grossen Dachterrassenwohnung mit einem herrlichen Blick über die Donau kurz nach der Trennung einen goldenen Käfig erhalten hatte.

Ernst Nöstlinger hatte dort Hausverbot. Gudrun Nöstlinger hatte wieder ihren Mädchennamen, nämlich Daim, angenommen.

Dass er seine Kinder, an denen er mit großer, oft deshalb schmerzender Liebe hing, so selten nur zu sehen bekam, weil sein Besuchsrecht im Hinblick auf eine unbelastete Entwicklung der Kinder bis auf ein kaum erträgliches und entgegen dem Urteil willkürlich gehandhabtes Minimum eingeschränkt war, machte ihm sehr zu schaffen.

Die Scheidung des Paares war ein kurzer, aber heftiger Seelenkampf, bei dem vor allem die Eltern der Gudrun Daim die Fäden in der Hand hatten. Sie rieten zur sofortigen Lösung der Verbindung, nachdem das Zerwürfnis des Paares immer groteskere Blüten getrieben hatte, besorgten den besten Anwalt der Stadt und trieben die Trennung der ohnehin nie wirklich akzeptierten Gemeinschaft tatkräftig voran.

Über die Hintergründe der Zerstörung der Ehe sprach Ernst Nöstlinger mit niemandem, nur ansatzweise mit seinem Freund Leo, dessen Angebot, doch während der Abwesenheit der Horners mit seinen Kindern in deren Haus zu wohnen, er noch so gerne angenommen hatte. Damit wäre allen geholfen, das Haus stehe nicht leer und er könne mit seinen Kindern auf dem Land erholsame Sommerferien verbringen, meinte Leo Horner.

Für Ernst Nöstlinger sollten glückliche drei Wochen beginnen, auf die er sich sehnlichst gefreut hatte. Er ging mit seinen beiden Kindern baden, in den Wald Heidelbeeren pflücken und Pilze suchen. Es war beinahe wie früher.

Gudrun vermisste er kaum mehr, denn die letzten zwei Ehejahre waren gekennzeichnet von Dauerstreit, von Vorwürfen, von Kränkungen und auch Beleidigungen. Das reduzierte Zusammenleben war ihnen zur Hölle geworden, so dass eine Scheidung wohl für beide, für Gudrun wie für Ernst, nicht unbedingt für die Kinder, die beste Lösung war.

Schlimm waren für Ernst vor allem die Begleitumstände. Er wurde vom Anwalt der Daims als halber Verbrecher hingestellt, da wurde mit Geschützen aufgefahren, die jede vernünftige Basis für eine Trennung verunmöglichten. So war es kein Wunder, dass sich in allen Beteiligten ein innerer Hass aufgestaut hatte, der zu einer üblen Kampfscheidung führte, nach der es dann nur Besiegte gab.

Wöchentlich erhielt Ernst in dieser Zeit Briefe des Anwalts Gudruns, eingeschrieben, express, die ihm theatralisch die absurdesten Vorwürfe für die Schuld an der Zerrüttung der Ehe kredenzten.

Sicherlich war auch Gudrun nicht immer wohl, wenn ihr Anwalt wieder so ein Vorwurfspaket absandte, stimmte aber dem allem wie paralysiert zu, es gehörte zur Zerstörungsstrategie, denn Regie führten nun längst andere.

Ernst verzweifelte schier an dem Umstand, dass er zu seiner Frau jeglichen Zugang verwehrt bekommen hatte. Seine Briefe an sie wurden ungeöffnet retourniert, sogar Grußkarten an seine Kinder kamen in ein Kuvert eingeschlossen wieder an ihn zurück.

Telefonisch war Gudrun nur über die Daims erreichbar, die ihm anlässlich eines Anrufs bedeuteten, er solle sich mit dem Anwalt Gudruns in Verbindung setzen, aber sie würden sich jegliche Belästigung verbitten.

Für Ernst war es schlimm zu sehen, dass hier eine Beziehung zerstört werden musste, dass man gar nicht bereit war, Argumenten Platz einzuräumen. Es ging um Macht, die ja häufig stärker als die Liebe ist.

*

Ein Sommergewitter hatte die schwüle Luft der vergangenen Tage reingewaschen. Die Kinder wollten in den Wald gehen, um Pilze zu suchen. Ernst Nöstlinger fuhr mit ihnen in seinem Wagen hinauf auf den Buchberg und stellte sein Auto am Waldrand in einer abschüssigen Straßennische ab. Dort hatte man Gestein abgegraben, jetzt wurde dieser kleine Steinbruch zum Parkieren der Autos von denen genutzt, die in das nahe Wäldchen gingen.

Sie waren erfolgreich. Die Kinder fanden unter fröhlichem Jauchzen ganze Plätze voller Pfifferlinge, auch Steinpilze entdeckten sie. Nach zwei Stunden war das Körbchen beinahe voll und Ernst schwärmte, was dies nun für ein leckeres Abendessen geben würde.

Sie gingen zum Auto zurück, denn in der Ferne zuckten bereits wieder Blitze und man hörte auch schon dann und wann vereinzeltes Donnergrollen.

Ernst meinte zu den Kindern: „Wartet noch mit dem Einsteigen, ich fahre da aus der Grube heraus, denn da ist es ganz morastig, geht hinauf auf die Strasse, dort könnt ihr besser einsteigen."

Er startete den Wagen, fuhr hinauf, stieg auf die Bremsen, die Kinder liefen hinterher, wollten gerade den Türgriff zu fassen bekommen, da merkte Ernst Nöstlinger, dass die Bremsen des Wagens nicht mehr ansprachen.

Die Strasse war sehr steil, rechts eine senkrechte Felswand und links fiel eine Schlucht jäh ab. Der Wagen wurde immer schneller, Ernst versuchte verzweifelt, den tiefsten Gang einzulegen, riss an der Handbremse, es nützte nichts.

Der Wagen hatte unterdessen eine sehr hohe Geschwindigkeit erreicht. In seiner Not steuerte er den kleinen Fiat an die Felswand, von wo der Wagen zurück geschleudert und Ernst zu seinem Glück auf die Strasse hinauskatapultiert wurde. Im nächsten Moment stürzte das Auto sich über die Leitplanken überschlagend in die Schlucht hinunter, wo es mit einem lauten Knall Feuer fing und total ausbrannte.

Die beiden Kleinen schrien: „Papi, Papi," und liefen zu dem regungslos auf der Straße liegenden Vater. Da kam ein Auto gefahren, es war der Förster Grubmeier, der sofort aus dem Wagen sprang, den Verletzten fach-männisch auf die Seite drehte, den Kindern beruhigend zusprach und sagte: „Der atmet noch, der lebt schon, das wird wieder." Die Kirinschitz Wetti traf mit ihrem Pick-up auch ein paar Minuten später vom Einkaufen her kom-mend an der Unfallstelle ein.

Der Förster bat sie, rasch hierzubleiben, sich um die Kinder und um den Mann zu kümmern, er wolle schnellstens Hilfe holen. Für die Wetti, die sich ab-wechselnd um die wimmernden Kinder, dann wieder um den sich nun doch regenden und stöhnenden Verletzten bemühte, dauerte es eine Ewigkeit, bis sie endlich das Martinshorn der Einsatzfahrzeuge hörte.

Magister Nöstlinger wurde sofort mit Blaulicht ins Krankenhaus gebracht, wo man einen Unterschenkel-bruch, eine Fraktur des linken Schlüsselbeines, zwei Rippenbrüche, zahlreiche Prellungen, Quetschungen und eine Gehirnerschütterung feststellte. Die beiden kleinen Kinder wurden von der Gendarmerie in Obhut genommen, die Mutter in Linz benachrichtigt, welche die Kinder noch umgehend abholte.

Das vollständig ausgebrannte Wrack des Fiat wurde geborgen und in die Polizeigarage zur Untersuchung transportiert, aber es ließ sich kaum mehr etwas rekonstruieren, das Feuer hatte auch deswegen so gründliche Arbeit geleistet, weil Ernst Nöstlinger kurz vorher noch vollgetankt hatte.

Es war unerklärlich, wie es zu diesem Bremsversagen hatte kommen können, war doch der Wagen noch vor zwei Wochen im Service gewesen.

Um diese Zeit trat der alte Postenkommandant, Herr Gumpenhofer, in Pension und den Posten Waldburg übernahm der Jahrgangsbeste des letzten Ausbildungskurses für Revierinspektoren, Hermann Glasinger, aus Linz.

Er war einer der Hoffnungsträger und wurde schon als junger Rayonsinspektor als der nächste Bezirks- oder gar Landes-Gendarmerie-Kommandant gehandelt. Er ließ sich den Unfallhergang von Ernst Nöstlinger am nächsten Tag haargenau schildern.

Die Meinung seiner Gendarmerie - Berufskollegen war, dass es eben ein alter Wagen war, und da könne es schon sein, dass die Bremsen nicht mehr so recht funktionierten, außerdem warfen sie dem Herrn Magister in internen Gesprächen mehr oder weniger offen vor, vielleicht keinen Service gemacht zu haben, das Auto habe doch einen vergammelten Eindruck gemacht. Nun, zu Schaden sei ja niemand gekommen, nur er selbst, es werde ihm eine Lehre sein, der Fall könne zu den Akten gelegt werden.

Nicht so Hermann Glasinger. Er schenkte den Aussagen des Ernst Nöstlinger vollen Glauben und schon am nächsten Morgen begab er sich dorthin, wo der Magister seinen Fiat abgestellt hatte. Auf dem Boden waren Spuren einer bläulichen Flüssigkeit. Hermann Glasinger nahm eine Probe mit und ließ sie im Kriminallabor in Linz untersuchen.

Ergebnis: Bremsflüssigkeit. Der Fiat wurde noch einmal genauestens untersucht und man konnte feststellen, dass zumindest ein Bremsschlauch, der noch nicht vollständig verschmort war, unmittelbar vor der Radnabe eine Schnittstelle zeigte.

Für Hermann Glasinger war es klar: ein Attentat war nicht auszuschließen, dennoch hätte es natürlich sein können, dass der Bremsschlauch beim Befahren des Parkplatzes von einem der dort herumliegenden scharfkantigen Steine aufgeschlitzt worden war, aber nur als unglücklichen Unfall konnte man den Hergang des Geschehens nicht abtun.

Er ließ sich pflichtbewusst die Akten aller Vergehen, die Anzeigen, selbst die noch so geringfügigen Aktennotizen des Posten Waldburgs kommen, nicht nur im Hinblick auf diesen Unfall, sondern um auch sein Revier und die Vorkommnisse genau kennenzulernen. Halbe Nächte saß er nun neben seiner Arbeit auf dem Posten grübelnd über den Papieren. Irgend etwas irritierte ihn, ließ ihn nicht zur Ruhe kommen.

Hingen etwa das Attentat auf Guntram Bayer im Februar, das zwar in Freistadt stattgefunden hatte, und jetzt der Sabotageakt am Wagen des Ernst Nöstlinger, wenn es denn einer war, zusammen?

War die Täterschaft für die beiden Anschläge auf Leib und Leben im Kreis des Gymnasiums zu suchen?

Es war bekannt, dass Ernst Nöstlinger und Guntram Bayer gute Kollegen waren und zusammen mit Leo Horner mehr als nur oberflächliche kollegiale Kontakte pflegten.

Es gab keine Hinweise auf irgend welche Feinde. Waren die drei Männer doch in etwas verwickelt, von dem niemand wusste? In diese Richtung wollte Hermann Glasinger auch noch recherchieren.

Während seiner Beschäftigung mit den Akten fielen ihm natürlich auch die vielen Anzeigen gegen den Kajetan Winkelhofer wegen dessen Kurpfuscherei auf, bemerkte aber auch, dass keine einzige Anzeige von Dr. Müller, dem ordentlichen Gemeindearzt, sondern alle von Vertretungsärzten stammten.

Auch diesen Winkelhofer wollte er sich noch genauer vornehmen, das musste doch ein ziemlich schräger Vogel sein, von dem im Dorf die Mehrheit sagte, dass er ein verschrobener Spinner, aber guter und zuverlässiger Taxifahrer sei, den man auch in der Nacht herausholen könne, wenn es nötig sei, dass seine Geistheilerei schon so manchen Erfolg erzielt hätte, aber dass er eben doch so ein eigenbrötlerisches, zurückgezogenes Leben führte, sich aber selbst übernatürliche Kräfte zuschrieb.

*

Die Griechenlandfahrer waren zurück gekommen, ganz berauscht von ihrem glänzenden Erfolg. Nachdem sie noch ein paar Tage in der Ägäis verbracht hatten, längst von jenem griechischen Bazillus infiziert, der die Menschen, die einmal griechisches Wasser getrunken haben, immer wieder in dieses Land zurückholt, waren wieder daheim.

Ludwig Paulas stolzierte im Dorf herum, erzählte jedem, was er dort alles gesehen und erlebt habe.

Der Oberlehrer Horner schaffte sich nun Literatur über Land und Leute an, denn er wollte sobald als möglich wieder in das Land der Wiege unserer europäischen Kultur, er wollte wie einst Goethe, der zwar selbst nie in Arkadien war, das Land der Griechen mit der Seele suchen.

Guntram Bayer und Juliana Horner hatten sich mit ganzen Stapeln von Schallplatten der griechischen Musik eingedeckt.

Nur Frau Ilse Müller war auf Einladung bei Frau Stella in Griechenland geblieben. Die beiden Frauen wollten einige Zeit auf einer griechischen Insel verbringen, den Sommer, die Wärme und das Meer genießen. Stella und Panagiotis besaßen ein Haus auf der Insel Hydra, dorthin wollten Stella und Ilse.

Wieder zu Hause führte der erste Weg Guntrams, Leos und Julianas zu Ernst Nöstlinger ins Krankenhaus. Sie ließen sich von ihm den Unfallhergang erst einmal detailliert und genau erzählen.

In Griechenland hatten sie nur in groben Zügen davon gehört, erschraken nun sehr, als sie Ernsts Schilderung hörten und Juliana meinte: „Dass du die Kinder erst auf der Straße hast einsteigen lassen wollen, mein Gott, nicht auszudenken, wenn.." "

„Ja", meinte Ernst, „dann wären wir wohl jetzt alle drei tot. Für mich wäre das vielleicht eine Lösung gewesen, doch nicht mit den Kindern."

„Was redest du da für einen Unsinn," schimpfte Leo Horner mit ihm, „du siehst einfach alles so schwarz, lass doch Zeit ins Land kommen, dein momentanes Unglück wegen der Gudrun wird eines Tages auch seine Dimension verlieren. Jetzt steht alles so scheinbar unlösbar vor dir und du siehst nicht darüber hinaus, aber wie oft haben wir doch schon darüber gesprochen:

Du hast eine Verantwortung für deine Kinder, die dir alles bedeuten, und wer weiß, eines Tages wirst vielleicht auch Verständnis für Gudrun haben. Das muss ja keine Versöhnung sein, die scheint mir auch kaum mehr realistisch, wenn man euren Trennungskampf miterlebt hat, aber wir sind doch noch jung, das Leben hat uns noch etwas zu bieten."

Ernst drückte seinem Freund die Hand, zu sagen vermochte er nichts, so aufgewühlt war er, denn gestern waren die Kinder da, mit der Mutter, die aber nach einem kühlen „Grüß dich, wie geht's?", auf den Gang hinaus ging und dort wartete.

Bodo und Franziska waren ganz aufgedreht, kurbelten an seinem Krankenbett herum, Franziska krabbelte aufs Bett, die beiden plauderten munter darauf los, erzählten in ihrer Unschuld dies und das; etwas hat Ernst Nöstlinger dabei einerseits wütend, andererseits traurig gemacht, als der kleine Bodo fragte: „Du Papi, ist es so gewesen, wie der Großpapa gesagt hat, dass halt dein Fiat so eine alte Kraxen ist und du das Auto verschlampen lässt und deswegen war die Bremse kaputt?"

„So, so, hat er das gesagt?" mehr wollte Ernst Nöstlinger dazu nicht sagen, aber er werde dem Ex – Schwiegervater einen Brief schreiben, das schwor er sich vorerst, verwarf aber den Gedanken gleich wieder: Mit diesem Herrn wollte er nichts, aber schon gar nichts mehr zu tun haben.

Nach einer halben Stunde wurden die beiden Kleinen von ihrer Mutter wieder aus dem Krankenzimmer geholt mit: „Der Papa ist sicher müde und braucht seine Ruhe und wir müssen auch noch den weiten Weg von Freistadt nach Linz fahren und am Abend erwarten uns ja die Großeltern zum Abendessen. Also, weiterhin gute Besserung, Servus."

„Wann kommt ihr wieder?", fragte Ernst fast unterwürfig.

Gudrun meinte, dass sie das nicht sagen könne, es sei in den letzten Tagen soviel auf dem Tagesplan, ihre Eltern hätten einen Ausflug zum Attersee geplant, damit die Kinder auch noch etwas von ihren Ferien hätten. Ernst merkte die Spitze und schwieg lieber, nur die beiden Kinder meinten in ihrer Unschuld: „Papi, morgen kommen wir bestimmt wieder."

Am Abend kamen Ernsts Eltern. Einfache Leute. Der Vater arbeitete auf der Post, die Mutter war früher putzen gegangen, hatte zeitweise in Großküchen ausgeholfen, denn immerhin hatte man drei Kinder mit dem kleinen Gehalt durchzubringen, und alle drei hatten die Matura machen wollen.

Ernst war das älteste der Nöstlinger-Kinder, dann Sieglinde, jetzt dreiunddreissig Jahre, Mutter von zwei kleinen Mädchen, verheiratet mit einem Juristen, der auf einem Amt der Landesbehörde arbeitete und dann war noch die „Kleine", wie sie in der Familie genannt wurde, Laura, sie war noch ledig, achtundzwanzig, hatte Psychologie studiert, war jetzt auf dem städtischen Magistrat für die Berufsberatung angestellt.

Die Eltern waren mit dem Postbus gekommen, saßen sprachlos am Bett ihres Ernsts. Die Mutter machte sich an seinem Kopfkissen zu schaffen, rückte die Decke zurecht, zuerst begann der Vater:

„Bub, wie geht's dir, waren die Kinder schon hier?"

„Ja, Vater, sie sind vor kurzem gegangen, eine halbe Stunde durften sie bleiben, dann sind sie wieder mit der Mutter nach Linz gefahren," erzählte Ernst und tat, als sei alles selbstverständlich, als habe er alles im Griff.

*

Die Mutter merkte es aber am Ton seiner Stimme, dass hier ganz und gar nichts in Ordnung und dass ihr Ernst alles andere als ruhig war. Sein seelisches Befinden machte ihr mehr Kummer als die Verletzungen.

Sie spürte nur zu gut, wie sich Ernst in seiner Lage fühlte. Diese entsetzliche Scheidung und sie als seine Mutter konnte nicht anders denken: Diese entsetzliche Frau. Vertraut hatte sie ja Gudrun nie so recht, gemocht auch nicht. Sie tat einem vor dem Gesicht so schön, gab sich als die alles mitfühlende Frau, aber sie konnte hart sein, gnadenlos hart.

Mit Ernst mochte die Mutter nie darüber reden, denn Ernst verteidigte seine ehemalige Frau immer noch, meinte, sie sei doch in einer anderen Welt aufgewachsen, in einer Welt, die einfachen Leuten fremd war. Bei den Daims, früher einmal, als es in Oesterreich noch die Adelstitel gab, sogar „von Daim", wurde mehr in Schablonen gelebt, in Konventionen, die heiliger waren als alles andere.

Die Meinung der Eltern Daim war das unbestrittene Evangelium und wehe, man sagte einen Ton dagegen, dann war man gleich auch Persona ingrata. War man einmal anderer Meinung, gebot es der Stil, bescheiden zu schweigen.

So ging es schliesslich auch Ernst, bis er diese Verlogenheit nicht mehr ausgehalten hatte. Kritisch genug war er aber, sich selbst ein Versagen zuzuschreiben, denn die Anzeichen waren ja schon vor der Heirat mit Gudrun ersichtlich, nur seine Verliebtheit hatte ihn damals blind gemacht, darum hatte er geschwiegen zu ganz fundamentalen Weltanschauungsdifferenzen, dachte sich, sein Leben mit Gudrun würde sich schon lösen von dieser Verkrampfung.

Mit seinen Eltern hatte Ernst jenes normale Verhältnis der engen Bindung und Liebe, die den anderen gewähren lässt, die darauf aus war, sich gegenseitig mit Verständnis zu tolerieren, auch wenn man einmal nicht gleicher Meinung war.

Gudrun bekam ja anfänglich den Zerfall der Verbindung gar nicht so recht mit, sie hatte mit den beiden Kindern alle Hände voll zu tun. Die dauernde unmittelbare

Nähe der Eltern empfand sie als glücklich, so war sie einerseits Mutter, andererseits selbst noch Kind.

Es war eine Heirat aus Verliebtheit zwischen Gudrun und Ernst, sie waren ein geradezu klassisches Liebespaar. Ernst war für die Daims zwar nicht die Traumpartie für die einzige Tochter, ihr einziges Kind, aber er war Akademiker, daraus ließe sich ja was machen. Dass er kein Geld mit in die Ehe brachte, war zwar ein Makel, doch davon hatte man ja selbst und damit hatte man auch ein recht gutes Steuerungsmittel für das junge Paar bei der Hand.

Zum eigentlichen Knacks in der Verbindung kam es mit Ernsts erster definitiven Anstellung an diesem Provinzgymnasium, wie Herr Daim die Schule in Freistadt abschätzig bezeichnete.

Ernst wollte für sich und seine Familie eine unabhängige Existenz aufbauen, zumal sich die bestsituierten Schwiegereltern auch zierten, dem jungen Paar finanziell zu helfen.

Die Gudrun sollte den Unterschied zwischen dem Umfeld, in dem sie sich bisher bewegen konnte und dem jetzigen mit vergleichbar kleinem Einkommen nur gut zu spüren bekommen. So würden sich auch die rebellischen Ansätze, die der junge Herr Magister dann und wann aufblitzen ließ, von selbst erledigen.

Gudrun wollte nicht weg von Linz und den Eltern und so sehr sich Ernst abmühte, argumentierte, es wäre für sie am besten, Abstand, auch räumlichen, von den Eltern zu gewinnen, wurde mit einem unmissverständlichen: „Mit mir nicht, in dieses Provinznest kriegst du mich nicht hin," erledigt.

So nahm sich Ernst in Freistadt ein Zimmer bei Frau Höllinger, die als Witwe eines Fabrikanten alleine ein riesiges Haus bewohnte, es umbauen ließ und einzelne Zimmer mit eigenem Bad, Toilette und Kochnische, aber gemeinsamem Hauseingang an Personen mit gutem Leumund, wie sie sagte, vermietete.

An den Wochenenden fuhr Ernst Nöstlinger nach Linz, wo Gudrun mit den beiden kleinen Kindern im selben Haus wie die Eltern im Parterre eine großzügige Vierzimmerwohnung bewohnte. Ernst fühlte sich dort überhaupt nicht wohl.

Dauernd war er konfrontiert mit der mit zynischer Höflichkeit gehandhabten Geringschätzung, besonders von Frau Daim, die ihn manchmal beinahe herrisch zurechtwies, wenn er sein Auto nicht so, wie sie es wollte, parkiert hatte.

Der Schwiegervater bemühte sich erst gar nicht, ihn zu registrieren. Sah er den Ernst am Samstag oder Sonntag im Garten, denn in die Wohnung der Nöstlingers kam Herr Daim schon längere Zeit nicht mehr, wenn Ernst anwesend war, so stellte er trocken und herablassend fest: „Aha, der Herr Magister vom Lande ist auch wieder in der Stadt."

Die Entfremdung zwischen ihm und Gudrun nahm kontinuierlich ihren Verlauf in die eheliche Katastrophe, es waren bald nur noch die Kinder, derentwegen er noch jedes Wochenende kam, mit ihnen am liebsten flüchtete. Sie gingen in den Wald oder an die Donau. Zuweilen besuchte Ernst mit den beiden Kleinen auch seine Eltern oder seine Schwester. Denen war das bedrückte Wesen

Ernsts schon längst aufgefallen und es wurde mit wachsender Sorge begleitet.

Am Sonntag, nachdem er mit den Kindern pünktlich zum Tee um fünf Uhr wieder zu Hause war, machte er sich meist gleich auf den Weg, mit dem Hinweis, noch für die Schule vorbereiten zu müssen.

Gudrun kam auf die Ausflüge mit den Kindern ganz selten mit. Sie sagte, sie sei froh, wenn sie ein paar Minuten alleine für sich hätte und die lieben Quälgeister aus dem Hause wären. Die Kinder weinten fast jedesmal, wenn der Papi ging, auch dem Ernst zerriss es förmlich das Herz.

Schlusspunkt unter die Verbindung und Auftakt zur Scheidung war ein schon eher obskurer Vorfall:

Weil Gudrun abends, wenn die Kinder zu Bett gebracht waren, beinahe täglich hinauf zu den Eltern ging, um mit ihnen fern zu sehen oder zu plaudern, ließ Herr Daim eine Gegensprechanlage zwischen die beiden Wohnungen einbauen, so hörte man alle Geräusche in der anderen Wohnung, wenn die Anlage auf Empfang geschaltet war und Gudrun konnte beruhigt die schlafenden Kinder alleine in der Wohnung lassen.

Am nächsten Wochenende, als Ernst und Gudrun am Samstag abends in eine heftige Diskussion verwickelt waren, in der ihr Ernst darlegte, dass es doch so nicht weitergehen könne, Gudrun aber auf ihrem Status quo beharrte, kam es zum Eklat.

Die Auseinandersetzung wurde immer heftiger und lautstärker. Gudrun warf dem Ernst vor, er könne ihr und den Kindern doch mit seinem kleinen Gehalt gar keine rechte Existenz bieten, Ernst hätte halt doch die Offerte des Herrn Papa annehmen und mit einem viel besseren

Lohn in dessen Firma einsteigen sollen, er habe das ja entrüstet abgelehnt und so auch den Papa brüskiert, kein Wunder hänge der Haussegen zur Zeit etwas schief und die Eltern –und auch sie, Gudrun, selbst – sei von seiner starren, unbeweglichen Haltung sehr enttäuscht.

Ernst entgegnete, er könne nie und nimmer in die Firma des Herrn Papa einsteigen, er sei mit Leib und Seele Lehrer, für diesen Beruf hätte er sich ausbilden lassen, hätte viel an Herzblut investiert und die Geschäfte des Herrn Papa seien ihm auch zu dubios, ausserdem würde er es unter einem Schwiegervater als Chef nicht aushalten, zumindest nicht auf der offerierten Basis und auch nicht mit ihm als Mensch.

Daraufhin ertönte aus der Gegensprechanlage, von deren Existenz Ernst noch keine Ahnung hatte: „Jetzt wird aber Ruhe da unten, ihr weckt ja mit eurem lauten Gezänk noch die Kinder auf."

Ernst war wie geschockt. Woher kam das, war jemand von den Daims hereingekommen?

Da entdeckte er die Gegensprechanlage, die diskret hinter der Türe angebracht war. Nun waren die Daims also schon so weit, dass sie nicht einmal mehr die Privatsphäre des Paares achteten.

In einem Anfall von gewaltiger Wut riss er das Gerät aus der Verankerung, durchtrennte das Kabel und warf den Apparat zur Tür hinaus.

Dann packte er ruhig seine Sachen, gab seinen schlafenden Kindern einen Kuss und verließ das Haus, das er von nun an nie mehr betrat, mit einem „So nicht, meine Herrschaften." Er fuhr noch in der Nacht in seine Wohnung nach Freistadt. Eine Woche später überbrachte ihm der Briefträger die eingeschrieben zugestellte Scheidungsklage. Schon ein halbes Jahr später wurde die Ehe auf Begehren von Frau Gudrun Nöstlinger vor einem Gericht in Linz geschieden.

Ernst musste seiner Frau zwar angesichts der finanziellen Verhältnisse und des vom Gericht ebenfalls festgehaltenen Mitverschuldens Gudruns am Scheitern der Ehe nichts bezahlen, nur für das vom Staat gesetzlich vorgeschriebene Unterhaltsgeld für die Kinder hatte er gemäss seinem Einkommen aufzukommen.

Die Kinder dürfe er alle vierzehn Tage am Wochenende zu sich nehmen, dies erreichte er noch, obwohl Gudruns Anwalt eine weit restriktivere Variante durchsetzen wollte. Trotzdem unterlief man diese Regelung von Anfang an und Ernst Nöstlinger hätte jedesmal sein Recht auf die Kinder polizeilich durchsetzen müssen, was er jedoch nie tat. So kam es, dass er seine beiden Lieblinge nur alle Monate einmal über das Wochenende zu sich nehmen konnte.

Nur einmal bekam er von Gudrun ein ultimatives Telefon: Es war an einem Donnerstag, er solle sich die ganze nächste Woche um die Kinder kümmern, sie werde mit den Eltern eine Erholungsreise auf einem Donauschiff von Linz bis Belgrad antreten. Es war kurz nach Ostern und Ernst hatte in der Schule volles Programm. Diesen Hinweis quittierte Gudrun mit: „Dann musst du halt improvisieren, ich muss meine Zeit auch dauernd nach den Kindern richten." Ernst rief seine Schwestern an, seine Mutter, alle versicherten ihm, dass es selbstverständlich gehen würde. In dieser Woche waren die Kinder tagsüber abwechselnd bei seiner Mutter oder seiner Schwester, und Ernst fuhr jeden Tag von Freistadt nach Linz, um die Kinder zumindest ins Bett bringen zu können.

Die Schiffsreise, wegen der Gudrun für die Kinder eine Betreuung zu organisieren hatte, war vom Verband der Kaufleute und Industriellen organisiert und als gesellschaftliches sich Kennenlernen der oberösterreichischen Upperclass konzipiert.

Bei dieser Fahrt auf der frühlingshaften Donau von Linz über Wien nach Budapest und Belgrad mit Theater- und Operettenbesuchen in den Städten lernte sie Helge Pewny kennen. Der war vor kurzem Witwer geworden, seine Frau Jutta war an Brustkrebs gestorben. Pewny besass eine Kette von Juweliergeschäften in ganz Oesterreich und war leidenschaftlicher Porsche – Fahrer.

Gudrun und Helge flirteten schon nach dem ersten Abendessen, als Herr Daim den Juwelier, den er zwar auch nur flüchtig kannte, dessen Geschäftstüchtigkeit ihn aber beeindruckte, an seinen Tisch eingeladen hatte.

Auf der weiteren Fahrt kamen sich Gudrun und Helge zum Wohlgefallen der Daims immer näher. Aus dem Flirt wurde offene Zärtlichkeit.

Von nun an war Helge Pewny gern gesehener Besuch im Hause Daim.

Bald hatten die Kinder Onkel Helge zu ihm zu sagen und Gudrun schaffte es diesmal, wohl auf das Ansinnen Helges, aus der auch für ihn zu nahen Umarmung im Hause Daim aus der Wohnung auszuziehen und in das von den Eltern ja schon seit längerer Hand dafür vorgesehene Penthaus zu wechseln, in dem sie jetzt mit den Kindern und, wenn er hier war, mit Helge Pewny wohnte.

*

Nach drei Woche im Krankenhaus wurde Ernst Nöstlinger nach Hause entlassen. Er hatte noch an Krücken zu gehen und trug einen Brustverband, doch konnte er mit einer ersten Bewegungstherapie beginnen. Es war die Zeit, in der er sich in seiner Wohnung förmlich einigelte und oft bis tief in die Nacht hinein an seiner Dissertation über Georg Gordon Noel Lord Byron, jene schillernde Figur der englischen Romantik, arbeitete. An dessen Lebenswerk interessierten ihn vor allem dessen meisterhaft eingefangenen Gestalten, die ständig zwischen Lebensüberschwang und Melancholie hin und her pendelten.

Vielleicht sah er sich aber auch selbst ein wenig in der Person des unsteten, aber heroischen Lord Byrons.

Ernst kam mit seiner wissenschaftlichen Arbeit gut voran, sie rückte ihm auch seine schmerzliche Situation etwas in den Hintergrund. Nur Nachts, wenn er erschöpft von der Anstrengung seiner geistigen Arbeit keinen Schlaf finden konnte, stiegen ihm die Bilder seines unglücklichen Daseins zu riesenhaften Dämonen auf und ließen ihm erst recht keine Ruhe finden. Gut begann bald wieder die Schule.

Die Vorbereitungsarbeiten und Korrekturen, die einen wesentlichen Teil seines Arbeitspensums ausmachten und seine Unterrichtstätigkeit als Englischlehrer begleiteten, forderten wieder seine ganze Schaffenskraft; nur an den Wochenenden konnte er in Ruhe an seiner Dissertation weiterarbeiten.

Einmal sah er in dieser Zeit, Ende September, seine Kinder, was ihn aber schrecklich verunsicherte. Sie erzählten von Onkel Helge und seinem Porsche, mit dem sie auch schon mit über zweihundert Sachen, wie sich Bodo ausdrückte, über die Autobahn gerast waren.

Bodo war ein stiller Junge, dem das Zerwürfnis seiner Eltern Kummer bereitete, Franziska war ein ausgesprochen heiteres Kind , aber Ernst spürte, dass irgendwie die frühere Vertrautheit zwischen ihm und den Kindern gestört war.

Am Sonntag, als die Kinder von seiner Schwester wieder zurückgebracht waren und Ernst gleich darauf mit dem Abendbus von Linz nach Freistadt gefahren war, bekam er noch unerwarteten Besuch.

Herr Inspektor Hermann Glasinger, in Zivil, stand um sieben Uhr abends vor seiner Tür, entschuldigte sich, dass er an einem Sonntag störe. Ernst Nöstlinger bat ihn hereinzukommen, war aber einigermassen erstaunt über den Besuch. „Was führt Sie zu mir?", wollte er auch deshalb gleich wissen. Er fragte, ob der Herr Inspektor auch ein Glas Wein mit ihm trinken wolle, er sei von den letzten beiden Tagen noch aufgewühlt und müsse sich beruhigen.

„Sicher, gerne, Herr Magister, was mich zu Ihnen führt, sind meine Untersuchungen, was Ihren Fall und das Attentat im letzten Februar auf Ihren Kollegen, Herrn Magister Bayer, angeht."

„Ja sehen Sie denn einen Zusammenhang? Wenn es denn ein Attentat auf mich war, ich kann mir das nicht erklären, wer sollte es auf mich abgesehen haben, solcher Feinde bin ich mir nicht bewusst und soviel ich weiss, auch Herr Bayer nicht," erwiderte Ernst fragend.

„Sehen Sie, und da haben wir schon eine Gemeinsamkeit: Beide Anschläge, und ich gehe in der Sache mit Ihnen auch von einer kriminellen Handlung aus, ja muss davon ausgehen, sogar davon, dass es sich um einen Anschlag auf Ihr Leben gehandelt hat, beide Taten eben sind für die Opfer unerklärbar, wir alle tappen im Dunkeln.

Wir haben noch mehr Gemeinsamkeiten: Sie sind Kollegen, Sie sind beide sehr beliebte Lehrer, in der Öffentlichkeit ausserordentlich geschätzt, Sie stammen beide aus Linz, Sie haben hier beide einen eher wenig breit gefächerten Kontakt, Sie pflegen beide ein, man kann es wohl so nennen, freundschaftliches Verhältnis zu Ihrem Kollegen, zu Herrn Magister Horner.

Nun frage ich Sie: Können Sie mir noch mehr Gemeinsamkeiten nennen? Wissen Sie, alles kann wichtig sein, selbst die scheinbar kleinste Nebensächlichkeit. Kennen Sie beispielsweise gemeinsame Feinde oder Feindinnen?"

„Na, ich weiss nicht, wer sollte ein Interesse haben an unseren Gemeinsamkeiten?", wurde Ernst nachdenklich.

Hermann Glasinger:„Wir müssen zuerst die Bausteine zusammentragen, möglichst alle Bausteine, für mich sind es noch viel zu wenige, dann erst können wir uns Gedanken über Personen machen, die für so eine Tat in Frage kommen."

Ernst Nöstlinger hatte die Flasche französischen Rotwein mit einem hörbaren Blubb entkorkt, roch am Zapfen, probierte einen Schluck und schenkte ein. „Na denn zum Wohl, Prost Herr Inspektor."

Sie tranken einander zu, wünschten sich Gesundheit und für den Rekonvaleszenten gute Besserung.

Die beiden Männer waren sich auf Anhieb sympathisch. Ernst gefiel die sachliche Art der Wortführung des Herrn Glasinger und die Hartnäckigkeit, mit der er diesen Fall verfolgte.

Nachdem man den Wein gelobt hatte, meinte Ernst unvermittelt:

„Es ist viellcicht lächcrlich, abcr cinc Gcmcinsamkcit haben Sie vorhin nicht aufgezählt, in die ist zwar Leo Horner nicht direkt verwickelt, nur Guntram und ich, wenn man so will, und ich auch nur am Rande:

Wir probten zusammen im Kirchenchor von Waldburg die Missa Solemnis. Ich sang nur mit, weil die Bassstimmen unterbesetzt waren; ein gewisser Herr Kletzenbauer kam sehr unregelmäßig zu den Proben und mit einem Herrn, wie heißt der nun schon wieder, etwas mit Winkler, Winklehner oder ähnlich." „Winkelhofer, Kajetan Winkelhofer?", warf der Inspektor fragend ein.

„Ja, ja, so heißt der Mann. Ich bin für ihn eingesprungen, weil er Streit mit dem Guntram hatte, besser gesagt, der Herr sei ganz unflätig und aggressiv ausfällig geworden, worauf ihn der Ludwig Paulas beschimpft hatte und Guntram diesen Querulanten dann nicht mehr im Chor haben wollte; es war scheinbar selbst für den so geduldigen Herrn Bayer zuviel, was dieser Mann da von sich gegeben hatte.

Nun gut, ich ließ mich von Guntram breitschlagen und sprang ein, weil er mir erzählt hat, dass diese Messe für ihn wichtig sei, dass ihn diese Aufgabe reize, aber ich glaube für Herrn Bayer wurde die Missa Solemnis auch deswegen wichtig, weil er sich schon in der ersten Probe in die Juliana Horner unsterblich verliebt hatte.

Aber das wäre ja höchstens ein Grund für das seinerzeitige Attentat auf den Guntram gewesen und da sprach ja scheint's nach ersten Verdächtigungen dagegen, dass der Attentäter auf Guntram ein Riese gewesen sei, der Winkelhofer aber doch eher ein Zwerg sei."

„Nun, diese Gemeinsamkeit ist mir schon nicht entgangen, ich erwähnte sie nicht, war aber neugierig, ob Sie darauf zu sprechen kämen. Dieser Winkelhofer ist schon eine eigenartige Person, ein Besessener, er sieht sich als Wunderheiler, vielleicht ist er irgendwo auch ein Fanatiker," sagte Hermann Glasinger, bedankte sich dann für das Glas Wein und meinte, dass er ihn nun nicht mehr länger stören möchte und verabschiedete sich.

Hermann Glasinger ging in Gedanken versunken zu seinem Wagen, um nach Hause, nach Waldburg, zu fahren, dort wohnte er alleine in einer gemütlichen Dreizimmerwohnung im Block des Herrn Dr. Müller.

Als er vor dem Haus ankam, war es schon dunkel, da spazierte der Winkelhofer noch um den Wohnblock. „Guten Abend, noch so spät auf den Beinen, Herr Winkelhofer?", begrüßte der Gendarm den Kajetan Winkelhofer.

„Ja, man hat mir gesagt, ich solle mit dem Taxi hier warten, man würde mich noch brauchen, ich müsse noch nach Freistadt fahren mit ein paar Leuten des Sportvereins, die über den Durst getrunken haben. Sie haben mich hierher bestellt und ich warte schon eine geraume Zeit, wird wohl noch jemand eine Runde spendiert haben. Zehn Minuten warte ich noch, dann gehe ich einmal nachschauen ins Gasthaus, ob das nun mit der Fahrt was ist oder ob sich da jemand einen Jux erlaubt hat. Das kommt halt auch ab und zu vor."

Hermann Glasinger ging in seine Wohnung, nahm die Akte Bayer und Nöstlinger hervor und begann darüber zu brüten. Er musste dahinter kommen. Er wollte der Theorie nachgehen, dass diese Anschläge etwas miteinander zu tun hätten, und da blieb als zentraler Verdächtiger nur dieser Kajetan Winkelhofer, der mit seinem Rausschmiss aus dem Kirchenchor ein Motiv hatte, allerdings für normal denkende Menschen ein schwaches Motiv, nicht aber für ein beleidigtes, krankes Hirn.

Dagegen sprach, dass das Attentat auf Guntram Bayer von einem Riesen ausgeführt worden war, das allfällige Durchtrennen der Bremsschläuche beim Auto des Ernst Nöstlinger wohl eher von einer schlanken Person, musste die doch unter das Auto kriechen. Außerdem sei der Winkelhofer ganz zweifelsfrei von Herrn Horner in Griechenland im Konzert gesehen worden.

Wie wäre es, wenn in die Anschläge mehrere Personen verwickelt waren? Wo bleibt da aber ein Motiv? Letztlich kam Hermann Glasinger doch zum Schluss, dass die beiden Anschläge nicht zusammen hingen oder wenn, dann ganz andere Motive zu suchen seien. Im Privatleben der beiden Lehrer schien es keine Anhaltspunkte zu geben.

Gut, die Scheidung des Ernst Nöstlinger hätte noch ein Motiv sein können, dies aber wohl auch nur vor, aber nicht nach der Trennung. Hermann Glasinger begann noch weitere Gedanken zu entwickeln, um irgendwie ein Täterprofil erkennen zu können:

Die beiden Anschläge waren höchst rücksichtslos angelegt, der Tod sowohl des Herrn Bayer wie auch des Herrn Nöstlinger war in Kauf genommen worden. Dass beide am Leben geblieben waren, könnte eine Schwachstelle für den Attentäter sein, würde er es noch einmal versuchen?

Dann war da die Hinterhältigkeit der Ausführung. Beide Male war es eine Tat für die Opfer aus heiterem Himmel, ohne Vorwarnung. Beide Opfer scheinen absolut im Dunkeln zu tappen, können sich die Tat nicht erklären, haben es also nach wie vor mit einer latenten Bedrohung zu tun, die Angst machen muss.

Angst hatte auch Hermann Glasinger. Nicht nur, weil er die beiden Herren, Herrn Guntram Bayer und Herrn Nöstlinger sehr schätzte, sich mit ihnen wesensverwandt fühlte, sondern auch, weil er zwar einen Verdacht hatte, aber nicht weiter kam. Er fühlte sich so ohnmächtig.

War da ein Verbrecher am Werk, der mit ihm gar spielte, der ihm zeigte, dass er nie und nimmer auf dessen raffiniert und ausgeklügelten Plan kommen würde, der sich turmhoch überlegen fühlte, der seine Verbrechen perfekt plante und gekonnt realisierte?

War es dieser Winkelhofer, der hinter allem steckte? Da musste er sich aber wieder sagen, dass es halt zu verführerisch sei, einen Eigenbrötler, einen derart komischen Kauz, als Verdächtigen anzusehen.

*

Der Herr Oberlehrer Horner liebte lange Spaziergänge durch seine Mühlviertler Landschaft über alles. Es war ihm zur Gewohnheit geworden, nach seinem Unterricht am Nachmittag seine ein- bis zweistündige Runde ums Dorf zu drehen, am Samstag und oft an Sonntagen war er vier und fünf Stunden unterwegs, eigentlich fast immer allein, selten begleiteten ihn Leo oder Juliana, ab und zu der Herr Pfarrer.

Er kannte, wie man es so zu sagen pflegt, jeden Stock und jeden Stein, jedes Rinnsal, wie dieses zum Bächlein heranwächst und dann in den zentralen Bach des Tales mündet. Früher war dieser noch ein wunderbares Flüsschen, das in Freiheit durch die Talauen mäandrieren durfte, wie sich Herr Horner äußerte.

Dann kam die Zeit, als die Bauern der Gemeinde nach der Austrocknung der Talwiesen schrien, damit sie mehr Vieh halten konnten. Gelder flossen unter dem Vorwand des Hochwasserschutzes. Der Bach wurde begradigt und in ein Korsett gelegt.

Herr Horner nannte dies nun eine Pissrinne der Natur. Er beobachtete mit Sorge, wie sich der Lebensraum für viele Tiere veränderte: Kiebitz und Wiedehopf sah er schon längst keinen mehr, die Störche kamen nicht mehr vorbei, Reiher und Rohrdommel waren verschwunden, der Eisvogel weggezogen, Fasane und Rebhühner wurden immer seltener, es gab kaum noch Schlangen und Molche, in den Flüssen keine Krebse, fast keine Libellen mehr; manchmal war ihm zum Weinen. In dieser Stimmung setzte sich Alois Horner gerne zornig und wütend, angriffslustig und streitsüchtig in ein Gasthaus und begann mit seiner Schimpfkanonade, für die er im Dorf schon berüchtigt war:

„Der Triumph der Blödheit ist leider nicht mehr aufzuhalten, ihr werdet mit eurer grenzenlosen Habgier noch alles ruinieren, spätere Generationen werden auf eure Gräber spucken, denn ihr habt ihnen das schönste genommen, eine intakte Natur, nur weil ihr hier und jetzt ein paar Silberlinge mehr in die Heuer fahren könnt, ihr habgieriges Volk, ihr gewissenloses Pack. Pöbel, Proleten, schlimmer als die Zulukaffer."

„Zulukaffer" war eines seiner Lieblingsschimpfwörter, wenn er die unverbesserliche Dummheit meinte. Manchmal betitelte er aber seine Dorfgenossen auch als Balkanesen, als Bakschischgeier oder als Hottentotten-stottendrottel.

Der Dorfmetzger, der dem Herrn Oberlehrer sehr wohlgesinnt war, ihm sogar einmal aus einer finanziellen Klemme geholfen hatte, als er wegen der Schulden am Häuschen schier verzweifelt war, denn Schulden waren für Herrn Horner das schlimmste; er konnte das nicht ertragen, meinte dann:

„Der Herr Lehrer hat schon Recht, aber so fest musst du auch wieder nicht mit uns schimpfen, Alois. Du hättest es halt am liebsten, wenn die Bauern noch mit den Rössern und Ochsen die Ernte einbringen, aber die Zeit kannst auch du nicht aufhalten, die Jungen ziehen so und so immer mehr in die Stadt. Wer bleibt denn schon noch da? Und wenn wir rückständig sind, wird sich dein geliebtes Mühlviertel bald ganz entvölkern, dann kommt ja deine bukolische Natur wieder zurück." Das Wort „bukolisch" verstanden zwar die wenigsten Stammgäste, aber der Metzgermeister war eben belesen, und dies ließ er auch im Gasthaus gerne aufblitzen, da passte ihm dann so ein Diskurs mit dem Herrn Oberlehrer. Nur mit der Musik hatte es der Metzger nicht, dazu zitierte er gerne Wilhelm Busch: „Musik wird störend oft empfunden, dieweil sie mit Geräusch verbunden."

Der Herbst war ins Land gekommen. Alois Horner hing auf seinen Spaziergängen noch häufig seinen griechischen

Träumen nach, sah aber auch die wunderbare Herbst-
stimmung seiner Heimat, empfand glücklich die weiche
Hügellandschaft des Mühlviertels mit ihren langge-
zogenen Wellen, die sich nur manchmal zu steileren
Hängen auftürmten, die Kuppen, besetzt von den
dunkelgrünen Nadelwäldern, die nun überall Farbtupfen
der herbstlich verfärbten Laubbäume wie eine hübsche
Wange ihre Sommersprossen zeigten.

Die Landschaft lag für Alois Horner, besonders von
seinen geliebten Aussichtspunkten aus, da wie eine Schar
schlafender Mädchen, wie junge Frauen, die mit ihren
weichen Körperformen seine Sinne erfreuten, dann hörten
Vorbeigehende den Herrn Oberlehrer nicht selten Selbst-
gespräche führen wie, „so anschmiegend, so sanft, ja
Heimat, rund herum Heimat, großartige Natur, dafür muss
ein Schöpfer existieren, nur einem Gott kann diese
Vielfalt, diese Schönheit der Welt zugeschrieben werden."

Immer, wenn ihn das Geschehen, das ständige Werden
und Vergehen in der Natur gefangen nahm, erwachte die
Poesie in Alois Horner und er beschloss: „Morgen dürfen
die Kinder sein Lieblingsgedicht über den Herbst lernen
müssen: „Herbsttag" von Rainer Maria Rilke."

Wenn Alois Horner dieses Gedicht in der Schule
vortrug, auswendig, versteht sich, kämpfte er vor Rührung
stets mit den Tränen der Hochachtung vor Rilkes Sprach-
gewalt. Und wehe, eine Schülerin, ein Schüler erfrechte
sich und war unaufmerksam oder versuchte sein Unverständnis für diese Weihestunde mit Blödeleien zu stören,
eine saftige Strafarbeit war denen sicher.

Er blickte mit ernster Miene in die Runde, senkte seine
Stimme zu einer samtenen, weichen Tiefe ab, wartete, bis

das letzte Hüsteln verklungen war, fixierte strafend noch pendelnde Beine und hob an:

„Herbsttag" von Rainer Maria Rilke

Herr es ist Zeit. Der Sommer war sehr gross.
Leg deinen Schatten auf die Sonnenuhren,
und auf den Fluren lass die Winde los.

Befiehl den letzten Früchten voll zu sein;
gib ihnen noch zwei südlichere Tage,
dränge sie zur Vollendung hin und jage
die letzte Süsse in den schweren Wein.

Wer jetzt kein Haus hat, baut sich keines mehr.
Wer jetzt allein ist, wird es lange bleiben,
wird wachen, lesen, lange Briefe schreiben
und wird in den Alleen hin und her
unruhig wandern, wenn die Blätter treiben."

Das Gedicht beeindruckte den Herrn Oberlehrer meist mehr als seine Schüler, die oft nur die Plage des Auswendiglernens vor Augen hatten und nur selten gelang es dem Alois Horner und dann eben auch nur bei den helleren Köpfen, etwas wie Achtung, Verehrung oder gar ein Erlebnis des Kunstgenusses zu erreichen.

Einmal in seiner Lehrerlaufbahn war es anlässlich dieses Gedichtes zu einer pädagogischen Katastrophe für den sonst sehr geduldigen Herrn Lehrer Horner gekommen:

Der Kiesenhofer war es - jetzt ja Vorarbeiter beim Kletzenbauer - der noch in die Erschütterung der Stille nach dem Vortrag des Gedichtes hineinplatzte:

„A so a Bledsinn, wia kann denn a Summer gross sein, hoass kann er sein oder a saukalt oder verrengt, aber an grossen Summa hab i no nia gsechn. Der, wos des gschrieben hat, war m'u a scheiner Depp, dös war vielleicht a gselchte Sau."

Da war es um die Contenance des Herrn Lehrer geschehen, er verlor erstmals in seinem Pädagogendasein vollends seine Fassung, wurde bleich, dann schwollen ihm seine Zornesadern an, Blut schoss ihm in den Kopf, der sich nun feuerrot verfärbte.

Die Klasse duckte sich mucksmäuschenstill in den Bänken. Nur der Kiesenhofer, der glaubte hier etwas ganz Gescheites gesagt zu haben, fuhr in falscher Einschätzung der Lage unbeirrt fort:

„Ja und lass die Winde los, das wird a so sein, dass den Dichter a Furz zwickt hat, dös wird ma schön gstunken haben, wia'r den Schoaß außilassen hat," sagte es, stand auf und ließ einen rasselnden Wind durch seine Hosen pfeifen.

So grotesk die Situation war, aber lauthals zu lachen getraute sich die Klasse nicht, wenn auch ein paar Buben ihr glucksendes Lachfass kaum mehr bändigen konnten und die Fässer zu bersten drohten; der Röbelreiter hielt sich krampfhaft seinen Schwabbelbauch, der Kletzenbauer biss sich in den Arm, der Ramel drohte schier zu ersticken.

Da aber stürzte der Herr Lehrer wie ein gewaltiger Rachegott auf den Kiesenhofer, packte ihn am Kragen und stülpte ihn kopfüber in den Papierkübel, riss den so bis über die Achseln Eingezwängten hoch, trommelte wie besessen auf den Abfallkorb ein, Reste vom Bleistift-spitzen, Apfelbutzen, Papierfetzen und anderer Unrat rieselten heraus, schrie mit sich überschlagender Stimme den Kiesenhofer an: „Du verdammte Kröte, du nichts-nutziger Schweinehirt, du hirn- und seelenlose Kreatur, du Stinktier, du Rotzlöffel"..und nach Luft schnappend...„du bildungsunfähiges Arschloch, das nennt man eben Perlen vor die Säue werfen."

Dann wankte Herr Horner, obwohl er ja damals auch noch ein Junglehrer war, zu seinem Stuhl hinter dem Lehrerpult, stützte den Kopf mit den Händen und starrte vor sich hin. In einem solchen Augenblick stellte er sich die Frage, ob er diesem Beruf auch wirklich gewachsen sei.

Natürlich kam die Reue über seine Unbeherrschtheit sofort hinterher.

Er entschuldigte sich nach einigen Minuten des betre-tenen Schweigens vor der ganzen Klasse beim Kiesen-hofer, was die übrigen Kinder in Verwunderung versetzte:

„Entschuldige, Kiesenhofer, du bist zwar ein – na mir fehlen die Worte für deine Impertinenz – aber es gibt mir nicht das Recht, dich dergestalt zu maßregeln. Aber nächs-tes Mal, wenn wir wieder ein Gedicht lesen, hockst du bitte aufs Maul."

Der Kiesenhofer glotzte blöd vor sich hin, schien gar nichts zu begreifen, sagte aber kein Wort mehr.

Am späteren Nachmittag ging der Lehrer Horner auf seinem Spaziergang bei den Kiesenhofers vorbei, klopfte und als man ihn erstaunt hereinbat, meinte er eine gewisse Distanziertheit zu verspüren, die er nach diesem Vorfall wohl verstanden hätte. Er wollte sich entschuldigen, merkte aber bald, dass die Zurückhaltung eher Scheu war;

wahrscheinlich hatte der Sohn zu Hause den Vorfall in der Schule heute gar nicht erzählt.

„Ja, der Herr Lehrer gibt uns die Ehre," meinte die Kiesenhoferin, eine gutmütige Frau, „hat der Bub was angestellt in der Schule?"

„Ja und nein," antwortete Alois Horner, „wir hatten heute eine recht heftige Auseinandersetzung, bei der ich doch ein wenig zu grob war mit dem Buben, deshalb wollte ich Ihnen sagen, dass mir das leid tut."

Da kam der Vater dazu:

„Was war denn?"

Der Kiesenhoferbub sagte:

„Gefurzt habe ich in der Schule und halt einen Blödsinn geredet."

Da schnappte sich der alte Kiesenhofer seinen Sohn, holte einen Lederriemen hervor und verdrosch ihn tüchtig, bis die Mutter dazwischen fuhr:

„Hör auf, du bringst den Buben ja noch um."

Von nun an überlegte es sich Herr Horner lieber zweimal, bevor er über das Verhalten seiner Schüler mit den Eltern sprach.

*

Es war November geworden, in den Flusstälern hielt sich zäh der Nebel, die Tage waren kurz und die Natur am Morgen nach klaren Nächten jeweils voller Rauhreif.

Alois Horners Spaziergänge führten mehr in die Höhen hinauf, auf den Buchberg, den Koppenberg und über die „Alm", eine rauhe Hochebene, dem böhmischen Wind, wie man hier den kalten Nordwind nennt, schutzlos ausgeliefert. Eine ganz andere Vegetation war hier zu Hause: Unzählige Birken, die sich im Herbst herrlich goldgelb verfärbten und ihr Laub länger behielten als die ins Rotbraune tendierenden Buchen im Tal; sogar Wacholder wuchs hier mit seinem stacheligen Kleid und seinen dunkelblauen Beeren und natürlich die Hagebutte, die in gewaltigen Büschen mit ihren erotisch roten Früchten weithin leuchtete. Die Wiesen waren voller Disteln, die ein silbriges Sternenmeer auf das sich allmählich ins Bräunliche verfärbende Grün der Matten zauberten. An den Waldrändern schimmerten saftig rote Tupfen und dunkelgrün glänzend ganze Beete von Preiselbeeren.

An einem Sonntag war es, als er Gespenstisches wahrnahm, fast meinte er, es würde geistern im Wald:

Hinter dem Koppenberg liegt ein aufgelassener, mächtiger, sicher über dreißig Meter hoher Granit-steinbruch, auf dessen Boden sich ein grosser Teich gebildet hatte, der einen etwa drei Meter breiten Saum vor den steil aufragenden Felsplatten frei ließ, so dass man um den Teich direkt unter den Felsen rund herumgehen konnte. Bäume hingen bedrohlich absturzgefährdet schräg aus den Erdritzen zwischen den Felsplatten. Farne und Moose klebten in den Rinnsalen des herab tröpfelnden Wassers.

Der Steinbruch öffnet sich nur wenig zum Weg hin, der früher breiter war, als er noch für den Abtransport der Steine zu dienen hatte, jetzt aber, halb zugewachsen und überwuchert, kaum mehr als ein schmaler Pfad war.

Hierher kam Alois Horner selten, denn der Weg führte nicht weiter und man musste wieder das Stück des Weges zurückgehen, um hinunter zur Waldstrasse zu gelangen, die Waldburg mit dem Weiler Steinböckhof verband, ausserdem liebte der Herr Oberlehrer Steinbrüche nicht, sie erinnerten ihn an Grabsteine und diese wieder an seine geliebte Frau, die ihn viel zu früh verlassen hatte.

Wenn er schon diesen Ort aufsuchte, dann, weil er sich an dem natürlichen Biotop erfreute. Das abgestandene Wasser war vom eisenhältigen Gestein braun gefärbt, fast wie Jauche, aber rein und durchsichtig klar, doch tummelte sich eine reichhaltige Fauna und Flora gerade hier in diesem übersäuerten Wasser.

Als er sich näherte, meinte er urtümliche Töne, ja laute Geräusche aus diesem Ort der Stille zu hören und dachte, dass hier Jugendliche wohl ein musikalisches Happening abhielten, aber da bot sich ihm ein anderes Schauspiel:

Drei Personen bewegten sich hinten im Steinbruch. Alois Horner blieb, getarnt durch eine mit ihren Ästen weit herunter reichenden Tanne, stehen, setzte sich auf einen alten Baumstumpf und beobachtete die sonderbaren Gestalten, die jedoch so weit weg waren, dass er sie nicht erkennen konnte, selbst wenn er sie gekannt hätte.

Absonderliches spielte sich da ab: Zuerst ertönte laut und dröhnend, wohl aus einem leistungsstarken Laut-

sprecher eines Rekorders stammend, den Hall von den
steilen Wänden als Dauerecho zurückwerfend, ein dumpfer, langgezogener Ton wie aus der tiefsten Orgelpfeife,
auf und abschwellend, dann ging der Ton in ein Jaulen
über und schliesslich in ein heulendes, girrendes Quietschen und Pfeifen, für die Ohren schier unerträglich.

Mit einem Blitz entzündete sich bengalisches Feuer und
hüllte die Gestalten in Nebel. Aus diesem traten sie dann
hervor und begannen feierlich um den Teich herumzu-
schreiten.

Vorne weg stapften zwei wie Ku-Klux-Klan-Figuren
verkleidete Hünen, die mit ihren spitzen Kapuzen noch
riesenhafter wirkten. Hinter ihnen her trippelte ein Zwerg,
ganz in Weiss gehüllt, eine lächerliche Tiara, diese
Dreifachkrone des Papstes, auf dem Kopf, das Gesicht
weiß geschminkt, ein Weihrauchfass schwenkend. Die
Kapuzenmänner warfen sich alle zehn bis zwanzig Meter
auf einen schnarrenden, unverständlichen Befehl des
Zwerges auf den Boden und legten sich so hin, dass sie ein
Kreuz formten.

Alois Horner duckte sich tiefer unter die Äste, dass ihn
die vorüber schreitende Gesellschaft nicht entdecken
konnte, hielt den Atem an und als sie ihm hernach den
Rücken zukehrten, beschloss er, von diesem unheimlichen
Geschehen wegzugehen. Dabei löste sich ein Stein und
polterte laut in den Steinbruch hinunter und platschte ins
Wasser.

Die Gruppe der drei Gestalten drehte sich einen
Moment lang um, hielt kurz inne, setzte aber dann
scheinbar ungestört ihren Umzug fort. Alois Horner
strebte aus diesem Gespensterreich möglichst leise, aber
rasch wieder der Zivilisation zu, eilte mit grossen Sätzen

hinunter auf die asphaltierte Strasse, atmete dort tief durch und hastete rascher, als er sonst in seinem strammen Tempo wanderte, seinem Haus in Waldburg zu. Daheim musste er sich erst von den beklemmenden Bildern im Steinbruch befreien.

Gut war er allein. Leo war in Freistadt in seiner Wohnung oder auch bei Ernst Nöstlinger und sollte dann um acht Uhr Juliana nach Hause bringen, die mit dem letzten Bus von Linz kommen sollte. Sie war das Wochenende bei den Bayers gewesen.

Alois Horner wollte seinen Kindern ein gutes Nachtessen bereiten, auch Ernst Nöstlinger war von Leo dazu eingeladen worden. Überhaupt kümmerte sich Leo sehr um den Ernst, denn das Alleinsein machte diesem zu schaffen.

Deshalb war Alois Horner froh, um etwa fünf Uhr in die Küche gehen zu können. Heute Abend wollte er ein richtiges November-Essen für seine jungen Leute kochen: Geräuchertes mit Sauerkraut. Das brauchte keine lange Vorbereitungszeit und er wusste, dass dies allen schmeckte. Er begann gerade, die Kartoffeln zu schälen, als es an der Haustüre klingelte. „Wer ist denn das um diese Zeit an einem Sonntag?", fragte er sich.

Draußen stand Herr Glasinger, der Herr Inspektor.

„Ja, um Gottes willen, was führt denn Sie zu mir, ist etwas geschehen?" Alois Horner zitterte. Doch der Herr Inspektor beruhigte ihn sofort, als er sah, dass dem Herrn Oberlehrer Ängste hochstiegen: „Nein, nein, nichts, wirklich nichts, ich wollte Sie nur was fragen und weil ich gerade vorbeiging, bei Ihnen Licht gesehen habe, dachte ich mir, so spät ist es ja noch nicht." „Also ist es nichts, mein Gott, ist nichts mit dem Leo und der Juliana?", versicherte sich Horner nochmals. „Nein, wirklich nein, mein Gott, es tut mir Leid, wenn ich Sie jetzt erschreckt habe, was so ein Amt nicht alles ausmacht."

Der Herr Oberlehrer bat ihn herein, sagte ihm, er solle Platz nehmen, aber ihn eine Minute entschuldigen, er sei gleich so weit. Dann streckte er doch nach ein paar Minuten den Kopf durch die Küchentüre herein in das Wohnzimmer und fragte den Herrn Inspektor, ob er ihnen nicht die Ehre geben möchte, mit ihnen, das heißt mit ihm und seinen Kindern, vielleicht auch noch mit Herrn Nöstlinger, heute zu Abend zu essen, er müsse es nur der Menge wegen wissen, aber eigentlich auch nicht, denn er koche am Sonntag selbst und dann gleich für mindestens einen Tag oder mehrere, besonders Gerichte, die man gut aufwärmen könne, wie „den Sauerkohle, von dem die Witwe Bolte des Wilhelm Busch schwärmt, dass er besonders gut sei, wenn er aufgewärmt.." Herr Glasinger bedankte sich und sagte mit sichtlicher Freude zu.

Nach einer Weile kam Herr Horner aus der Küche und meinte: „So, die lukullischen Dinge nehmen ihren Lauf, manche Gerichte wollen auf gelindem Feuer gegart werden und unser feines Mühlviertler Selchfleisch gehört zu dieser Spezies. Aber bitte, was führt Sie zu mir, Herr Inspektor?"

„Mein Dauerthema," begann Herr Glasinger, „ich kann es einfach nicht lassen. Da gibt es das unaufgeklärte Attentat auf Herrn Bayer, sicher in Freistadt und nicht in Waldburg geschehen, und dann den so unerklärlichen Anschlag auf Herrn Nöstlinger.

Ich wollte mit Ihnen einfach darüber reden. Sie kennen das Dorf wie kein anderer, viele sind ja zu Ihnen in die Schule gegangen. Ich will die Fälle aufklären, ich will die

Täter haben, aber ich bin auf die Mithilfe des ganzen Dorfes angewiesen. Die anständigen Menschen hier dürfen doch nicht mit der Hypothek belastet bleiben, dass jeder von ihnen ein potentieller Verbrecher ist, deshalb will ich, ja muss ich die Taten aufklären."

„Was macht Sie so sicher, dass die Täter dieser entsetzlichen Vorfälle im Dorf zu finden sind?", fragte der Herr Oberlehrer.

„Gar nichts, ganz und gar nichts, aber die Taten bleiben an den Leuten hier hängen, sie bleiben verdächtig und hören Sie sich nur um, sei es in Freistadt oder gar bis Linz, da wird von den Verrückten auf dem Dorf gelästert, es gibt ja schon böse Witze über die Waldburger", antwortete Hermann Glasinger.

„Ja, Verrücktes, Schlüpfriges, Derbes, aber auch Erhabenes gibt es hier, aber Waldburg war und ist ein Dorf, wie es viele gibt, bis vor kurzem noch ohne jegliche Verbrechen, wenn man von dem Vorfall vor Jahren absieht, als der Brummeier Anton die Rauferei mit einem Ihrer Kollegen hatte und ihn in die Jauchegrube gestoßen hat zum Gaudi für die Leute hier, denn diesen Gendarmen mochte im Dorf niemand, er war dafür berüchtigt, dass er die Leute wegen kleinster Lappalien schikanierte, sonst aber war es hier doch eher direkt langweilig für die Gendarmerie.

Aber heute habe ich etwas erlebt, ich weiß gar nicht, ob ich Ihnen das erzählen kann, sonst halten Sie mich auch noch für verrückt oder meinen, dass ich jetzt auch schon unter Halluzinationen leide und doch wollte ich es Ihnen, auch auf die Gefahr hin, dass Sie nachher der Meinung sind: Jetzt ist der alte Horner auch schon ballaballa, morgen auf dem Gendarmerieposten melden", deutete Herr Horner sein heutiges Erlebnis an.

Nun begann er mit der Schilderung seines Erlebnisses im Steinbruch. Hermann Glasinger hörte sich das an und versicherte ihm nachher, dass er dem Spuk nachgehen wolle, gleich morgen werde er zum Steinbruch hinauffahren und sich ein wenig umsehen, er wäre froh, wenn er über dieses Gespräch ein Gedächtnisprotokoll erstellen dürfte, das ihm dann der Herr Oberlehrer unterschreiben sollte. Alois Horner hatte nichts dagegen.

Hermann Glasinger wollte noch eine genauere Beschreibung der Verkleidungen: „Die Kapuzengewänder der beiden grossen Gestalten waren braun wie die Kutten von Bettelmönchen, nur dass die Gesichter verhüllt waren und lediglich Sehschlitze hatten wie bei den Ku-Klux-Klan; der Zwerg hatte ein weisses Priestergewand an und eine goldgelbe Capa mit einer grossen rot glänzenden Schnalle um die eine Schulter gelegt", schilderte Herr Horner die Figuren.

Da hörten sie wie die Haustüre aufging und aufgeregte Stimmen den Vorraum füllten. „Aha", sagte Herr Horner , „sie sind da." „Hallo Vater, den Ernst haben wir auch noch abgeschleppt, ja wen haben wir denn da, den Herrn Inspektor, sehr erfreut, hat der Vater etwas angestellt, wird er wegen Amtsehrenbeleidigung verhaftet oder hat er den Leuten wieder einmal den Spiegel vorgehalten und ist dies einigen in den falschen Hals geraten und Sie dürfen die Anzeigen überbringen?", scherzte Leo sichtlich aufgekratzt.

„Aber, wo denken Sie hin Herr Magister, reiner Höflichkeitsbesuch im Rahmen der Ermittlungen", entgegnete Hermann Glasinger.

„Den Herrn Magister lassen Sie doch bitte schön beiseite, wenn es Ihnen recht ist, bin ich der Leo", sagte Leo und streckte dem Gendarmen die Hand entgegen.

„Dann bin ich der Hermann", meinte Herr Glasinger.

„Oh, das muss begossen werden, Wein her, wo hat sich nur das Luder von Weißweinflasche versteckt?", rief Leo Horner im Suchen.

Gläser wurden geholt und die jungen Leute: Ernst, Juliana, Leo und Hermann begannen sich zuzuprosten und tranken auf Du und Du.

Der Herr Oberlehrer hielt sich da im Hintergrund, er mochte die neumodische Angelegenheit des Du-Sagens nicht, er blieb lieber beim Sie. Nur mit ganz wenigen ausgewählten Altersgenossen des Dorfes duzte er sich, damit war er gut gefahren und er meinte frei nach Tucholsky dazu: „So ein Sie ist wie ein schöner Titel und hält so manchen Tritt ab im täglichen Gedränge."

Juliana enteilte in die Küche, um noch zu helfen, Leo begann den Tisch zu decken, nachdem der Vater gesagt hatte, dass er den Herrn Inspektor auch zum Essen eingeladen habe und dass alles fertig sei, man könne sich schon freuen. Durch den Türspalt strömte ein herrlicher Duft aus der Küche herein.

„Wie das nur schon gut riecht", meinten Ernst und Hermann fast gleichzeitig. „Ja", sagte Leo, „unser Herr Papa ist ein wahrer Champion in der Küche."

Das Essen wurde von Herrn Horner und Juliana in die Küche gebracht. Schon die Präsentation war eine Augenweide: Auf einer großen Silberplatte waren am Rand die verschiedenen Fleischsorten schön aufgereiht: in Streifen geschnittenes Selchfleisch, dünne Rindfleischtranchen und Rädchen von Räucherwurst, in der Mitte erhob sich ein

Hügel aus Sauerkraut in dessen Mitte ein Fläschchen mit Schaumwein eingesteckt war, der durch Schütteln und die Wärme überquoll und auf das Sauerkraut herunterfloss. Juliana brachte noch eine dampfende Schüssel mit Salzkartoffeln und mit Kartoffelknödeln. Herr Horner meinte:

„Das ist nun zwar eine deftige Sache, aber gerade richtig für so einen grauen Novemberabend und als Verdauungshilfe habe ich dann noch einen selbst gebrannten Obstler. Im übrigen, das Geselchte stammt vom Hinterreiter, er räuchert nur mit Birkenreisig, das Fleisch und die sensationelle Räucherwurst stammen von unserem Herrn Metzger, für diese allein kommt der einmal in den Himmel. Ich wünsche den Herrschaften guten Appetit, Zurückhaltung wäre fehl am Platz und eine Beleidigung des Kochs. Zum Essen werden wir einen Loibner Kabinett trinken, einen herrlichen Wein aus dem Hause Bründelmeier. Leo, bitte walte deines Amtes als Kellermeister."

Nachdem man sich „Mahlzeit" gewünscht und zugeprostet hatte, kehrte andächtige Stille ein. Juliana hatte eine Platte der griechischen Sängerin Alexiou aufgelegt, man sprürte es, wie das Essen allen schmeckte. Ernst Nöstlinger rühmte es: „Mein Gott, wann habe ich zuletzt so eine Köstlichkeit gehabt?" Herr Glasinger sagte nur: „Ausgezeichnet, ganz vortrefflich, Kompliment, Kompliment."

Der Abend endete in einer allgemeinen satten Zufriedenheit. Zuerst verabschiedete sich Herr Glasinger mit einer höflichen Empfehlung und einem noch zögerlichen „Servus", er habe morgen leider Frühdienst und müsse schon um vier Uhr aus den Federn. Ernst übernachtete in der Bibliothek, Leo begleitete ihn hinüber, die beiden schwatzten noch ein Weilchen, dann ging man zu Bett.

*

Ferdinand Himmelbauer hatte einige seiner schönsten Schmiedearbeiten, darunter wie Sonnenrosetten gestaltete Grabkreuze, ein paar seiner Lieblingsskulpturen, wie den „Kranich", den „Storch", den „Fischreiher", den „Speerwerfer" und zwei Auftragsarbeiten, nämlich zwei Gartentore, an eine Ausstellung nach Wien geschickt.

Sein Wiener Agent hatte für Anfang Januar ange-kündigt, dass der Meister kommen würde, weil einige Interessenten Arbeiten in Auftrag geben wollten und mit ihm persönlich noch Details zu besprechen wünschten.

Ferdinand wäre lieber mit dem Zug gefahren, aber da bat ihn sein Geschäftspartner, doch noch einige seiner Skulpturen mitzubringen, die ausgestellten seien nämlich verkauft und die Nachfrage immer noch gegeben. Deshalb entschied er sich, mit dem Pick-up zu fahren, denn so konnte er sie selbst an Ort und Stelle bringen.

Die Strecke nach Wien schien ihm für diese Jahreszeit zu anstrengend, um alleine zu fahren, darum fragte er die Wetti, ob sie nicht mitkommen wolle, sie sollte fahren, die Überstunden würde er ihr schon bezahlen, die Spesen natürlich auch.

Wetti war auch gleich einverstanden, freute sich auf die Abwechslung, denn sie war noch nie in Wien, aber die

Adresse in Mödling, wo die Ausstellung stattfand, würden sie schon finden. Der Himmelbauer ließ ein Doppelzimmer buchen, die Wetti war einverstanden, meinte aber: „Wenn du schnarchst, dann stopf ich dir die Nasen zu."

Den Dumserbuben, die schon wieder nach ihrem Unfall, wie gewohnt, in der Schmiede arbeiteten, trug der Himmelbauer auf, dass sie das Tor beim Kajetan Winkelhofer montieren sollten, gleich morgen, am Freitag, hatte er mit dem Kajetan abgemacht, der die beiden auch mit ihren Werkzeugen und dem Material mit seinem Jeep abholen würde, sonst aber hätten sie ein paar Tage einmal blau.

Die Wetti kochte ihnen noch etwas vor, das sie sich nur aufzuwärmen brauchten.

In aller Herrgottsfrühe um sechs stand der Kajetan Winkelhofer vor dem Zimmer der Dumsermänner: „He, aufstehen, ihr müsst heute mit dem Tor fertig werden."

„Du damischer Teifi du depperter, es ist ja no mitten in da Nacht und no saukalt, da sehgn mir ja gar nix, denn wann's so finster is, siecht ma ja nix, so wiea beim Tageslicht, wo ma vül weiter siecht, dann wird dein Törl so windschief wia a Scheißhäuseltür," raunzte ihn der Schani an.

Dennoch standen beide, noch einige wüste Flüche herausgurgelnd, auf, schlürften ihren Kaffee, aßen ein Speckbrot und etwas Käse dazu und meinten dann zum Winkelhofer:

„Alsdann so geh'n ma halt, du sakrischer Teifi du."

Da meinte der Winkelhofer ganz barsch: „Wenn ihr den Teufel so oft beschwört, dann holt er euch gewiss noch, ich glaub, den habe ich noch nicht ganz aus euch herausgetrieben, das werden wir noch nachholen müssen, sonst werdet ihr ganz schwer krank."

Nachdem sie das Werkzeug und das Eisenmaterial aufgeladen hatten, fuhren sie gemeinsam hinauf zur Winkelhofermühle.

„Wo keimats denn hin dein Scheißtor, des mir fast die Schultern brochen hat, des Teifelstor des damische", fragte der Schani.

„Ja wohin wohl du saudummer Bua du, du depperter, beim Eingang zum Hof natürlich," antwortete der Kajetan schon sichtlich ein wenig gereizt.

Daraufhin begannen die zwei Kolosse zu werken. Sie bohrten und hämmerten, verstrebten und verkeilten, klopften Steine zurecht, dann probierten sie es, bevor die Scharnierzapfen endgültig eingemauert werden sollten.

Da rutschte ihnen das zentnerschwere Ungetüm von einem Tor abermals aus ihren Pranken, quetschte dem Schani die Zehe und der Daumen des Schorsch schaute in eine Richtung, in der er nichts zu suchen hatte.

Ein dumpfer Aufschrei aus ihren Kehlen war zu hören, der Winkelhofer stürzte aus dem Haus und half den beiden erst einmal aus der misslichen Lage.

Ungeachtet der Schmerzen wuchteten sie das Tor nochmals hoch, ließen es in die Zapfen einrasten und siehe da, es saß perfekt.

Schani rührte nun humpelnd Zement an und mauerte die Zapfen ein, der Schorsch glotzte auf seinen abstehenden Daumen, aber verkeilte das Tor noch.

„So", meinten sie, *„das is a damisch verhextes Tor, da gspürt man, dass der Teifi drin is."*

Darauf meinte der Winkelhofer:

„Nicht im Tor steckt der Teufel, der ist noch in euch drin, den werden wir aber schon noch austreiben, kommt herein, eure Verletzungen muss ich nun wieder kurieren, aber es ist sicher eine Folge von euren Flüchen, ich hab's euch ja gesagt."

In seinem Geistheilerraum begann er alsdann mit dem üblichen Brimborium, renkte zuerst den Daumen des Schorsch ein und dann behandelte er den Zeh des Schani. Schon kurze Zeit später waren beide Dumserbuben wieder quietschvergnügt.

„Seht", meinte der Kajetan, „die Macht meiner übernatürlichen Kräfte hat euch zum zweiten Mal geheilt, seid dankbar, aber in euch steckt noch der Teufel und den gänzlich auszutreiben, da braucht's noch einige Sitzungen.

Wenn ihr das nicht macht, werdet ihr euch von jetzt ab dauernd weh tun, denn seit ihr mit der Wetti schnackselt, ist der Teufel in euch gefahren. Entweder ihr hört mit der Wetti auf oder ihr lasst euch von mir den Teufel aus-treiben, sonst sehe ich schwarz für euch."

Das beeindruckte die Dumserbuben mächtig. Mit der Wetti wollten sie natürlich nicht aufhören, deshalb meinten sie zum Kajetan:

„Ja, wann des a so is, müass ma den Teifi aussitreibm."

Der Kajetan sagte ihnen, dass das nicht so leicht gehe, aber gehen würde es schon, denn er, Kajetan, sei stärker als der Teufel, denn er sei im Bunde mit dem absolut gültigen Prinzip des Guten, Wahren und Moralischen, dem Prinzip des Ahura Masdah, aber sie müssten sich Zeit nehmen und vor allem ihm aufs Wort folgen, niemandem etwas erzählen, denn wenn sie das täten, seien sie am nächsten Tag sowieso hin, tot, mausetot und direkt in der

Hölle und Zerberus, dieser gigantische Höllenhund werde sie bei lebendigem Leibe zerfleischen.

Die beiden Dumsermänner waren schwer verunsichert und sagten, dass sie alles machen würden, was ihnen der Kajetan anschaffen tät. Daraufhin erklärte Kajetan. „Dann müssen wir einen feierlichen Eid leisten und auf die heilige Schrift des Ahura Masdahs schwören, nur so geht es."

Kajetan inszenierte nun ein schauerlich gespenstisches Schwurritual: Er zog die Vorhänge zu, dämpfte das Licht ab, warf den Rekorder mit der wildesten Musik an, erschien aus der Tür, von oben her von einem starken Scheinwerfer angeleuchtet ganz in gleißendem Gold, eine goldene Dornenkrone auf dem Kopf und einen riesigen Palmwedel aus Plastik in der Hand. Dann begann er salbungsvoll zu rezitieren:

„Ahriman, du Fürst dieser Welt,
hebe dich hinweg von hinnen,
entweiche aus dem Schani
und dem Schorsch von innen,
geh nach draußen, zurück in die Höll,
du unseliger Geist und rechtloser Gesell."

Dann ertönte ein furchterregendes Geheul, ein Pfeifen und Krachen, tiefe Töne brausten wie Donner dazwischen und Kajetan entschwand durch die Tür unter dem grässlichen Kreuzigungsbild, jener verzerrten Kopie des Matthias Grünewald.

Die Lichter gingen an, Kajetan kam herein und sagte, wie wenn nichts gewesen wäre:

„So die erste Sitzung ist vorbei, ich lade euch ein, ihr seid die Gäste am Tisch eures Herrn, kommt mit mir, wir fahren hinunter zur „Haltestelle".

„*Ja, aber die Wetti hat g'sagt, dort dürf'ma nimmer hin,*" versuchte Schorsch zaghaft einzuwenden. Die beiden waren von der Teufelsaustreibung noch ganz hergenommen.

„Aber was, paperlapapp, die Wetti ist ja wegen ihres unkeuschen Tuns auch vom Teufel besessen und gar nicht da und was sie nicht weiß, macht sie nicht heiß. Das sahen die Dumserbuben ein und los ging's zum Wirtshaus zur Haltestelle.

Dort zeigte sich der Kajetan in großartiger Spendierlaune: Bier und Schnaps flossen in Strömen, Speck und Würste schlangen die Dumserbuben hinein, vom Saufen und Fressen wurden sie immer übermütiger, da passte es, dass mit dem Abendzug die Arbeiter aus Linz ankamen und auch aus der Kälte draußen in die Wirtsstube drängten.

Es war ja Freitag. Morgen, Samstag, hatte man frei, es konnte also wieder lustig werden auf der Haltestelle. Der Brummeier war auch in Erwartung einer guten Kasse ganz aufgekratzt und offerierte allen Gästen einen „Sauhäuternen", jenen billigen, hochprozentigen Kornschnaps, den man in der Gegend gerne trank.

Es wurde wieder einer dieser ausschweifend schlüpfrigen Abende unter der bewährten Regie des Brummeier Adolf.

Höhepunkt des Abends war ein Striptease, den die Schmiediger Miez und die Haushofer Zenzi auf zwei Tischen vorführten. Unter Gejohle und Gekreische flog ein Kleidungsstück ums andere ins obszön grölende Publikum.

Da sprang plötzlich der Winkelhofer auf einen der Tische und begann mit seinem recht schönen sicheren

Bassbariton das landläufige Repertoire der „Gstanzln" vorzutragen, wobei die Gäste in den Refrain jeweils begeistert einfielen. Jeder Reim kostete ein Kleidungsstück der „Damen", das unter ausgelassenem Geschrei in die Runde flog.

Alle ergeilten sich köstlich über die zwei-oder eben eindeutigen Verse, als hörten sie diese zum ersten Mal. Begleitet wurde der Kajetan vom Brummeier Adolf, dem Wirt, auf dessen Mundharmonika, die der ganz passabel beherrschte.

Kajetan Winkelhofer sang:

„Mei Vata hat gsagt, i soll's Heu abertragn, ju ha di he,

Hab falsch verstanden, hab's Kalbi erschlagn, ju ha die he

Und den Refrain für alle:

Schier stad, dass di net draht

Hat's di erst gestern draht, draht's di heut a.

Nach einer Reihe von solchen Bänkelversen kündete er einen an, dem Ludwig Paulas gewidmet, wie er ihn nannte: „Wiggerl die Orgelpfeife":

„Mei Vater war Tischler und tischeln tua i, ju ha di heh.

Mei Vater macht Wienga und was drin liegt mach i, ju ha di he. Schier stad....

Da ging das Gegröle erst richtig los: „Du Winkelhofer, das ist ja nur der Neid, und weil sie dich außi ghaut haben im Kirchenchor und weil dich der neue Musikdirektor für die Kunstmesse in der Kirche nicht brauchen kann, dem singst du zu falsch, der will nur die musikalischen Kapazitäten, den Ludwig und die Gebildeten, wie die Frau Doktor und die Horner Juli, aber so a Würstel wie dich braucht der Herr Professor aus der Stadt nicht, du hast ja immer dann gesungen, wenn Pause war und bist halt still gewesen, wenn du laut daher singen hättest müssen, die brauchen dich nimmer, die haben auch schon einen Ersatz gefunden, der was nicht so blöd herum schreit wie du."

Das geriet dem Winkelhofer in die falsche Kehle, er zahlte, befahl den Dumserbuben, die gar nicht wussten warum, aufzustehen, mitzukommen.

Mit Pfui - Rufen wurde ihr Verschwinden begleitet und mit: *„Ja geht's zur Wetti, dort geht sicher noch was eini."* Der Winkelhofer war rasend vor Wut, brachte die beiden Dumserbuben nach Hause und sagte zu ihnen:

„Morgen um neun komm ich, hol euch, dann werden wir wegen eurer teuflischen Besessenheit weiter sehen."

Da meinte der Schani, kurz nachdem alle ins Auto gestiegen waren, noch ganz verwirrt ob des plötzlichen Aufbruchs:

„Was hast denn Kajetan, des war doch so gaudig, wiea sich die Miez und die Zenzi halbert auszogn haben, i wa schon noch neugierig gwen, ob sie di traun, ganz nackert auf'm Tisch uma'z'tanzn."

Und der Schorsch doppelte nach:

„Ja, des wa wirkli no saulustig wordn, weil der Brummoa Tonei hat gsagt: ‚Wart a bissel, wenn die Zenzi nackert is, dann mach ma a Treibjagd."

Dazu aber schwieg der Winkelhofer und brachte die beiden direkt nach Hause. Er meinte noch: „Bei jeder Sauerei müssen wir ja nicht dabei sein und morgen müsst ihr ausgeruht sein, wir werden mit unserer Ausbildung fortfahren und morgen wird es anstrengend."

*

Der Himmelbauer Ferdinand und die Wetti verbrachten sehr schöne Tage in Wien.

Während der Ferdinand auf der Ausstellung war und mit seinen Abnehmern sprach, Skizzen der neuen Aufträge anfertigte, künstlerisch sich in seinem Element fühlte, zog Wetti durch die Stadt, bewunderte die imposanten Prachtbauten der Ringstraße, besuchte die Schlösser Schönbrunn und Belvedere, nahm an einer Stadtrundfahrt teil und ging auch abends mit dem Ferdi einmal in eine Operette, den „Zigeunerbaron" von Johann Strauß im Theater an der Wien; es war das erste künstlerische Erlebnis dieser Art für die Wetti.

Als der Wiener Geschäftspartner den Ferdi zu einem Abendessen einlud, meinte er, dass der Ferdi auch seine Tochter mitnehmen sollte.

Ferdi ließ ihn in diesem Glauben und Wetti und Ferdi spielten einen Abend lang belustigt Vater und Tochter.

Für diese Anlässe kaufte sie sich auf der Kärntnerstraße ein hübsches Kleid. „So was Teures hab ich auch noch nie in meinem Leben angehabt", meinte sie zum Ferdi, als sie ihm das Kleid vorführte.

Der sagte nur: „Mein Gott, siehst du schön aus darin, wie eine edle Dame der besseren Gesellschaft."

Überhaupt entwickelte sich zwischen dem Ferdi und der Wetti ein ganz neues Verhältnis.

Als einmal der Ferdi vor dem Einschlafen ihr die zwei Hunderter hinlegte, schob sie diese beinahe beleidigt zurück und der Ferdi merkte plötzlich, dass ihm an der Wetti viel mehr gelegen war, als nur der gekaufte Sex.

Auf der Heimreise, dem Ferdi und der Wetti war die Woche in Wien wie eine Märchenzeit vorgekommen, räusperte sich der Ferdi zu der am Steuer sitzenden Wetti auf der Autobahn kurz vor St.Pölten:

„Du Wetti, was meinst, könntest du dir vorstellen, ganz in meine Wohnung heraufzuziehen und bei mir zu wohnen und auch mit mir zusammenzuleben?" Er merkte, dass er ihre Antwort fast ängstlich erwartete.

„Ja meiner Seel", antwortete ihm die Wetti, „was würden denn da die Leute sagen, das gibt doch ein Gerede im Dorf."

„Das Gerede ist mir egal, ich brauche die Leute in Waldburg nicht, das wäre mir so lang wie breit", insistierte der Ferdi.

„Vorstellen könnte ich mir das schon", setzte die Wetti nach einiger Zeit, die dem Ferdi unendlich lang erschien, das Gespräch fort, und der Himmelbauer merkte, dass sie fast zittrig wurde beim Fahren.

Darauf getraute sich der Ferdi:„Mich tät das schon freuen und gut tät's mir auch, und mögen tu ich dich schon ganz sakrisch gern, aber dann möchte ich halt schon nur ich allein dein Mann sein, das mit dem Schani und Schorsch möchte ich dann schon nimmer und finanziell tät ich dich auch absichern, ich weiß, ich bin ja schon viel zu alt für dich, aber da würden wir schon einen sauberen Vertrag machen."

Wetti nahm die nächste Ausfahrt auf eine Raststätte, stellte den Wagen ab und nachdem sie eine ganze Weile geschwiegen hatte, nahm sie nun den Kopf des Ferdi zärtlich zwischen ihre Hände, presste ihm einen herzhaften Kuss auf die Lippen:

„Ferdi, wenn du das tätest, wenn du das tätest, mein Gott, ich glaub's ja noch nicht, wenn du das tätest, du bist mir nicht zu alt, du warst der erste Mensch, der richtig lieb war zu mir und auch dann noch korrekt, als du einfach Sex haben wolltest, irgendwie warst du immer wie ein Vater, den ich nie gehabt hab', aber auch Mann zu mir, und ich hab' dich auch wirklich gern.

Und weißt, wie froh ich wäre, wenn ich mir mit keinem anderen Mannsbild mehr etwas anfangen müsst, denn das hab ich doch nur wegen des Geldes getan, meinst du, das war schön für mich?

Aber ich wollte raus, ich wollte irgendwann auch wer sein und wenn ich mir das halt als Nutte zusammensparen musste, so war das eben mein Schicksal, schön war das nie. Aber was würden denn deine Kinder dazu sagen?"

„Ah, wegen meiner Kinder musst du dir keine Sorgen machen, die haben mich und ich hab sie von Herzen gern und die denken nicht so kleinkariert, die sind in der Welt draußen, die sind herum gekommen und wissen, wie wichtig es ist, dass man ein warmes Nest hat.

Schau, jetzt bin ich siebzig, meine Frau ist jetzt schon einige Zeit tot. Sie war eine ganz wunderbare Frau, eine Seele von einem Menschen.

Als sie gestorben war, wollte ich gar nicht mehr weiterleben. Obwohl sie ja die letzten zwei Jahre bettlägerig war, hatten wir bis zu ihrem Tod eine gute Ehe gehabt. Ich konnte sie pflegen und ihr auch eine gute Pflege verschaffen, aber der Krebs war halt dann doch stärker, der zerreißt alles, der nimmt keine Rücksicht. Wenn die Doktoren nur gegen den etwas finden würden. Meine Kinder wissen das alles, die werden auch dich als Familienmitglied aufnehmen, wenn ich sage, dass ich das will, da hab ich keine Angst."

So kamen sie in der Hammerschmiede an. Als Wetti und Ferdi aus dem Pick-up ausgestiegen waren, kamen ihnen die beiden Blödiane entgegen, und Wetti sah es ihnen an, wonach sie lechzten. Aber sie herrschte sie gleich an: „So, tragt das hinauf in die Wohnung und dann ab mit euch, ich will euch heut nicht mehr sehen."

Wieder war es die Borniertheit der beiden, die Wetti vieles erleichterte: Der Schorsch gackste heraus: „Aha, ist es, weil wir in der ,Haltstelle' waren?"

Und Wetti bestätigten ihnen schlagfertig: „Ja genau, ihr saudummen Eseln, ich hab's euch ja gesagt, aus fertig, geht jetzt in eure Kammer, morgen ist auch wieder ein Tag und dann müsst ihr wieder an den Hammer."

Schani und Schorsch zogen wie zwei begossene Pudel ab, die Wetti aber richtete sich oben in der Wohnung des Ferdi ein, ihr Zimmer unten sperrte sie ab. Wetti saß noch lange da und der Ferdi meinte, er gehe jetzt ins Bett, er sei müde, Wetti wisse ja, wo die Lichtschalter wären und er werde es schon spüren, wenn sie ins Bett käme, aber sie solle ruhig noch ein wenig sitzen und sich das alles durch den Kopf gehen lassen, aber für ihn sei das wirklich ein Glückstag. Sagte es, gab ihr einen Kuss auf die Backen, ging ins Badezimmer und kurz darauf hörte die Wetti aus der offenen Schlafzimmertür die regelmäßigen Züge des Schlafenden.

Wetti saß noch eine Weile da und bohrte Löcher in die Luft. Was war da alles geschehen heute, war das Traum oder Wirklichkeit?

Und sie fühlte, dass sie den Ferdi sehr mochte, erstmals in ihrem Leben vermeinte sie zu verspüren, dass es zwischen Menschen etwas gibt, was sich nicht so einfach aufrechnen lässt.

Der Mann da drinnen, der war so gut zu ihr, und sie dachte daran, was wäre, wenn der morgen nicht aufwachen würde und sie spürte, dass sie das dann gar nicht aushalten könnte, weil sie ihn wirklich bei sich haben wollte, heute und immer.

Ein Poltern und Klopfen an ihrer Zimmertür unten im Parterre riss sie aus ihren Träumen. Der Schani und der Schorsch hatten anscheinend doch noch nicht aufgegeben. Sie öffnete die Wohnungstür einen Spalt und rief hinunter: „Schani und Schorsch, geht jetzt ins Bett, ich bin müde, morgen werde ich euch alles erklären, aber jetzt geht schlafen." Mit einem unverständlichen Brummen verzogen sich die beiden Dumserbuben.

Wetti ging auch ins Bett, schmiegte sich ganz eng an den Ferdi an und spürte dabei, dass irgendwie ein Strom zwischen ihnen floss, sie spürte sein Herz schlagen, spürte seine Wärme und fühlte, wie ihr pochendes Herz zu ihm hinüber schlug, ihr Atem glich sich bald seinem an und nach einer Weile schlief auch sie ein, und dies in einer ganz unaussprechlichen Glückseligkeit.

Am Morgen, beim Frühstück, saßen die beiden Dumserbuben immer noch betreten da und getrauten sich kein Wort zu sagen, bis sie der Himmelbauer fragte, warum der eine den Daumen verbunden habe und der andere hinke.

Da erzählten sie das Missgeschick mit dem verfluchten Tor und wie sie der Winkelhofer wieder geheilt habe. Dann gingen die beiden schweigend in die Schmiede hinüber und kurz darauf hörte man den schweren Hammer bereits stampfen.

*

Winkelhofer Kajetan war von diesem ihn zutiefst beleidigenden Erlebnis im Wirtshaus auf der Haltestelle mehr gekränkt, als er sich eingestehen konnte.

Jetzt wollte er auch dort nicht mehr hingehen.

Im Dorf oben, in Waldburg, war er ja schon eine ganze Weile in kein Gasthaus mehr gekommen, weder zum Wald noch zum Wiesner, weil man ihn hier öfter wegen seines Streits im Kirchenchor ansprach und ihn nicht selten frotzelte, dass er auch nicht in Summerau singen dürfe. Er begann unter richtigem Verfolgungswahn zu leiden.

Natürlich hatte er sich die Missa Solemnis angehört, ganz hinten in der Kirche war er jeweils gesessen, auch zur Weihnachtsmette war er gegangen und insgeheim das „Transeamus usque Bethlehem" des Ludwig Paulas bewundert, dessen Stimme, seit dem der bei dem Magister Bayer in der Schulung war, noch voller, noch strahlender klang.

Er begann auf alles einen abgrundtiefen Hass zu entwickeln. Immer häufiger suchte er zu Hause in seinem mystischen Reich Zuflucht. Bald lebte er fast nur noch in seiner Geisterwelt, erfand dauernd neue Riten, dafür holte er sich immer öfter die Dumserbuben, die so etwas wie seine Knechte geworden waren.

Er versprach ihnen, die Wetti wieder zurückzuholen, das war, wie es ihm schien, der sicherste Weg, die beiden, den Schani und den Schorsch, zu gefügigen Werkzeugen zu machen. Selbst litt er natürlich auch sehr, dass sich die

Wetti nun auch ihm verweigerte, nicht nur dem Schani und dem Schorsch.

Die Wetti tat dies nicht arrogant, sie meinte nur, sie wolle das nicht mehr, ihr Leben habe sich vollkommen geändert, mit der bezahlten Liebe sei es vorbei, aber sie wolle in Frieden und Freundschaft mit ihnen auskommen, das sollte es jedoch sein und in Zukunft bleiben.

Selbst als der Kajetan den letzten Versuch startete, die Wetti noch einmal kaufen zu können und gleich zwei Tausender hinlegte, schob ihm die Frau das Geld freundlich, aber bestimmt zurück und sagte ihm unmissverständlich, er sollte das bleiben lassen, nicht um alles Geld in der Welt möchte sie noch einmal zurück in ihre frühere Lage.

Der Kajetan merkte schon, wohin der Hase gelaufen war. Ihm war nicht entgangen, wie lieb und fürsorglich die beiden, der Ferdinand Himmelbauer und die Wetti Kirinschitz seit ihrer Reise nach Wien miteinander umgingen, wie sie auch ganz offen kleine Zärtlichkeiten austauschten, keine Küsse oder peinliches Geschmuse, nur allein, wie sie einander berührten, wie sie miteinander sprachen und wie sie sich anschauten, ließ dem Kajetan erkennen, dass hier der Zug für ihn endgültig abgefahren war.

In seinem Bestreben, die Dumserbuben für seine mystische Welt als ergebene Gehilfen hörig zu machen, brauchte er aber auch Zückerchen für den Sex, der den beiden mit der Weigerung der Wetti entgangen war und den sie so schmerzlich vermissten.

Zuerst erfand er ein Ritual, wie sie durch das Mitmachen bei seinen Hokuspokus-Sitzungen vom untersten Gottesknecht zu immer höherer Priesterschaft aufsteigen konnten.

Auf der zweiten Stufe von insgesamt zwölf, die nach sechs Sitzungen zu erreichen war, würde als Preis ein Abenteuer mit einer Frau winken, aber dafür müssten sie auch noch in die Gotteskasse einzahlen.

Endlich waren die Dumserbuben zu Gottesknechten der untersten Stufe nach dem Prinzip des Ahura Masdah geweiht worden, vom auserwählten Kajetan, der in dieser Liturgie die Stelle des höchsten Verkünders, des Zarathustra, innehatte. Jede der Sitzungen schloss der Kajetan mit Nietzsche: „Also sprach Zarathustra."

Gierig und mit wässerigen Mund warteten sie nun auf ihre Belohnung.

Da hieß sie der Winkelhofer in sein Taxi, einen gelben Mercedes, zu steigen und fuhr mit ihnen nach Linz in jenes Bordell, das er schon von früher her kannte. Kajetan bezahlte und der Schani und der Schorsch gingen mit zwei drallen Weibern mittleren Alters auf die Zimmer.

Schon kurze Zeit später hatten sich die Dumserbuben von ihrer Brunft erlöst und kamen mit einem breiten Grinsen die Stiegen des Etablissements herunter; hinter ihnen her die beiden Damen, mit ihren Armen fuchtelnd stürzten sie auf die Puffmutter zu und keuchten der entgegen:

„Mein Gott, das ist eine Schinderei mit denen, solche Trümmer, dabei formten sie mit ihren Händen ein Zeichen für riesig, wie ein Fischer, der von einem Sensationsfang erzählt."

Der Kajetan aber hatte sein Ziel erreicht, er stellte den Dumserbuben beim Erreichen der nächsten Stufe wieder die gleiche Belohnung in Aussicht.

Im Auto schilderten die beiden ihm, dass das noch viel besser als mit der Wetti gewesen sei, weil sie sich einfach aufs Bett hinlegen durften und sich die Weiber auf sie gesetzt hatten. Der Schani und der Schorsch waren in ihrer Einfalt tief beeindruckt, vor allem, dass des Kajetans Macht sogar bis nach Linz, in diese große Stadt hinaus, in solch elegante Häuser reichte, wo man so einfach Frauen haben konnte wie aus einem Katalog.

Der Kajetan meinte nur: „Euer Zarathustra ist eben eine ganz hohe Persönlichkeit und kennt die Welt und die Welt kennt und verehrt ihn."

Sie bestürmten den Kajetan, mit ihrer Ausbildung möglichst gleich weiterzufahren, damit sie bald wieder eine solche Belohnung bekämen.

Nun hatte sie der Kajetan völlig in seinen Händen, denn der Trieb, durch die Wetti erst so richtig geweckt, war zu einem schier unstillbaren Dauerverlangen geworden. Sie hatten nur noch den Vollzug ihrer Begierde in den Köpfen wie läufige Hunde.

Der Kajetan befahl ihnen bei der höchsten Strafe, dem ewigen Höllenfeuer, absolutes Stillschweigen, mit niemandem dürften sie über ihr Tun reden, überhaupt sei die Verschwiegenheit eine Grundvoraussetzung für die höheren Weihen, denn wenn sie sich nicht daran hielten, werde der Leibhaftige, der Gegner des Ahura Masdah, der Ahriman, kommen und alles werde zusammenkrachen.

*

Kajetan Winkelhofer konnte es nun wagen, seinen Racheplan zu realisieren. Längst hatte er sich in seinen einsamen wahnwitzigen Sessionen, in denen er seinen Hass fanatisch gesteigert, sich immer wieder darin verbissen und bestärkt hatte, dass ihm, dem für die höchsten Ämter geweihten Zarathustra, die schreiendste Ungerechtigkeit der Welt widerfahren war, dass er ein legitimes Recht, ja eine heilige Pflicht hatte, die Lästerung seiner Erhabenheit, ja die Blasphemie an ihm, zu rächen .

Mit seinem eigenen heiligen Blut, für das er sich sein Handgelenk aufgeritzt hatte, hatte er mit einem echten Gänsekiel in der Silvesternacht just zum Jahreswechsel eine Todesliste geschrieben, auf der folgende Mitglieder oder Mitarbeiter des Kirchenchors standen:

Zuoberst auf dieser figurierte der für ihn vom Teufel besessene Magister Bayer, wie er es empfand, der Urgrund für die an dem heiligen Zarathustra begangenen Todsünden, an zweiter Stelle stand dieser zweite Fremdling, der Magister Nöstlinger, der ihn verdrängt hatte, weshalb der Chor nicht mehr zu ihm kommen musste, um ihn zu bitten, zurückzukommen.

An dritter Stelle folgte der erste Einheimische, ja auch kein richtiger Einheimischer, ein Zugezogener, aber doch hier Ansäßiger, der Ludwig Paulas, der seine herrliche Stimme sicher nur vom Teufel, dem Fürsten dieser Welt, haben konnte, den er aber als Urheber seines Ausscheidens ansah. Dann standen noch die beiden Frauen auf seiner Liste: Frau Dr. Ilse Müller von Wartberg und Frau Juliana Horner, weil er denen seinen Ausschluss vom

Summerauer Schlosskonzert-Ensemble und dem Gastspiel in Griechenland anlastete. Die übrigen Chormitglieder wollte er gnädig verschonen, insbesondere auch den Dorforganisten.

Das Pergament, unterzeichnet mit „Zarathustra, der Verkünder des allmächtigen Ahura Masdah", verwahrte er in einer goldenen Kartonröhre, die als geheime heilige Schrift, er nannte sie die „Bulla mortalis" von den Dumserbuben zu Beginn der Sessionen jeweils mit einem Kuss zu begrüßen war.

Der dem Tode geweihte Magister Guntram Bayer sollte noch diesen Februar sein Leben verlieren, damit auch das Konzert in Griechenland vereitelt werde. Das Urteil Zarathustras lautete: Tod durch Feuerwasser.

Schani war ausersehen, die Heldentat für das Reich des Ahura Masdahs begehen zu dürfen. Die rituelle Verurteilung wurde verlesen, die Dumserbuben kapierten kaum, was da vor sich ging: Kajetan rezitierte:

„Urteil des erlauchten Zarathustra, des hohen Priesters des Ahura Masdahs:

Mors certa, hora incerta.

Zur Sühne seiner Culpa gegenüber dem Populus Waldburgis ergeht die absolute Pönitenz an Magister Guntramus Bayeranis mit der Verschärfung durch den Dolus malus.

Das Pönale ist zu vollstrecken im Februaris.

Also sprach Zarathustra.

Die Dumserbuben verstanden kein Wort des schwulstigen Monologs ihres Herrn und Gebieters, aber der Kajetan würde es ihnen ja schon auseinander dividieren, diese Göttersprache. Darum erklärte ihnen Kajetan nach der Zeremonie: „Der Volksfeind Nummer eins muss mit

Feuerwasser übergossen werden, damit seine schändliche Verführung der Menschen ein Ende findet.

Der Angeklagte ist ein außerordentlich begabter Scharlatan, der die Menschheit mit seiner Musik umgarnt und sie so direkt dem Hades zuführt. Die Menschen, die sich zu leicht von diesen Künsten betören ließen, müssen vor weiterem Schaden bewahrt werden, sonst landen sie alle in der Hölle ."

Der Schani meinte: *„ Wenn 's weiter nix is, ich schütte dem Hundling dem gscherten das Feuerwasser schon über seinen Schädel, dem Bamschabel, dem elendigen. "*

Guntram Bayer wurde nun beobachtet, ausschließlich von Kajetan Winkelhofer, der dann den Schani und den Schorsch abholte, als Herr Bayer im Hause der Müller von Wartbergs zu einer Probe war.

Kajetan wußte durch seine Spitzeleien, wann ein günstiger Augenblick für den Vollzug der Strafe gegeben war. Er fuhr zur Hammerschmiede, parkierte aber noch hinter dem Waldeck, so dass man sein Auto von der Schmiede aus nicht sehen konnte, rief die beiden Lackeln, die gerade am Fernsehen waren, zu sich und ging mit ihnen zum Wagen, dann fuhren sie zur Winkelhofermühle.

Der Vorgang des „heiligen Aktes" wurde noch einmal geübt. Schwierig war nur, dass sich der Trottel von Schani nicht merken konnte, was er zu sagen hatte: „Herr Magister Bayer, einen Moment."

Oft verdrehte er die Anrede und sagte: „Einen Moment Herr Bayer und Magister", oder dann wieder: „Herr Magier, Moment, a, Bayer." Es kostete dem Winkelhofer einige Nerven. Doch dann konnte es der Depp. Sogar wenn ihn der Kajetan anschrie: „Was hast du zu sagen?", lispelte der Koloss mit hoher, verstellter Fistelstimme: „Herr Magister Bayer, einen Moment."

Alles war genau geplant. Der Schani wurde eingekleidet mit einem schweren schwarzen Gummimantel, bekam die riesigen Gummihandschuhe, dann wurde er, die Kanne mit der Schwefelsäure in der Hand, auf den Platz im Schatten der Bäume plaziert, der Schorsch etwa hundert Meter entfernt an einer Ecke der Straße im Dunkeln, wo er Schmiere stehen sollte, der Winkelhofer wartete zwei Straßen weiter in seinem Taxi.

Es lief alles ab wie geplant, nur mit dem Resultat war der Winkelhofer gar nicht zufrieden, er schimpfte dann auch mit dem Schani, dass er das kostbare Höllenwasser mehr verschüttet als ins Ziel treffend ausgegossen hatte, aber dies erst zwei Tage später, als er die Zeitungsberichte gelesen hatte.

Das war für die Dumserbuben bereits wieder Schnee von gestern, nur der Schani meinte:

„Ich bin halt ausgrutscht, da war so eine depperte Eisplatten, fast hätt's mich hinghauen, dann hätt ich mir das Feuerwasser vielleicht selber in die Goschen gschütt."

Da meinte der Schorschi:

„Dann hätt'st jetzt a ganz a verbreinte Gurgel."

Der Kajetan sagte zu ihnen noch: „Vielleicht kommt noch der Gendarm vorbei, dann sagt's, ihr wisst's von nix, ihr habt's gschlafen, und übermorgen bring ich euch wieder zu den Weibern, weil ihr das so brav gemacht habt."

Der Gendarm kam nicht vorbei, die Hammerschmiede war nicht im engen Kreis der unmittelbar verdächtigen Orte und der Himmelbauer galt als tüchtiger Mann, der seinen Laden im Griff hatte.

Das Attentat auf Guntram Bayer war also nur halb geglückt, doch würde die Zeit schon noch kommen, ihn zu vernichten, davon war der Kajetan Winkelhofer überzeugt. Im Sommer erfolgte der Anschlag auf Ernst Nöstlinger und zwar ein paar Tage später, nachdem der Kajetan mit soviel Hass und Wut in der Seele von seiner geheimen Reise nach Griechenland zurückgekommen war.

Diese Rachetat führte aber der Winkelhofer alleine aus, und dies, wenn auch beabsichtigt, eher zufällig. Er war mit seinem Jeep unterwegs zu seinem eigenen Wald, als er den Nöstlinger mit dessen Kindern vom Auto weggehen sah.

Kajetan kehrte um, Werkzeug hatte er ja immer bei sich. Die Bremsleitungen waren schnell gekappt. Nun, auch diese Tat gelang ihm nur halb, und er tröstete sich mit dem Allerweltsspruch: „Gottes Mühlen mahlen langsam."

Im Herbst wurde eifrig geübt, denn der nächste Akt, wie der Winkelhofer geheimnisvoll seine Botschaften des Ahura Masdahs nannte, stand bevor, und diesmal dürfe nichts schief gehen. Er gängelte die Dumserbuben mit einer gesteigerten Kadenz von Bordellbesuchen.

Die Wetti beargwöhnte zwar den intensiven Kontakt, den Schani und Schorsch zum Kajetan Winkelhofer hatten und besprach dies auch mit Ferdi, der dann meinte:

„Der Winkelhofer wird wohl Arbeit haben für die zwei, das ist auch ganz gut so, denn in der Schmiede läuft im Moment nicht allzuviel, jetzt können die beiden auch ihre Überstunden einziehen."

So war es denn nach den beiden missglückten Anschlägen auf Guntram Bayer und Ernst Nöstlinger im darauffolgenden Frühjahr zum Mord an Ludwig Paulas gekommen.

Der Winkelhofer beobachtete dessen Gewohnheiten, vor allem die, oft noch nach den Spätnachrichten aus dem Haus zu gehen, um ein wenig frische Luft zu schnappen. Dabei ging der Ludwig für gewöhnlich auch um „seinen" Wohnblock.

In der regnerischen Mordnacht postierte Kajetan den Schani und den Schorsch an einer dunklen Ecke des Hauses, in zwei lange schwarze Mäntel gehüllt. Als der Ludwig seine Runden drehte, sprangen ihn die Dumserbuben an, drückten ihm ein mit Chloroform getränktes Tuch auf das Gesicht, sodass Ludwig sofort die Besinnung verlor, dann schleppten sie den Bewusstlosen auf die Straße, wo der Winkelhofer mit seinem Taxi vorfuhr; er hatte in Sichtweite des Geschehens auf einem Parkplatz beim Feuerwehrdepot gewartet.

Ludwig wurde in die Mühle, in den heiligen Raum, gebracht, wurde an den Füßen mit dicken Stricken gefesselt, die Hände auf dem Rücken festgebunden und an ein Seil gehängt, das hinauf führte in das Gebälk des ehemaligen Mehllagers, wo ein Flaschenzug angebracht war, der früher dazu diente, die Mehlsäcke zu hohen Türmen aufzuschichten. Dann verkleideten sich die „Gerechten des Ahura Masdahs."

Der Kajetan erschien in einem blutroten langen Gewand, einer goldgrünen Kartonmaske, wie eine hässliche Buddhafratze, diese hielt er vor sein Gesicht, die Dumserbuben in ihren Ku-Klux-Klan-Gewändern, den langen braunen Kutten mit den Spitzmützen und Sehschlitzen.

Ludwig Paulas erwachte aus seiner Betäubung und wimmerte:

„Hilfe, Hilfe, wo bin ich?"

Da begann schon der Kajetan Winkelhofer mit dem Verlesen der Anklageschrift:

„*Ludewikus Paulasius!*
Du bist zum Tode
durch den Strang verurteilet,
keine Macht der Welt
kann dich mehr retten.
Du hast deine Strafe verdienet,
weil du deine Stimme
nicht für den erhabenen Ahura Masdah
verwendet hast,
geblendet von Ahrimans Macht,
verführt durch den bösen Zauberer an der Orgel
hast du Ahura Masdahs edelsten Diener,
den auserwählten Zarathustra,
durch dein schändlich Tun
zur Rache gefordert.
Dein Leben ist verwirkt.

Also sprach Zarathustra. "

Nach jeder Zeile klopfte der Kajetan mit seinem riesigen Stecken, einer plumpen Nachbildung des Bischofsstabs, auf den Boden.

Die Dumserbuben zogen nach diesem Zeichen den Ludwig Paulas am Seil des Flaschenzugs jeweils ein Stück in die Höhe und traktierten ihn mit ihren behandschuhten Fäusten. Ludwig winselte um sein Leben, flehte, gestand

Dinge, die von ihm gar nicht verlangt wurden, versprach alles Geld , das er habe. Doch er fand kein Erbarmen.

Nach dieser qualvollen Prozedur hing Ludwig Paulas an den Füßen aufgehängt, den Kopf etwa eineinhalb Meter über dem Boden, nur noch als zuckendes Stück Fleisch am Seil des Flaschenzugs.

Da trat der Winkelhofer mit der Stahlschlinge an ihn heran, quäkte in Ekstase: *„Diiii-eees irrrrae, Tag des Zornes"*, legte die Stahlschlinge, die am Ende zwei Handgriffe hatte, um den Hals des Ludwig Paulas und erwürgte ihn mit äußester Kraftanstrengung, wobei er einen tobsüchtigen Anfall bekam, mit hervorquellenden Augen und Schaum vor dem Mund.

Dann schleppten der Schani und der Schorsch den leblosen Körper hinaus zum Taxi und hievten ihn in den Kofferraum. Kajetan fuhr los, befahl den Dumserbuben den „Gerichteten" am späteren Auffindungsort in die Sträucher zu werfen. Schorsch und Schani wurden mit dem Versprechen des Winkelhofers nach Hause gebracht, daß er morgen wieder mit ihnen zu den Weibern fahre.

Diese Tat war dem Zarathustra endlich restlos gelungen, eben auch deswegen, weil er selbst perfekt Regie geführt hatte.

Für den Kajetan Winkelhofer hatte Ahura Masdahs Gerechtigkeit seinen Lauf genommen, seinen Sendungsauftrag würde er bis zur Tötung aller zum Tode Verurteilten fortsetzen.

Keiner der in der „Bulla mortalis" aufgelisteten Todeskandidaten würde dem gewaltigen Rachewerk des Zarathustras entkommen, alle würden noch in seinem heiligen Raum rituell ins Reich des Ahrimans befördert werden.

*

Wegen der Aufregungen um den Mord an Ludwig Paulas hatte man vorerst kaum Notiz von einem anderen Ereignis genommen, das fast gleichzeitig geschehen war.

Ernst Nöstlinger wurde die Nachricht von Hermann Glasinger überbracht, weil man wusste, dass sich die beiden gut kannten, deshalb bat der Bezirkskommandant den Herrn Glasinger trotz der Belastung durch die Untersuchungsarbeiten am Mord an Ludwig Paulas, diese Hiobsbotschaft dem Magister Nöstlinger zu überbringen, obwohl der in Freistadt gemeldet war, aber das Mitteilen solcher Nachrichten bedarf immer eines besonderen Fingerspitzengefühls:

Gudrun Daim und Helge Pewny waren tot, letzte Nacht verunfallt, auf der Autobahn von Wien nach Linz.

Bei dichtem Nebel war der Porsche des Herrn Pewny mit maßlos überhöhter Geschwindigkeit bei Amstetten in das Heck eines Sattelschleppers gekracht, der gerade einen noch langsamer kriechenden LKW überholte.

Beide, Gudrun wie Helge, waren auf der Stelle tot.

Am Nachmittag hatte Ernst dann auch ein Telegramm von Herrn Daim erhalten: „Gudrun tot, entsetzlich, bitte komm sofort zu den Kindern."

Ernst Nöstlinger fuhr, so rasch es ihm möglich war, mit dem nächsten Bus nach Linz, denn Auto hatte er immer noch keines, zu tief saß der Schock des Unfalls vom vergangenen Sommer in ihm. Er eilte schnurstracks zu seinen Kindern, die er verheult bei den ebenfalls in Tränen aufgelösten Großeltern fand. Er nahm die Kinder in seine Arme und weinte mit ihnen.

Herr Daim fasste sich nach der kühlen Begrüßung recht rasch und erklärte Ernst erstaunlich sachlich die anstehenden Begräbnisformalitäten, die er einem Bestattungsunternehmen in Auftrag gegeben hatte.

Ernst wollte die Kinder mit sich nehmen und zu seiner Schwester bringen.

Dem inständigen Bitten der Daims, die Kinder hier zu lassen, kam er zwar nur widerwillig nach, doch sagte er sich, dass es vielleicht besser für die Kinder sei, wenn sie dort blieben oder war es auch nur eine Anwandlung von Mitleid nach dem schrecklichen Tag, jedenfalls willigte er ein, schließlich war auch er geschockt und verwirrt.

Die Kinder waren ein Häufchen Elend, ebenso sehr die Großeltern, was wollte er sich da quer legen?

Das Begräbnis von Gudrun Daim fand in Linz, das von Helge Pewny in Wien statt.

Gudrun wurde in der Familiengruft derer „von Daim" beigesetzt. Es war eine schlichte Trauerfeier im engsten Familienkreis.

Die Großeltern erschienen mit ihren modisch bis ins letzte Detail stilisiert angezogenen Enkelkindern, der Großvater hielt die kleine Franziska, die Großmutter den Bodo an der Hand.

So schritt man nach der einfachen Totenmesse zur Gruft. Direkt hinter dem Sarg die Daims mit den Kindern, in gebührendem Abstand Ernst Nöstlinger, erst weit hinten die Angehörigen Ernsts. Der ließ seinen Tränen freien Lauf, als man die junge Frau in die Erde senkte, die Daims standen mit versteinerter Miene am Grab, grau im Gesicht, die Hände ihrer Enkelkinder fest umschließend.

Als sich die Gesellschaft vom Grab, von der Toten und vom Friedhof verabschiedet hatte und dem Ausgang zustrebte, eilte Ernst zu Bodo und Franziska, um sie zu sich zu nehmen.

Da verwehrte ihm Herr Daim den Kontakt zu seinen Kindern und ein groß gewachsener Angestellter der Firma Daim, wie sich später herausstellte, drängte Ernst ab. Die Großeltern und die wimmernden Kinder fuhren in der eleganten Limousine weg.

Es war offensichtlich, die Daims wollten Ernst Nöstlinger die Kinder vorenthalten und für sich beanspruchen.

Schon zwei Tage nach dem Begräbnis erhielt Ernst eine Aufforderung eines Anwaltes in Linz, eines gewissen Herrn Dr. Kranitz, sich mit dessen Anwaltskanzlei wegen der leiblichen Kinder Bodo und Franziska Nöstlinger in Verbindung zu setzen.

Ernst fragte sich, was das solle. Er beriet sich mit Leo Horner und mit Guntram Bayer, und zwar nach dem Begräbnis des Ludwig Paulas, das nur einige Tage nach dem Begräbnis der Gudrun stattgefunden hatte, als sich die Trauernden im Anschluss auf die Einladung der Witwe, Frau Cilli Paulas, im Gasthof Wald zum Leichenmahl eingefunden hatten.

Natürlich zeigten die Freunde des Ernst Nöstlinger kein Verständnis für die Handlungsweise der Daims, nannten sie auch kurzsichtig und wohl aus deren Schmerz heraus unüberlegt.

Ernst meinte, das werde wohl wieder eine so hässliche juristische Auseinandersetzung wie die Scheidung und es sei gar nicht sicher, ob er die Kinder aus den Fängen der Großeltern heraus bekommen könne. Unisono war man der Meinung, er sei doch derjenige, dem das Sorgerecht zuständе.

Leo Horner riet ihm, auch einen Anwalt zu nehmen, das würde die Nerven schonen, auch wenn das Prozedere dadurch länger dauern sollte, und er ergänzte, er habe da einen Schulfreund in Freistadt, der kürzlich die Anwaltskanzlei seines Vaters, des Herrn Dr. Primetshofer, übernommen hätte, wenn Ernst wolle, würde er mit ihm zum Wilhelm Primetshofer gehen, um einfach einmal rechtlichen Beistand zu bekommen.

„Lass doch erst einmal die Anwälte aufeinander los", warf beipflichtend Guntram Bayer ein, „bevor die Gendarmerie aufgeboten wird, denn, wie ich meine, handelt es sich hier eigentlich um den Tatbestand der Entführung und da würde nun eine Strafanzeige genügen, um dem Recht zu seinem Durchbruch zu verhelfen, aber die Kinder mit Amtsgewalt, mit der Polizei, dort herauszuholen, meine Güte, das kann ja auch nicht zum Wohle der Kinder sein."

Im Verlaufe der Kontakte der beiden Anwälte wurde bald klar, worum es in der Sache ging: Gar nicht so sehr um die Kinder, die dienten mehr als Vorwand.

Der Grund war in einem Umstand zu suchen, der bei der Scheidung Ernsts von Gudrun damals nicht korrigiert worden war.

So lautete das Penthaus und das sich darunter befindende Mietshaus auf Gudruns Namen, aus erbtechnischen Gründen, wohl als Hochzeitsgeschenk und deshalb steuerbegünstigt überschrieben worden.

Verhängnisvoll in den Augen Daims war nun der Umstand, dass die Besitzurkunde so abgefasst war, dass beim Ableben der Gudrun der Besitz an Ernst und erst auch bei dessen Ableben an die allfälligen Kinder des Paares übergehen werde, eine Absicht, die wohl bei der Heirat des Paares so bestanden haben mochte, nun aber für die Daims fatal war.

In den Scheidungsverhandlungen war von diesem Besitz der Frau Gudrun nichts gesagt worden, auch Ernst hatte um diese Umstände nichts gewusst, denn Gudrun hatte ja auch noch zum Zeitpunkt der Scheidung in der Parterrewohnung des riesigen Hauses ihrer Eltern gewohnt.

Man hatte dies einfach übersehen oder war in der kurzen Zeit seit der Trennung noch nicht dazu gekommen, Ernst aus der Liste der Erben zu streichen. Ein Vergessen, das für die Daims nun eine höchst unwillkommene Situation geschaffen hatte.

Deshalb versuchten sie nun mit allen Mitteln den Umstand zu korrigieren und deswegen behielten sie vorerst, so quasi als Faustpfand, die Kinder bei sich.

Ernst war anfangs sogar so weit, dass er diesem Ansinnen irgendwie nachgeben würde, nur um seine Ruhe zu haben.

Erst als ihn alle seine Freunde und auch sein Anwalt davon überzeugt hatten, dass er diesen Besitz so und nur so garantiert an seine Kinder einmal weitergeben könne, dass er dabei nicht unmoralisch handle, denn die erlittene Geringschätzung durch die Daims sollte er sich immer wieder in sein Gedächtnis rufen, blieb er unnachgiebig.

„Außerdem," hatte ihm sein Anwalt gesagt, „das tut den Daims nicht richtig weh, das ist für die ein leicht zu verwindender Verlust, da sind ganz andere Dimensionen von Reichtum daheim."

Schließlich mussten die Daims einsehen, dass nun der Magister auf dem Lande stur blieb, nicht mehr mit sich reden ließ, ihnen später sogar durch seinen Anwalt drohen ließ, die Gendarmerie zu schicken, um die Kinder abholen zu lassen.

An einem Sonntagmorgen holte er zur vereinbarten Zeit zusammen mit seiner Schwester Laura seine Kinder, Bodo und Franziska, ab, die mit je einem Koffer bereits vor dem Haus der Großeltern alleine draußen standen und warteten.

Ernst Nöstlinger konnte vorderhand in dem Hause, in dem er wohnte, ein weiteres Zimmer dazu mieten. Bodo ging ab sofort in Freistadt zur Schule, Franziska in den Kindergarten.

Ein Jahr später kaufte sich Ernst ein Grundstück in Freistadt mit Blick über die Stadt, ließ ein bescheidenes, aber sehr schönes Haus errichten, denn die Mieteinnahmen des Wohnblocks an bester Lage in Linz und die des Penthauses, das er ebenfalls vermietete, denn weder er noch die Kinder wollten je dort hin, verschafften ihm ein sehr gutes Einkommen.

Für den Haushalt hatte Ernst eine Frau angestellt, die Witwe eines einfachen Arbeiters, der dieser noch jungen Frau drei Kinder, aber eine ganz minimale Rente hinterlassen hatte.

Sie besorgte den Haushalt tadellos, ging abends immer nach Hause. Für Ernst war dies eine gute Lösung.

Ernst wollte keine Verbindung mehr eingehen. Er lebte ganz für seine Kinder, unternahm mit ihnen in den Ferien weite Reisen und fühlte sich sehr wohl in seinem Haus. Manchmal kamen seine Eltern und auch seine Schwester Laura zu Besuch.

Seine Dissertation über Lord Byron wurde mit „Magna cum laude" angenommen.

Ein wenig stolz war er dann schon auf sein Türschild mit dem „Dr. Ernst Nöstlinger" an der Hausklingel.

Immer wenn er mit den Kindern in Linz war, besuchten sie den Friedhof und legten Blumen auf das Grab der Mutter.

*

Der Sommer war ins Land gezogen mit seiner flirrenden Luft, dem Duft von Heu, dem Rattern der Mähdrescher, den Menschen, die von der Sonne wachgerüttelt, früh ihr Tagwerk begannen.

Die Tage waren riesig, die Nächte kurz und manchmal sogar lau. Feste wurden im Dorf gefeiert, die Blasmusik spielte an Sonntagen zum Frühschoppen auf; die Menschen waren gierig nach Lebenslust, nach Lebensfreude, tanzten bis weit in die Nacht hinein. In den Gärten wurden Grillabende abgehalten, man pflegte die gute Nachbarschaft, Einladungen flogen hin und her.

Die Wetti und der Himmelbauer waren verreist, nach Salzburg, wo sie heirateten. Im Dorf nahm man das zwar wahr, viele, vor allem die Frauen, freuten sich für die Wetti, das einst verlorene Mädchen, die Männer bewunderten den Himmelbauer für den Umstand, dass er nun in seinem Alter eine noch so junge und adrette Frau hatte.

Von Salzburg aus war dann das Ehepaar Barbara, genannt Wetti, und Ferdinand Himmelbauer in die Schweiz zur Tochter des Ehemannes gefahren.

Die Dumserbuben waren alleine in der Schmiede, hatten aber alle Hände voll zu tun: Da waren gebrochene Achsen, Deichseln, Gestänge der Erntefahrzeuge zu reparieren, dann war noch eine Auftragsarbeit, ein großes Stiegengeländer für Dr. Müller für das Schlösschen in Summerau, fertigzustellen.

Nach vierzehn Tagen würden ja die Flitterwöchner wieder nach Hause kommen, da mußten sie sich sputen, um mit allem so weit zu kommen, wie es ihnen der Ferdi aufgetragen hatte.

Abends kam täglich der Kajetan vorbei, sie gingen auch oft und gern wieder zusammen ins Wirtshaus zur Haltestelle, nachdem der Brummeier dem Kajetan so manches Geschäft zugeschanzt hatte und für einen besoffenen Gast, dem er die Autoschlüssel abgenommen hatte, das Taxi des Winkelhofer bestellte.

Im Moment hatte der Winkelhofer die spiritistischen Übungen für Schani und Schorsch ein wenig zurückgestellt, dafür fuhr er mit ihnen wöchentlich einmal nach Linz ins Puff, wo die beiden ihren Sommertrieb befriedigen konnten.

Aber die Rache stand noch an. Er hatte die Aufträge des Ahura Masdahs zu erfüllen, und als nächstes, da es ja mit Ludwig Paulas so gut geklappt hatte, sollte es dieser Herr Bayer sein, der noch zu Tode kommen musste, wenn auch der erste Anschlag nicht ganz geglückt war. Aber es durfte nichts übereilt werden. Der Sommer, so meinte der Winkelhofer, war keine sehr günstige Zeit für einen schönen Mord.

Im Herbst, wenn die ersten Nebelschleier einfielen, sollte es sein. Herr Bayer kam ja öfter nach Waldburg zu Juliana Horner.

Die beiden wollten im Oktober heiraten, so war es auf dem Gemeindeaushang angeschlagen.

Und wie der Kajetan schon beobachtet hatte, gingen die zwei oft im Wald in der Nähe der Hammerschmiede spazieren, wo ein schöner Wanderweg sich dem Bach entlang schlängelt und sich dann zur Ruine Dornach hinauf windet.

Ihr Auto stellten sie dabei in einer kleinen Nische ab, die für die Lagerung von Langholz vorgesehen war und sich direkt neben der Straße nach Freistadt befand, wo ihr Spaziergang jeweils begann und auch endete.

Im Wirtshaus zur Haltestelle gesellten sich einmal zum Missfallen des Kajetans die beiden „Hauskatzen", wie sie der Brummeier unterdessen nannte, die Schmiedinger Miez und die Haushofer Zenzi zu ihnen, als der Kajetan mit den Dumserbuben an einem Tisch im Gastgarten unter dem Kastanienbaum saß. Unverblümt hänselte zuerst die Miez: *„Na, bei der Wetti geht jetzt nix mehr eini."* Und obwohl ihm der Kajetan unter dem Tisch kräftig ans Schienbein trat, trompetete der Schorsch: *„Na, das macht jetzt der Ferdi alloan, aber mir haben ja was weit Besseres."*

„So, was denn?" faxten die Miez und die Zenzi fast gleichzeitig.

Da fuhr der Kajetan dazwischen: *„Halts Maul, du depperter Aff, die beiden Sumpfzechen da müssen net alles wissen."*

Der Schani doppelte nach: „*Schorsch, wenn'd net die Goschen halt'st, dann hau i dir eine in deine Zähnt, das'd vierzehn Tag vom Teifi tramst.*"

Da wurde der Kajetan vom Brummeier gerufen: „Geh Kajetan, den Hinterlehner sollst nach Haus bringen, seine Frau hat angerufen, Besuch ist da."

Die Zenzi und die Miez aber kreischten:

„*Bsuach, dass i net lach, bsoffen is er und angspieben hat er sich, hoffentlicht hat der Kajetan a Deckn da, sonst stinkt dann sein Taxi wie a ungwaschene Unterhosen vom Dumser Schani.*"

Dagegen hatte man vorgesorgt. Den Hinterlehner hatten sie zuerst mit dem Gartenschlauch hinter dem Haus abgespritzt, dann hat ihn der Brummeier mit einer Pferdedecke notdürftig abgetrocknet. Der Kajetan legte eine Zeltplane über den Rücksitz, stopfte den nur noch dämlich lallenden Hinterlehner mit Hilfe des Schorsch in das Auto, ließ sich vom Brummeier zum Voraus das Fahrgeld geben, so war das immer ausgemacht bei Transporten von fahruntüchtigen Gästen und brauste davon. Er rief den Dumserbuben vorher noch zu: „Trinkt noch eine Halbe, ich bin gleich wieder da."

Da hielt der Privatwagen des Herrn Glasinger vor dem Wirtshaus. Der Inspektor stieg aus und setzte sich neben dem Tisch, an dem die Dumserbuben mit den beiden Weibern saßen, an einen leeren Tisch.

Die Miez und die Zenzi, die gerade dabei waren, Näheres von den vorher angetönten sexuellen Möglichkeiten der Dumserbuben durch raffiniertes Fragen herauszubekommen, ließen von den beiden Tölpeln ab und stürzten sich auf den adretten jungen Herrn Inspektor:

„So, so," meinte die Zenzi, „der Herr Oberinspektor gibt uns heute einmal die Ehre, dürfen wir bei Ihnen Platz nehmen?"

Herr Glasinger meinte: „Wenn Ihnen da drüben die Luft zu schlecht ist, warum nicht?"

Dann scherzten sie, wie sie meinten, ungeheuer originell weiter:

„Wieviel haben wir heut schon verhaftet oder wie viele Strafmandate haben wir einkassiert?" Nach einem kurzen Blick auf die beiden käsigen, wächsernen, schlaffen Gesichter der „Hauskatzen" sagte er trocken:

„Melde gehorsamst: „7325 Verhaftungen, 6275 Freilassungen, aber keine Strafmandate, weil es zum Schreiben für die Gendarmerie heute viel zu heiß war. Wenn es über 30 Grad hat, schreiben unsere Kugelschreiber nicht mehr."

Diese Aussage riss die beiden Frauen zu einem nicht enden wollenden Gekicher hin und sie meinten: „*Mei mei, der Herr Inspektor ist aber heut akkurat, wie viele Weibersleut waren da bei den Eingelochten dabei, auch a paar fesche Dirndln?*"

„Nur das Beste vom Besten wurde verhaftet", schmunzelte der Herr Glasinger.

Und der Wirt, der dieses Scherzgespräch mitgehört hatte und jetzt an den Tisch des Inspektors heran getreten war, um seine Bestellung entgegenzunehmen, ergänzte schlagfertig:

„Weil der Herr Inspektor nur schöne Frauen verhaftet, sitzt ihr zwei Hauskatzen immer noch da, habt's ihr ein Glück. Was darf's denn sein, Herr Inspektor?"

„Ich hätte gern eine Portion von eurem berühmten Speck und ein Glas Süßmost."

„Kommt sofort, die beiden Frauenzimmer werden Sie
ja inzwischen schon unterhalten, hoffentlich verderben's
Ihnen nicht den Appetit." Der Brummeier entfernte sich
mit einem listigen Augenzwinkern.

„*Na, na*", meinten darauf die Zenzi und die Miez ein
wenig beleidigt, aber nicht sehr: „*Schau dass du
weiterkommst du frecher ausgschamter Lackl, für dich
sind wir alleweil noch viel zu schön, du großmaulige
Meerkatz du.*"

Hermann Glasinger hatte seine Sitzposition so gewählt,
dass er den Nachbartisch mit den Dumsermännern gut
beobachten konnte. Die stierten vor sich hin, sprachen
kein Wort, sprachen nur in großen Zügen dem Bier zu.

Dann kam der Kajetan Winkelhofer wieder zurück.
Hermann Glasinger bemerkte, wie unruhig der wurde,
wenn er die drei Männer fixierte und bald sagte Kajetan:
„So, Schani und Schorsch, trinkt aus, wir gehen."

„Wieso denn heut schon?", fragte der Schani zurück,
aber ein kurzes Nicken des Kajetans mit dem Kopf
genügte, alle drei standen auf und stiegen in den Wagen.

Hermann Glasinger blickte ihnen nachdenklich hinterher. Für sich selbst wußte er: Der Winkelhofer ist der
Mörder des Paulas und die beiden Dumserbuben sind
seine Sklaven, er musste dem den Mord beweisen, er
musste dranbleiben, er wollte dieses sonderbare Trio nicht
mehr in Ruhe lassen.

Als Hermann Glasinger in seinen Wagen gestiegen war,
entstand in ihm das gleiche Bild vom Winkelhofer wie
schon der Wetti:

Wie eine Krähe sieht der Winkelhofer aus, wie ein
Totenvogel mit seiner spitzen Nase, dem dauernd zu
einem Schnabel geformten Mund, dem viel zu langen

Hals, seinen strubbeligen pechschwarzen Haaren, seinen überlangen knochigen Fingern und den unangenehm stechenden Augen, die etwas Unstetes ausdrückten, aber auch ein gefährliches, unruhiges, leidenschaftliches Feuer erglühen ließen.

Hermann Glasinger startete den Motor und fuhr in seinem Peugeot zur Winkelhofermühle, stieg aus und ging rund um das alte Gebäude, dabei dachte er, das Haus gleiche mehr einer Geisterburg als einer Mühle.

Dann trat er an das mächtige Tor heran, ein schmiedeeisernes, pompöses Ungetüm von abstoßender Geschmacklosigkeit empfand er.

Plötzlich kam eine riesige Dogge aus dem Nichts an das Tor gehetzt und gebärdete sich wie wild, bellte infernalisch, fletschte die Zähne und geiferte. Hermann wich angewidert und erschrocken einen Schritt zurück und sagte leise vor sich hin.

„So, das auch noch, ein Zerberus bewacht diesen Hölleneingang." Als er sich abwandte, sah er, dass sich hinter einem Fenster die Vorhänge bewegten.

Er setzte sich in den Wagen, wartete eine Weile und fuhr dann weg, zuerst Richtung Dorf, nach Hause, zog seine Uniform an, später, etwa gegen 23 Uhr fuhr er noch einmal in die Hammerschmiede zum Himmelbauer.

Dort war alles dunkel. Er wußte, dass die Himmelbauers fort waren, von den Dumserbuben war aber keine Spur zu sehen. Er beschloss, den Wagen oben auf der Straße abzustellen, so dass man ihn nicht gleich sehen konnte, ging zu Fuß zur Schmiede hinunter, er wollte sich nur ungestört ein wenig umsehen, dann wartete er hinter einem Stapel von Brettern.

Es war schon längst still geworden ringsum, nur der Bach murmelte leise, es war etwa eine halbe Stunde vor Mitternacht, als er den Lichtkegel eines Autos kommen sah.

„Der Winkelhofer bringt seine Schergen zurück", sagte er sich. Die Dumserbuben torkelten mehr zum Eigang ihrer Unterkunft, eine scharfe Schnapsfahne wehte Hermann Glasinger entgegen.

Dann fuhr das Taxi rasch weg. Als der Lichtschein verschwunden war, ging Hermann Glasinger zur Eingangstür der beiden Dumsermänner, polterte daran, rief: „Aufmachen, Gendarmerie!" Die Dumserbuben erschienen halb ausgezogen unter der Tür und lallten: *„Was gibt's denn, Herr Inspektor?"*

„Ich hätte da ein paar Fragen an euch", sagte der Gendarm.

„Aber heut nimmer, kommen's morgen, mir haben einen Rausch und sagen nix, weil wir nix sagen und auch nix von was wissen."

Damit knallten sie dem Inspektor die Türe vor der Nase zu und verriegelten sie. Hermann Glasinger fuhr nach Hause, schwor sich, am nächsten Morgen dort wieder aufzukreuzen. Er sagte sich: „Die zwei Deppen sind die Schwachstelle für den Winkelhofer, die werden ihn mir ausliefern."

Am nächsten Tag stand Hermann Glasinger wieder in der Hammerschmiede, bereits um neun Uhr vormittag, zur Jausenzeit.

Da sah er den Jeep des Winkelhofer. Selbstbewusst traten ihm die drei Männer entgegen, was er denn wolle, zuerst zur nachtschlafenen Zeit und jetzt wieder, er soll's nur ruhig sagen, was er wolle, sie hätten nichts Verbotenes zu verbergen.

Der Kajetan meinte arrogant:

„Geht Sie das was an, wenn die beiden Herren zu mir kommen, wir zu Hause Karten spielen und die beiden dazu halt auch einmal ein wenig zu viel Schnaps getrunken haben, ich habe übrigens nichts getrunken, Sie können mich ruhig zum Arzt mitnehmen, der soll nur eine Blutprobe machen; ich trinke nie etwas, ich bin zuckerkrank, vertrage keinen Alkohol und er schmeckt mir auch nicht, aber das sei wohl kein Verbrechen, es ist doch die Höhe, braven Bürgern nachzuschnüffeln, er soll sich lieber um den Mord an dem armen Ludwig Paulas kümmern, aber da weiß halt die Gendarmerie nicht weiter."

Für diesmal musste Hermann Glasinger den Rückzug antreten, er hatte nichts in der Hand, aber auch gar nichts, doch hatte er seinen Verdacht, der für ihn schon längst zur Gewissheit geworden war: Da standen die Mörder vor ihm.

Wie sich der Winkelhofer ereiferte, sich während seiner Rede hineinsteigerte, nicht durch Schreien, im Gegenteil, seine Stimme wurde eher weicher, ruhiger, sanfter, aber auch unheimlich eindringlich, ließ in Hermann Glasinger den Verdacht noch mehr zur Bestimmtheit anwachsen, dass er hier den Täter vor sich hatte, aber auch die Überzeugung, dass es schwierig werde, diesen Mann zu stellen.

Klar war für ihn der Winkelhofer als Drahtzieher, er hatte ein Motiv, es war doch der Hinauswurf des Kajetans aus dem Kirchenchor, was ja letztlich von Ludwig Paulas ausging.

Dass Guntram Bayer seine Lektion erhalten habe, passte genau so ins Bild wie der Anschlag auf Ernst Nöstlinger, der ja Kajetans Stelle eingenommen hatte. Nur störte hier die Tatsache, dass der Winkelhofer vergangenen Juli eben in Griechenland im Konzert vom Oberschulrat Horner gesehen worden war.

Die vage Personenbeschreibung, zumindest die der Gestalt, beim Anschlag auf Herrn Bayer, passte auf die Dumsermänner.

Hermann Glasinger musste an der Sache dran bleiben; er spürte, er war der Aufklärung auf der Spur.

Was Hermann Glasinger nicht wusste, war, dass nach diesem Zwischenfall der Kajetan Winkelhofer in einem neuerlichen rituellen Anfall die „Bulla mortalis", seine Liste der zu Tötenden, abgeändert, den Ernst Nöstliger herausgestrichen, dafür aber den Namen des Inspektors eingesetzt hatte.

Der Ernst Nöstlinger sei zu schonen vermeinte Kajetan alias Zarathustra von Ahura Masdah mitgeteilt bekommen zu haben, der habe seine Strafe bekommen und die Hand des Ahura Masdahs habe ihn aus dem Auto heraus geschleudert und wegen seiner Kinder eben am Leben gelassen, dafür ja seine ehemalige Frau ins Reich des Todes geholt.

Der Winkelhofer wusste, für den Glasinger, diesen Vertreter des Gottes des Bösen, des Ahriman, musste er sich eine Pistole verschaffen, denn den müsse er alleine umlegen, das wäre mit seinen Gehilfen zu gefährlich.

Er hatte ja eine Waffe. Als Taxifahrer hatte er auch von früher her noch einen Waffenschein für seine 7-65er, aber diese Waffe würde nach dem Tod des Gendarmen sicher kontrolliert.

Wenn er sich nun die gleiche Pistole verschaffte, dann konnte er mit der schießen und diese dann wegwerfen, in die Donau schleudern, seine eigene Waffe würde ihm ein gutes Alibi verschaffen, denn mit der wäre ja nicht geschossen worden, aber eben mit einer anderen 7-65er schon.

Als er nach ein paar Tagen den Schani und den Schorsch wieder auf die Nutten losließ, zahlte er für jeden zwei Nummern, meinte, er käme gleich wieder zurück, sie sollten sich nur ruhig Zeit lassen.

Winkelhofer fuhr zum Donauhafen hinunter, wo die Frachtkähne vor allem aus dem Ostblock ihre Ladungen löschten.

Dort fand er denn auch auf Anhieb das, was er suchte: die gleiche Pistole, das gleiche Modell wie seine 7-65er und genügend Munition.

Nun fühlte er sich gerüstet. Er überließ es seinem Befehlsgeber, dem Ahura Masdah, wer zuerst zu sterben hätte, der Gendarm oder der Magister Bayer.

Die Himmelbauers waren erst nach drei statt nach zwei Wochen zurück gekommen.

Für die Wetti war es nach Wien ihre erste große Reise, und gleich ins Ausland, in die noble Schweiz, von der sie nur wusste, dass sie wunderschön, aber auch sehr teuer war.

Angst hatte sie schon ein wenig vor der Begegnung mit der Tochter des Ferdi, der Margarethe, die um drei Jahre älter war als sie und zusammen mit ihrem Mann ein elegantes Hotel in Zürich führte.

Der Ferdi aber beruhigte sie immer ganz lieb und fürsorglich: „Die Greti ist eine ganz prima Frau, vor der musst du wirklich keine Angst haben."

Als sie von Magarethe auf dem Bahnhof Zürich abgeholt wurden, die Wetti hinter dem Ferdi zaghaft aus dem Zug stieg, blieben ihr Herz und Atem noch einmal kurz stehen:

Was war das für eine Dame, eine richtige Lady, elegant gekleidet in einem dunkelblauen Deux-pieces, die mit ausgebreiteten Armen auf den Ferdi zuging und ihn herzlich umarmte.

„Gut siehst aus Papa, wirklich gut." Sie küsste ihn dreimal auf die Wangen, drückte ihn an sich:

„Nein, wirklich gut, dir geht's, meine ich, auch gut und wie man das sieht. Ja, und das ist jetzt deine Wetti, aber ich sag dir gleich, ich will lieber Barbara zu ihr sagen.

Also, da hast du dir wirklich eine hübsche Frau geangelt, ich sag's ja, so ein gutaussehender Mann.

Komm Barbara, komm her, lass dich anschauen. Wirklich ein Schmuckstück, Papa, die hat was Liebes an sich." Sie nahm die Wetti, umarmte sie und küsste sie ebenso innig wie den Vater. Diese Herzlichkeit hatte Wetti nicht erwartet.

Aber wie staunte sie, als sie ins Hotel, ins „Dolder", kamen. Ein eleganter Eingang, die Rezeption, alles strahlte vornehme Gediegenheit aus, dann erst die Zimmer, so geräumig, geschmackvoll und ausschließlich von bester Qualität.

Es wurden für Wetti und Ferdi drei herrliche Wochen. Die Margarethe hatte Zeit für sie, denn im Hotel war in diesem Sommermonat wenig los. Sie machten Ausflüge, gingen in ein Konzert ins Zürcher Hallenstadion, besuchten die Städte Luzern, Bern, Genf und Basel. Die Zeit verflog viel zu schnell.

Zum Abschied drückte die Margarethe die Barbara noch einmal ganz fest an sich und flüsterte ihr zu:

„Du bist eine ganz Liebe und wir sind froh, dass dich der Papa hat und nicht mehr alleine ist, das hat uns schon Sorgen gemacht. Schaut gut auf euch und der Papa soll doch nicht mehr soviel Arbeit annehmen."

Dann flossen natürlich noch Abschiedstränen, bevor sie in den Transalpin, den Schnellzug nach Wien, einstiegen.

Wetti, die für sich auch viel lieber „Barbara" hörte, was sich von nun an auch der Ferdi zur Gewohnheit machte, träumte während der ganzen Zugfahrt vor sich hin.

Dann hatte sie der Alltag wieder.

Die Dumserbuben waren so recht und schlecht mit der Arbeit voran gekommen, der Ferdi hätte sich mehr erwartet, aber er sagte sich: „Wenn halt die Katze aus dem Haus ist, dann haben die Mäuse Kirchtag."

Für Barbara gab's nun einen Berg Wäsche zu waschen, da fielen ihr auch die komischen Kapuzenkleider auf und sie fragte den Schani:

„Du, was sind denn das für Klamotten?"

Darauf meinte der Schani ganz stolz:

„Das sind unsere Priestergewänder, die haben wir vom Kajetan, wir sind in seiner Bruderschaft."

Wetti, für die Dumsermänner blieb sie die Wetti, meinte:

„So ein Blödsinn, was ist denn das für eine Bruderschaft, was soll denn das?"

Daraufhin sagte Schorsch:

„Darüber dürfen wir nicht sprechen."

Schon wie er geziert diesen wohl ersten hochdeutschen Satz seines Lebens heraus gemurkst hatte, brachte die Wetti zum Lachen:

„Meinetwegen, aber hoffentlich ist das nicht ein hirnverbrannter Unsinn und ihr kriegt es noch mit den Gendarmen zu tun", sorgte sie sich, „dem Kajetan möchte ich nicht über den Weg trauen, das ist ein ganz Hinterhältiger."

Daraufhin erntete sie nur ein blödes Grinsen der beiden.

Dass der Kajetan fast jeden Abend dastand und die Dumsermänner für irgendwas irgendwohin abholte, gefiel ihr gar nicht, sie sagte sich aber: „Sind ja alt genug, die zwei Esel."

Auch dem Ferdi gefiel diese Aktivität der beiden gar nicht und er stellte sie einmal in der Schmiede ganz allein zur Rede:

„Ich muss einmal mit euch reden. Was macht ihr die ganze Zeit da mit dem Winkelhofer?", fragte er sie.

„Ja woaßt Ferdi, des is a so was, wo ma vül lerna kann, der Kajetan erzählt uns Gschichten und dann gibt's was zum Essen und Tringa und dann, ja, dann fahr'ma halt auch noch öfter zu die Weiber nach Linz, in a so a Haus, wo a rotes Liecht draußen ist, dort ist der Kajetan a Chef."

Da musste der Himmelbauer doch ein wenig schmunzeln und von nun an nahm er das Treiben der beiden auf die leichtere Schulter. Er erzählte der Barbara auch, dass sie halt mit dem Kajetan ins Bordell fahren.

Hermann Glasinger kam an einem der nächsten Tage vorbei und verlangte mit dem Ehepaar Himmelbauer unter vier Augen zu reden.

Er bat sie, ihm allfällige Absonderlichkeiten oder verdächtige Aktivitäten der Schmiedegehilfen im Zusammenspiel mit dem Herrn Winkelhofer zu melden.

Er begründete, so ganz harmlos sei das nicht, was sich da tue, aber er wolle natürlich auch niemanden von vornherein verdächtigen, er täte nur bitten, dass man ihm Meldung mache, wenn etwas Eigenartiges passiere, auch zum Schutz der beiden Dumsermänner, denn geistig wären sie natürlich dem Herrn Winkelhofer absolut ausgeliefert, und der lebe ja schon in einer eigenartigen, verworrenen, abstrusen Ideenwelt wie auf einem anderen Planeten.

Das versprachen ihm Frau und Herr Himmelbauer gerne zu tun, sie wollten auch nicht, dass der Schani und der Schorsch zu Dummheiten angestiftet würden.

„Da bin ich Ihnen sehr verbunden, gratuliere übrigens noch zur Vermählung und wünsche Ihnen wirklich von Herzen viel Glück und vor allem Gesundheit."

Dann verabschiedete sich der Herr Revierinspektor, warf noch einen Blick zur Schmiede hinein, wo ihm die Dumsermänner die Zunge raus streckten, als sie ihn sahen.

Hermann Glasinger schmerzte es sehr, dass er im Mordfall Paulas nicht recht weiterkam. Einerseits quälte ihn sein Verdacht, andererseits war er überzeugt, dass Kajetan Winkelhofer und die Dumsermänner in die kriminellen Taten verwickelt waren.

Natürlich erwog er auch eine Hausdurchsuchung der Winkelhofermühle, doch nur auf sein Gefühl hin, und nur dieses konnte er als Begründung anführen, würde schwerlich ein Durchsuchungsbefehl ausgestellt. Und wenn sich dann ein Irrtum seinerseits herausstellen würde, wäre das sicher ein böser Fleck auf seiner Weste und seiner Karriere wohl gar nicht förderlich, außerdem musste er annehmen, dass der Winkelhofer auf eine Durchsuchung gefasst war, so schlau wie der war.

So wollte er lieber durch dauernde und lästige Präsenz an der Sache dranbleiben, aber das verlangte Geduld und Ausdauer.

Die Selbstsicherheit, ja der Zynismus, den Kajetan ausstrahlte, irritierten ihn.

Was machte den Winkelhofer so sicher? War sein Verdacht doch falsch, trog ihn sein Gefühl, war der Winkelhofer einfach nur ein komischer Kauz?

Hermann Glasinger litt, schlief schlecht, konnte seine Gedanken gar nicht befreien, aber kämpfen werde er. Die Mordtat musste aufgeklärt werden, das schwor er sich.

*

Eine Woche, nachdem Ernst Nöstlinger seine Kinder von den Daims geholt hatte, es war anfangs April, kam seine kleine Schwester, wie er sie nannte, die Laura, an einem Sonntag zu Besuch nach Freistadt, um nach dem Rechten zu sehen.

Aber da gab's nicht viel zu erledigen. Ernst war gewöhnt, die Wäsche selbst zu machen, nur für das Putzen hatte er zweimal wöchentlich eine Hilfe angestellt.

Schon zum Frühstück, um halb neun am Morgen, stand Laura vor der Tür, sie war mit ihrem VW Golf von Linz her gekommen. Die Kinder sprangen jubelnd an ihrer Tante Laura hoch und nahmen sie gleich völlig in Beschlag.

Leo Horner, der gestern noch bei Ernst vorbeigeschaut hatte, wie es häufig seine Gewohnheit war, hatte zu ihm gesagt:

„Wenn ihr Lust habt, so kommt doch morgen zu uns nach Waldburg herauf. Wir könnten ja gemeinsam beim Wald essen, denn morgen kochen wir nicht, die Juli ist in Linz beim Guntram und dem Vater steht wieder einmal der Sinn nach einer guten Suppe, die niemand so kochen kann wie die Frau Wald. Die Kinder können im Garten, den sie ja bestens kennen, herum tollen und wir nehmen einen Aperitif."

„Gute Idee," sagte Ernst, „dann lernst du bei der Gelegenheit auch endlich meine kleine Schwester Laura kennen, denn die Sieglinde und meine Eltern kennst du ja schon."

Als Laura eine Zeit mit den Kindern gespielt hatte, schlug Ernst vor:

„Wollen wir nach Waldburg hinauffahren zum Onkel Leo?", denn die Kinder sagten zu Leo Horner: Onkel Leo.

„Ja, fein," riefen sie begeistert und die Laura meinte:

„Mir soll's recht sein, dann können wir ja dort in einem Gasthaus eine Kleinigkeit zu Mittag essen."

So packten sie die Kinder ein und fuhren im Golf der Laura nach Waldburg, blieben vor dem Haus der Horners stehen. Die Kinder kannten den Weg, stürmten voraus, läuteten, da machte ihnen aber schon Leo auf, der sie bereits kommen sehen hatte.

Die Kinder sprangen auch an Leo hoch, wie zwei kleine Hündchen, die sich über jemanden freuen, den sie gut kennen und gern haben.

Leo aber stand, als er Laura vor sich hatte, wie von einem Blitz und einem Donner zugleich getroffen, da.

Er wusste es sofort, diese Frau oder keine, so etwas war ihm in seinem Leben noch nie passiert und der Laura schien es ähnlich zu ergehen. Es trieb ihr die Röte ins Gesicht, in ihrem Bauch erwachte eine ganze Armee von Schmetterlingen; beide brachten kein Wort heraus, bis Ernst in die entstandene Stille hinein, in der Leo nur noch Ohrensausen verspürte, das Vorstellen vornahm:

„Also, das ist mein Schwesterchen Laura, das ist Leo Horner, von dem ich zu Hause und auch dir schon oft erzählt habe. Ohne diesen Seelentröster, wäre ich weiß ich wo."

Sie gaben sich die Hand, auch das war wie ein elektrischer Schlag für beide. „Servus", brachten sie noch heraus, dann wurden sie unterbrochen:

„Kommen Sie, meine Lieben!", hörten sie von hinten aus dem Garten den Herrn Oberschulrat Horner, „es ist heute ein so wunderbarer erster Frühlingstag, wir wollen uns zum Gartentische setzen und den Tag ordentlich mit einem Glas Weißwein rühmen, er hat es verdient und liebe Menschen verdienen das auch, ich habe da einen ganz speziellen Tropfen aus dem Weinviertel vom Weinhauer Silberbauer, der wird uns jetzt ganz sicher munden. Die Kinder kriegen Apfelsaft, selbst gepresst und gekeltert."

Mit einem satten „Blubb" zog er den Korken heraus, roch daran, goss fachmännisch einen Schluck in ein Probierglas, prüfte Farbe und Geruch, ließ den Wein auf der Zunge zergehen, und urteilte:

„Sehr ordentlich, hat eine schöne Nase, ganz leicht spüre ich Vanille und Stachelbeeren, dezent in der Frucht, ausgeglichen und spritzig in der Säure, mit einem wunderbaren, prickelnden Abgang, wohl wahr, ich darf den Winzer loben."

Leo hob die Schultern:

„Ja, Papa und seine Weine, er ist ein Kenner und Genießer."

Darauf der Herr Papa: „Merk dir Junge, der Mensch lebt nicht vom Brot allein, und je älter du wirst, desto mehr wirst auch du die erlesenen Gaben der Natur schätzen, aber kommt jetzt, ich schenke ein, denn", und er begann vorzutragen, wie er dies so liebend gerne tat und auch beherrschte:

„Er ist's
Frühling lässt sein blaues Band
Wieder flattern durch die Lüfte;
Süße, wohlbekannte Düfte
Streifen ahnungsvoll das Land.
Veilchen träumen schon,
Wollen balde kommen.
-Horch, von fern ein leiser Harfenton!
Frühling, ja du bist's!
Dich hab ich vernommen!

Sinn und Sinnlichkeit gehören zusammen, meine Lieben, wie der Poet Mörike zu diesem Wein passt, passt der Wein zum Dichter, erst das Zusammentreffen ergibt jene bezaubernde Erotik, von der wir Menschen uns viel öfter betören lassen sollten, aber jetzt ein Prosit auf den schönen Tag mit lieber Gesellschaft."

Ernst und Laura klatschten nach dieser gekonnt vorgebrachten Rezitation und Leo meinte:

„Ja, unser Herr Papa, er ist halt Schulmeister und bleibt einer, ohne die erhabene Dichtkunst geht bei ihm nichts, aber es ist auch schön, sich auf diese Weise über das Leben zu freuen.

Die Gesellschaft setzte sich rund um den steinernen Gartentisch.

Leo war vorerst nicht unglücklich, dass der Herr Papa die Laura in Beschlag nahm, sie nach allen Regeln der schulmeisterlichen Kunst ausfragte: über ihren Beruf, ihre Arbeit, über ihre Situation, denn er selbst war gar nicht in der Lage, eine sinnvolle Konversation zu führen, sosehr zitterte es aus seinem Inneren heraus.

Ab und zu wagte er einen Blick in die Augen der Laura. Die Blicke begegneten einander immer nur ganz flüchtig, verstohlen, so als ob man sich durch seinen Blick verraten fühlte, ertappt bei etwas, das man nicht oder eben noch nicht preisgeben wollte oder konnte.

Leo stand nach einer Weile auf und spielte mit den Kindern mit einem Ball, zeigte ihnen Kunststücke, wie das Jonglieren, veranstaltete einen kleinen Wettbewerb im Zielwerfen, bei dem es nur Sieger gab, nur er verlor ständig.

Dann ging man ins Gasthaus, wo Leo am Morgen schon einen Tisch reserviert hatte, um zu essen. Es schmeckte allen sehr. Die Wirtin, Frau Wald, war bekannt als ausgezeichnete Köchin.

Nach dem Kaffee machte man sich wieder auf den Heimweg. Der Herr Oberschulrat entschuldigte sich für ein kleines Stündchen, für sein Mittagsnickerchen, das er so sehr schätzte, weil dann wieder die Sinneskräfte doppelt gut zurückkämen.

Laura, Ernst und Leo gingen mit den Kinder ein wenig spazieren. Die Kinder liefen vorne weg, die Männer nahmen Laura in die Mitte, wobei Leo einen größeren Abstand zur Laura wahrte.

Er hatte beinahe so etwas wie Angst, sie zu berühren, an ihr anzustreifen und doch drängte alles in ihm näher an diese Frau heran.

Schon allein ihre Stimme brachte ein ganzes Band in ihm zum Vibrieren. Wenn er dann antworten sollte, merkte er, wie unsicher er in diesem Augenblick seine Stimmbänder beherrschte, nicht nur einmal stockte er, und er fürchtete, die Stimme versage ihm gänzlich ihren Dienst.

Leo erlebte diesen Spaziergang wie in Trance, an Einzelheiten konnte er sich nachher gar nicht mehr erinnern, auch nur noch bruchstückweise an das, worüber sie gesprochen hatten.

Laura erging es nicht anders.

Sie hatte irgendwie dauernd das Gefühl, ertappt zu werden, aber wie dieser Mann sprach, seine Haltung, sein federnder, sportlicher Schritt, seine Bewegungen, seine Kopfhaltung, alles registrierte sie, aber wusste nicht, warum sie das so zittern ließ.

Sie spürte kalten Handschweiß, ihre Finger bekamen, wie sie zu fühlen meinte, nur ganz unsicher ein Taschentuch zu fassen.

Auch sie empfand sich nach dem Spaziergang als jemand, der gar nicht so richtig dabei war, wie in einem Film, in dem man zuschaut, der einen mitreißt, aber in dem man doch nicht mitspielt.

Als man zurückgekommen war, war der Herr Ober-
schulrat längst wieder auf den Beinen und schnipselte im
Garten an seinen Rosensträuchern herum, dann zauberte er
unvermittelt einen Strauß Frühlingsblumen hinter seinem
Rücken hervor und übergab ihn mit einer theatralischen
Verneigung der Laura mit den Worten:

„Für die Frau des Tages." Laura bedankte sich mit
einem ebenfalls übertriebenen Hofknicks.

„Da schau her, unser Vater, der Kavalier und
Charmeur", meinte Leo. Darauf sagte der Vater:

„Siehst du, das ist doch auch ein kleiner Vorteil des
Alters, ich darf das. Es käme wohl niemandem in den
Sinn, ich würde damit Absichten, außer eben, charmant
sein zu dürfen, verbinden. Wenn *du* das tust, na.. aber
lassen wir das."

Die Nöstlingers verabschiedeten sich, die Kinder sollten rechtzeitig zu Bett und Laura müsse ja auch noch nach
Hause fahren, nach Linz in ihre Wohnung.

Auf der Rückfahrt war Laura wortkarg und hatte ihren
Bruder in Verdacht, irgendwie ein hinterhältiges Lächeln
zur Schau zu tragen.

„Na", getraute sich Ernst nach einer Weile doch zu
stochern, „wie haben dir die Horners gefallen?"

Laura sagte nur: „Lass das!"

„Was?", tat Ernst unschuldig

„Meinst ich sehe dein Grinsen nicht?"

„Au weia, entschuldige, so empfindlich, was ist denn
mit dir los, hat dich ein amouröses Geschoss getroffen?"

„Was soll schon los sein, komm, lass das, lass mich
bitte in Ruhe und rede jetzt vor allem keinen Quatsch."

„Bitte, bitte, bitte", zog sich Ernst in den Schmollwinkel zurück.

„Nicht streiten!", mischte sich da Bodo ängstlich ein.

„Bodo, wir streiten doch nicht, dein Papi und ich machen uns nur gegenseitig lustig über einander", sagte Laura, und „komm, wir spielen unser Wörterspiel.

Ich sage ein Wort, das aus zwei Wörtern besteht und der nächste in der Reihe muss mit dem hinteren Wortteil wieder ein zweiteiliges Wort sagen, so, dass das neue Wort mit dem hinteren Wort des vorherigen beginnt, also fangen wir an.

Papi und Franziska sind zusammen und ich und Bodo.

Franziska beginnt." Ernst flüsterte ihr ein Wort zu:

Kochtopf – Topflappen – Lappenrand – Randstein – Steinbruch – Bruchzahl – Zahltag – Tagtraum – Traumhaus – Haustier – Tierfleisch ..dann sagte Ernst:

„Fleischeslust", was Laura mit:„Du Blödian", quittierte.

Daraufhin meinte die kleine Franziska:

„Ich hab keine Fleischeslust, ich habe Kuchenlust."

Alle lachten. Laura sagte:

„Bravo Franziska, das ist eine gute Idee, wir gehen in eine Konditorei, das gibt dem Tag einen würdigen Abschluss."

Sie hielten vor der Konditorei „Zum Kupferdachl", wo der Tag für alle mit einer süßen Gaumenfreude endete.

Laura brachte Ernst und die Kinder noch nach Hause. Beim Abschied nuschelte Ernst noch was von Entschuldigung, da fiel ihm Laura ins Wort:

„Ach was", und nach einer kleinen Pause: „Ja, Leo gefällt mir schon sehr, wirklich sehr, das sah wohl ein Blinder, aber bitte hock auf deinen Mund!", sagte es, gab ihrem Bruder einen herzlichen Kuss und weg war sie.

Am nächsten Tag kam Leo in der Pause auf Ernst zu, druckste herum und fragte ihn dann doch in einem Anfall von Selbstüberwindung:

„Du, hat die Laura im Geschäft und privat eine Telephonnummer?" Und wie die Frage entschuldigend oder als reine Routine erscheinen zu lassen, setzte er fort:

„Ich hab ihr doch gestern aus der Bibliothek ein Büchlein mitgeben wollen, das sie interessiert hat, es blieb aber in der allgemeinen Aufbruchsaufregung auf dem Tisch liegen, nicht dass sie es sucht und meint, sie hätte es verloren."

„Warte mal, ich hab die Nummern, sie hat sowohl auf dem Amt als auch zu Hause eine Nummer, da ist sie ja."

Ernst schrieb sie ihm auf einen Zettel und als sich Leo umdrehte spürte er in seinem Rücken, wie Ernst da hinter ihm insgeheim in sich hinein schmunzelte. Leo tat so, als übersehe er das, fragte aber noch nach:

„Wie lange arbeitet die Laura gewöhnlich auf ihrem Amt?"

„Heute haben wir Montag, da hat sie einen kurzen Tag, da arbeitet sie nur bis drei Uhr, ab halb vier dürfte sie zu Hause sein", sagte ihm sein Freund.

Leo Horner war nervös. Auch er hatte bis drei Uhr Unterricht, von 13 Uhr bis 15 Uhr Sport mit einer recht bewegungsfaulen Klasse.

Heute hatte er gar keinen Ehrgeiz, die Schüler groß zu motivieren, er ordnete ein Spielturnier an, stand wie traumverloren abseits, war so gar nicht dabei, bis einige Grobheiten, die nicht geahndet wurden, das Spiel beinahe zum Raufhandel eskalieren ließen.

Da riss es ihn zurück aus seinen Träumen, er fuhr in sich zusammen, schickte die Klasse unter die Dusche und befahl sie für den Rest der Stunde in das Klassenzimmer, wo er monoton, was sonst nicht seine Art war, über Ernährungslehre und Hygiene zu dozieren begann.

Einige Schüler räusperten sich und tuschelten mit dem Nachbarn:

„Der Herr Magister ist aber heute gar nicht gut drauf, dem ist was über die Leber gelaufen."

Leo merkte selbst, wie unkonzentriert er war, er hatte nur einen Gedanken im Kopf:

„Ich muss die Laura anrufen, ich muss ihr alles sagen, ich halte das nicht mehr aus, ich verbrenne ja fast, ich muss von ihr eine Antwort bekommen, denn so zerreißt es mich noch. Natürlich kann ich das nicht am Telefon erledigen, aber unter welchem Vorwand?"

Da bastelte er sich schon eine Fährte zurecht. Er würde der Laura sagen, dass er heute noch nach Linz müsse, weil die Juli gestern beim Guntram etwas vergessen habe, was sie aber unbedingt brauche und sie hätte doch das Büchlein gestern liegen lassen, das könne er ihr bei der Gelegenheit ja rasch vorbei bringen. Diese kleine Notlüge würde er sich einfach erlauben. Er sagte sich: Hier heiligt der Zweck die Mittel.

Als er die Nummer eingestellt hatte, das Kontaktzeichen hörte, raste sein Puls mit 200 durch seine Adern. Nach dreimaligem Klingeln hob sie ab:

„Ja bitte, hier Laura Nöstlinger."

Leo hatte tief eingeatmet:

„Hier Leo, Leo Horner, servus, entschuldige die Störung, aber.."

„Störung? Wieso Störung? Du störst doch nicht."

„Nein? Dann bin ich froh. Was ich dich fragen wollte, wärst du in etwa einer Stunde zu Hause, ich muss nach Linz, weil meine..“

„Ja, ich bin da, weißt du, wo ich wohne?“

„Oh weia, nein, deine Telefonnummer habe ich vom Ernst, du hast doch gestern das Büchlein liegen lassen, das wollte ich dir bringen, habe ganz vergessen, nach der Adresse zu fragen.“

„Leonfeldnerstraße 17, in Urfahr.“

„Ja, die kenne ich, dann weiß ich ungefähr wo, als dann, bis später.“

Leos Herz tat einen gewaltigen Luftsprung, er musste es erst beruhigen, nahm dann das Büchlein, stieg in seinen Wagen und fuhr in einem Tempo nach Linz, das er seiner Karosse nie zugetraut hätte.

Laura war fast ein wenig enttäuscht. Nur wegen des Büchleins. Dabei zitterte sie aber, machte sich zurecht, lief noch auf die Straße hinunter zur Konditorei, kaufte ein paar Näschereien.

Sie würden Tee trinken, dachte sie, er würde vielleicht doch ein paar Minuten bleiben, denn sicher muss er ja irgendwo hin, um was zu besorgen oder weiß der Kuckuck. Die Minuten schienen still zu stehen. Sie sagte sich selbst:

„Was bist du kleine Laura für eine dumme Gans, bildest dir ein, der käme deinetwegen, der bringt doch nur schnell was vorbei, nachher bleibst du zurück und wirst heulen, aber wirf dich ihm ja nicht anbiedernd an den Hals, das ist nicht gut. Sei nett zu ihm, aber lass ihm nicht merken, was in dir los ist, nimm dich zusammen Mädchen!“

Es läutete, und zwar so ungestüm, als stünde die Feuerwehr vor der Tür. Sie fragte durch die Sprechanlage: „Ja bitte, Laura hier."

„Leo, darf er reinkommen?"

Sie drückte auf den Türöffner, dann hörte sie schon die Schritte durch das Stiegenhaus herauf fliegen zum vierten Stock, in dem sie wohnte. Den Lift hatte Leo in seiner Aufregung gar nicht gesehen.

Außer Atem kam er oben an. Laura hatte ihre Eingangstüre weit geöffnet, war aber rasch in ihre kleine Wohnung zurückgetreten, als sie ihn kommen hörte.

Dann standen sich beide gegenüber, Leo machte sachte die Tür hinter sich zu, holte einen Strauß Blumen hinter dem Rücken hervor und sagte:

„Nicht nur der Vater kann das."

Dann standen sie sich wortlos gegenüber, diesmal aber wichen sich ihre Blicke nicht aus.

Dann fielen sie ineinander, spürend, dass nur das ging. Sie küssten sich, umarmten sich wieder und wieder, dann drängte Laura den Leo in einen Stuhl und fragte:

„Nimmst du auch Tee?"

„Oh ja, bitte gern."

Während Laura in ihrer Kochnische mit dem Teewasser hantierte, sah sich der Leo um. Hübsch hatte sie diese winzige Einzimmer-Wohnung eingerichtet.

Dann setzte sich Laura ihm gegenüber und beide sahen einander schweigend an, bis Leo fragte:

„Hat dich auch dieser Blitz getroffen?"

Laura lachte und meinte:

„Ich spürte mehr ein Erdbeben, alles wackelte."

Leo blieb lange, bis elf Uhr. Sie redeten und redeten und kamen immer mehr zur Überzeugung, dass sie sich schon lange kannten.

Dann musste sich Leo losreißen, denn er hatte morgen einen anstrengenden Tag in der Schule, seinen bloody Thuesday.

Laura gab ihm noch mit:

„Fahr vorsichtig, servus, komm gut heim, bis bald."

Wann dieses Bald wäre, ließen sie offen, doch schon übermorgen konnte das sein. Und übermorgen war dieses Bald und es war ihnen fast unaushaltbar lang erschienen.

Ihre Treffen wurden immer häufiger, an den Wochenenden waren sie dauernd beisammen und Ende Mai bereits sprachen sie vom Heiraten, und zwar möglichst bald, denn sie waren sich der Dauerhaftigkeit und Ausschließlichkeit ihrer Liebe so bewußt, wie man sich das nur sein konnte.

Natürlich wussten es unterdessen alle, die ihnen nahe standen: Vater Horner, die Eltern von Laura, Ernst und Sieglinde, Juli und Guntram.

Am 29. Mai hielt Leopold Horner ganz formell und offiziell bei den Eltern Lauras um die Hand ihrer Tochter an, am 2. Juli fand in der Stiftskirche von St.Florian die Trauung statt.

Guntram Bayer spielte auf der riesigen Brucknerorgel, die ihm sein ehemaliger Lehrer für diesen Anlass gerne überlassen hatte.

Es wurde ein schönes Fest mit vielen glücklichen Gesichtern. Juliana meinte:

„Jetzt hat mich doch der jüngere Bruder noch kurz vor dem Ziel abgefangen."

Juli und Guntram hatten ihre Hochzeit auf Mitte Oktober festgelegt, wenn Herr und Frau Antonopoulos zu

Gast in Summerau wären, denn Juliana wollte Frau Stella unbedingt bei ihrer Hochzeit dabei haben.

Vorerst behielt das junge Paar beide Wohnungen, einmal waren sie in Linz, dann wieder in Freistadt, manchmal, zwar ganz ungern, war auch jeder wieder für sich allein, wenn es der Beruf verlangte, das heißt, wenn Laura am Abend noch eine Besprechung oder einen Vortrag zu halten hatte und Leo nächsten Tag früh in die Schule musste.

Aber zuvor, bereits am 5.Juli, verreisten Laura und Leo. Hochzeitsreise. Griechenland.

Leo kannte das Land schon, einerseits vom letzten Sommer, als er mit Juliana und den anderen in Epidauros war, andererseits war er in seiner Studentenzeit einmal mit einem Motorrad den Peloponnes abgefahren, ganz allein mit Zelt und Rucksack, seither liebte er dieses Land und seine Leute .

Von dieser Reise schwärmte er immer noch. Davon, wie er am Strand unter dem Sternenhimmel übernachtet hatte, wie er in den kleinen Bergdörfern gastlich aufgenommen wurde, welche Gastfreundschaft er dort erlebt hatte und vor allem davon, was für ein Licht dieses Land hat, mit welch wunderbarer Musik die Menschen dort ihrem Land und sich gegenseitig ihre Liebe kundtun, welch kulinarische Leckerbissen das Land anbietet, vor allem die Fische. Leo liebte Fisch über alles.

Und dann das Meer, die Inseln, wie Tupfen im gleißenden Licht des gekräuselten Wassers, jede, wenn man sie von oben sieht, mit einer weißen Halskrause umgeben, wie von einem Bilderrahmen eingefasst, und dann wieder als Gegensatz zum Lieblichen dieses Dämonische, wie die tiefen Schluchten der Archaia, das drohend Abweisende des Parnaßgebirges oder des Taygetos. Seine Schwärmereien schloss er immer mit: Laura, Liebes, wir müssen dort hin, du musst das kennen lernen, es ist eine Welt, so ganz unbeschreiblich schön, aber Achtung: Griechenland kann zu einer wunderbar gefährlichen Droge werden.

Und dann müssen wir auch ins kleine Theater von Epidauros, dort musst du ein Konzert - griechische Musik muss es sein - erleben, das ist etwas vom Schönsten, was du dir erträumen kannst. Dann werden wir mit den Schiffen fahren, einfach zu einer Insel und noch zu einer Insel, wieder zurück. Liebes, wir werden leben, leben sag ich dir. Und es wurde so.

Leo und Laura ließen sich von der sommerlichen Welt Griechenlands, die ihresgleichen auf der Welt wohl vergeblich sucht, verzaubern. Leo zeigte ihr das Messolongi, wo Lord Byron, der von ihrem Bruder Ernst in seiner Doktorarbeit gewürdigte englische Romantiker, an Malaria gestorben war, als er als glühender Philhellene sein Abenteuer hier beenden musste, ohne sein Ziel erreicht zu haben. Sie besuchten die Meteora-Klöster, die wie menschliche Schwalbennester auf den Felsen thronten, dann räkelten sie sich an einem einsamen Strand in der Sonne und genossen das kristallklare Meer.

Es war eine Reise in einen Traum und der Traum wurde zur Reise auch ins Innere, sie kamen sich so nahe, waren so glücklich, wie es Menschen, die sich so sehr lieben, nur sein können. Sie liebten und vereinigten sich im Einklang mit dem Kosmos, sie waren nicht mehr zwei, sie waren nur noch eins.

An einem einsamen Strand im Süden des Peloponnes war es, gegenüber der kleinen Insel Elafonissos, als sie nach einem wunderbaren Abendessen in einer einfachen Taverne ihr Auto stehen ließen und mit ihren Rucksäcken zum Strand hinaus gingen, denn sie wollten heute im Freien übernachten.

Der Mond war nur eine schmale Sichel. Die beiden fanden sich bald ganz alleine unter einem Sternenmeer von unendlicher Größe. Der weiße Sand des Strandes war noch wohlig warm von der Glut des Tages, ringsum Stille, kein Mensch, nur Stille, nur das vornehme, leise Hauchen des Meeres.

Zuerst saßen sie eng aneinander geschmiegt und bewunderten die Klarheit und Unendlichkeit des Firmaments. Leo wollte einige Sternzeichen benennen und erklärend eingrenzen, schließlich war er Geograph.

Da nahm ihn Laura bei der Hand und meinte:

„Nicht, laß die Sterne ohne Namen, sie sind viel zu schön für Namen. Namen legen fest und was fest ist, taugt nicht fürs Träumen.

Nach einer Weile stand Laura auf, zog sich aus und glitt nackt ins Wasser. „Komm", lockte sie ihn. Auch Leo zog sich aus und kam zu ihr in das fast wellenlose Meer. Die Griechen sagen dazu: „Thalatha ine ladi", das heißt, das Meer sei wie Öl.

Sie spielten, sie spielten zärtlich das schönste Spiel sich liebender Menschen. Sie sprachen nicht, spürten sich dafür ganz weich in ihren Umarmungen, schwebten vereint durchs Wasser. Die Weite des Meeres um sie und doch ganz nahe am Land, weich das Wasser, fest das Land: wie im Leben, weich und nicht verletzend das Wasser, eben das Besondere - kantig und hart wie der Alltag, das Land.

Silbrig phosphoriszierendes Plankton umgab sie. Es war das Paradies. Griechenland pure.

Dann stiegen sie aus dem Meer und schlüpften zusammen, nass und herrlich salzig, wie sie waren, in ihren Doppelschlafsack, schauten still zu den Sternen hinauf, entglitten gemeinsam dem Bewusstsein und schliefen, träumten, bis die aufgehende Sonne sie weckte.

Es war ein Lebensabschnitt, der für sie nie hätte vorübergehen müssen. Sie hätten nichts dagegen gehabt, wenn Chronos, der antike Herr über die Zeit, in den Streik getreten und alles nur noch Stillstand gewesen wäre.

Als sie in Patras, der Hafenstadt im Westen des Peloponnes, von wo die Schiffe nach Italien hinüber setzen, auf dem Deck ihrer Fähre standen, die Sonne als glühender Ball in die Ionische See eintauchte und wie zum Abschied noch einmal von Orange hin über Feuerrot bis ins dunkle Zinnober wechselte, trauerten sie beide, dass diese schöne Zeit ihr Ende gefunden hatte, fassten sich dann tapfer und riefen auf die Pier hinunter:

„Wir kommen wieder!"

Es ist wohl eines der Geheimnisse dieses Landes, dass die Menschen, die einmal vom griechischen Bazillus infiziert worden sind, nie mehr davon loskommen. Dauernd haben sie ein Stück Griechenland in sich zu tragen, das die Sehnsucht nach diesem Land zum unstillbaren Verlangen werden lässt. Deshalb gehört Griechenland auf die Dopingliste seelisch empfänglicher Menschen.

Mitte August waren Leo und Laura wieder zu Hause und kurze Zeit darauf weihte Laura ihren Mann in ihr Geheimnis ein: sie war schwanger, der Arzt hatte ihr diese freudige Nachricht bestätigt. Und wie sich die beiden darüber freuten, aber es sollte vorerst noch niemand erfahren.

*

Es war nun spürbar Herbst geworden in Waldburg. In den Nächten kühlte sich die Luft deutlich ab, am Morgen lagen schon vereinzelte Nebelstreifen entlang der Bäche und Flüsse, die ersten Bäume begannen sich leicht zu verfärben. Es war September.

Die Schulen hatten wieder begonnen, auf dem Land war die Kartoffelernte im Gang, das erste Mostobst wurde von den Bäumen geschüttelt und aufgelesen, auf den Weiden grasten die Kühe, die Luft war frisch und klar. Die gute Fernsicht lud zu Wanderungen ein.

Es war an einem Sonntag anfangs September. Oberschulrat Horner hatte seine Kinder mit deren anderer Ehehälfte oder noch werdenden Ehehälfte zum Essen eingeladen.

Man wollte um sechs Uhr speisen, nicht zu spät, so dass Juli und Guntram noch beizeiten nach Linz kämen und Leo mit seiner Laura nach Freistadt; vielleicht würden sie aber auch in Waldburg bleiben und erst am Morgen ihren Berufsweg antreten.

Juli hatte inzwischen ihre Stelle auf der Gemeindeverwaltung von Waldburg zum Leidwesen des Bürgermeisters gekündigt. Sie hatte jetzt alle Hände voll zu tun, die Wohnung in Linz einzurichten, die sie mit Guntram nach der Hochzeit gemeinsam beziehen wollte.

Guntram war von Direktor Professor Hornsteiner zu seinem musikalischen Stellvertreter als Vizedirektor an das Brucknerhaus, diesen musikalischen Tempel der Landeshauptstadt Linz, berufen worden und sollte noch einen Lehrauftrag am Bischöflichen Gymnasium erfüllen.

Juliana arbeitete vorderhand auf dem Sekretariat der pädagogischen Akademie in Linz.

Vater Horner wollte heute sein Parademenü, einen Wiener Tafelspitz mit Apfelkren, zubereiten. Als ersten Gang sollte es, als logisches Entree eine Leberknödelsuppe geben, zum Dessert sah er Palatschinken mit Vanille-Eis mit heißen Himbeeren vor. Schon nach der Sonntagsmesse begann er sich in der Küche zu schaffen zu machen. Alois Horner kochte leidenschaftlich gern, vor allem für seine liebsten Gäste, für seine Kinder mit deren Partnern.

Guntram, der immer noch seine weinrote Ente fuhr, und Juliana kamen schon um etwa zwei Uhr in Waldburg an, leisteten dem Vater ein wenig Gesellschaft, bis dann um etwa halb drei Uhr auch die beiden Jungvermählten, Leo und Laura, mit ihrem weißen VW-Golf angefahren kamen.

Es war ein schöner Sonntag und wie sie es auch sonst gerne taten, wollten die vier noch einen Spaziergang machen; auf ihrem Lieblingsweg, vom kleinen Wäldchen neben der Hammerschmiede das Tal hinunter bis zum Wirtshaus zur Haltestelle, oder wie Leo die Spelunke nannte: Zu Waldburgs Orgientempel, dann hinauf zur Ruine Dornach, durch das enge Tal des kleinen Flüßchens Feistritz, dann konnte man entweder eine Schlaufe über die wellige Hochfläche von Siegelsdorf bis nahe an die Ortschaft Paben gehen oder, wenn man es kürzer haben wollte, von Dornach direkt wieder zurück an die Straße, wo man die Autos parkiert hatte.

Sie fuhren mit beiden Autos zum Parkplatz, von wo der Weg zur Hammerschmiede hinunter abzweigt, denn Leo meinte, vielleicht würden sie nicht die große Runde gehen, aber Juli und Guntram hatten dies doch vor.

Von der Straße führte sie ihre Wanderung das Wäldchen hinunter und als sie am Wirtshaus zur Haltestelle
vorbei kamen, bemerkten Leo und Juliana mit etwas
gemischten Gefühlen, dass der Jeep des Winkelhofer vor
dem Wirtshaus abgestellt war und als sie etwas weiter
oben auf dem Weg zur Ruine Dornach waren, sah Leo,
wie der grüne Jeep des Kajetan auf der Straße unten
wieder Richtung Waldburg unterwegs war.

Der Winkelhofer, der durch das Fenster der Wirtsstube
hinter den Vorhängen das wandernde Quartett erspäht
hatte, zahlte und machte sich auf den Weg. Vielleicht war
die Stunde für Zarathustra gekommen.

Störend für seinen Mordplan war nur, dass auch der
Leo mit seiner Frau dabei war, aber man konnte ja nicht
wissen, er musste jede Gelegenheit für die geplante
Rachetat nutzen, wollte er von Ahura Masdah nicht zur
Rechenschaft gezogen und den bösen Mächten des
Ahriman überlassen werden und seine Geistheilerfähig-
keiten verlieren.

Er fuhr vorerst hinauf zur Mühle, legte noch einige
Dinge zurecht, die man für die Ausführung der Sühnetat
benötigte, wenn die Gelegenheit doch noch günstig werden sollte: das Chloroform, Fesselstricke und Decken.

Dann fuhr er zur Hammerschmiede, wo die Dumserbuben vor dem Fernseher saßen, sich auf den Befehl ihres
Meisters ohne zu mucksen willenlos erhoben und ihm
hinterher trotteten.

Zufällig ging die Wetti gerade über den Hof, sie hatte
noch Gemüse aus dem Garten geholt, denn die Himmelbauers hatten Besuch.

Der Bruder des Ferdinand war da, der in der Wachau
wohnte. Er wollte unbedingt seine neue Schwägerin ken-

nen lernen und die Wetti hatte vor, den beiden Männern so gegen fünf Uhr ein feines Essen zu kochen.

Als der Winkelhofer mit den beiden Dumserbuben ins Auto stieg, fragte die Wetti:

„Na, fahrt ihr wieder zur Haltestelle hinunter?"

„Wird wohl so sein", gab ihr der Winkelhofer mürrisch und knapp zur Antwort. Dann meinte die Wetti zu den Dumserbuben:

„Sauft halt nicht zuviel."

„Ja, ja, Frau Himmelbauer, sitzen wir wieder auf dem hohen Ross heute, die beiden sind alt genug zu wissen, wieviel sie vertragen", erwiderte der Winkelhofer für den Schani und den Schorsch recht schnippisch.

Die Wetti dachte sich noch: „Hat der heute einen giftigen Blick, das gefällt mir ganz und gar nicht."

Sie sah dem wegfahrenden Jeep noch länger nach und hatte das Gefühl, dass der Wagen nicht weit gefahren sei, denn das Motorengeräusch war nicht so verklungen, wie wenn sich ein Auto langsam entfernt, sondern war plötzlich abgebrochen, verstummt, so wie wenn ein Auto anhält.

Sie schüttelte den Kopf, ging wieder in die Küche, um das Abendbrot weiter vorzubereiten, doch ließ sie diese Sache mit dem Jeep des Kajetan nicht in Ruhe, wo war der stehen geblieben?

Unter einem Vorwand nahm sie ihr Auto und fuhr zur Straße hinauf. Dort sah sie die beiden abgestellten Wagen, die sie kannte, den Citroen 2CV des Herrn Bayer, des Verlobten der Juli, und den VW des Leo Horner.

Weiter drinnen im Wald bemerkte sie dann den Jeep des Winkelhofer, der zwar gut getarnt im Gebüsch stand, aber da sie gezielt nach dem Auto Ausschau gehalten hatte, sah sie es. Sie wollte nicht näher gehen, fuhr wieder nach Hause und machte sich abermals in der Küche zu schaffen.

Es ließ ihr aber keine Ruhe, irgendwas beunruhigte sie, ja ängstigte sie. Waren es die unheimlichen Augen des Kajetan oder war es deswegen, weil der Inspektor Glasinger seinerzeit diese Andeutungen gemacht hatte?

Sie fuhr nach etwa einer Stunde wieder hinauf. Der Ferdi meinte zu ihr:

„Was hast denn, brauchst noch was zum Kochen?"

„Ja", flüchtete sie in eine Ausrede, „ich hab fast kein Salz mehr daheim, ich hol mir rasch ein wenig von der Nachbarin oben."

„Ist schon recht, Barbara", gab sich Ferdi zufrieden. Wetti hastete hinunter zum Auto und fuhr wieder hinauf zur Stelle, wo die Autos parkiert waren.

Leo Horners Auto war nicht mehr da, nur noch der Citroen des Herrn Bayer, aber auch noch der Jeep des Winkelhofers, sie sah ihn ganz deutlich.

Sie fuhr wieder heim. Ferdi fragte sie: „Hast du das Salz?" „Ja, ja, mir ist unterwegs eingefallen, dass ich unten in der Gästewohnung", dies war ihr früheres Zimmer, „noch genug habe. Ich muss es mir auf den Einkaufszettel schreiben, dass ich gleich morgen welches besorgen muss."

Dann ging sie zu den beiden Männern, die bei einem Bier beisammen saßen und sich unterhielten. Aber das Beobachtete ließ ihr keine Ruhe.

Nach einer halben Stunde stand sie auf, ging in die Küche, von woher es schon fein duftete, kam aber gleich zurück und sagte: „Ich muss noch einmal schnell weg, mein Gott bin ich heute vergesslich, jetzt merke ich, dass ich auch keinen Kümmel mehr zu Hause habe und den brauche ich ja unbedingt, sonst schmeckt der Braten und der Krautsalat ja nach nichts."

„Das kann passieren, Barbara, aber normalerweise bin *ich* vergesslich, nicht *du*", scherzte der Ferdinand. Und zu seinem Bruder gewandt ergänzte er:

„Ich meine, du machst die Barbara nervös."

„Quatsch", sagte Barbara, „ich weiß nicht, was heut los ist, vielleicht ist Vollmond, da bin ich immer ein wenig konfus."

Dann eilte sie, von ihrer inneren Unruhe getrieben, hinunter zum Auto und fuhr wieder hinauf zum Parkplatz.

Der Citroen stand immer noch da, der VW nicht mehr, der Jeep des Kajetan war aber auch nicht mehr hier. Mit rasendem Herzklopfen fuhr sie zuerst zur Winkelhofermühle.

Dort stand der Jeep wie immer hinter dem grässlichen Tor und die Bulldogge schlich darum herum. Sie fuhr gleich weiter und wollte diese Beobachtungen dem Herrn Inspektor Glasinger mitteilen.

Irgendwie hatte sie ein Gefühl, dass da nicht alles stimmte.

Als sie bei den Horners im Schritttempo vorbeifuhr, sah sie den VW des Leo und ihn selbst auch gerade im Garten draußen.

„Du Leo", rief sie ihm zu, „da bei unserem Waldbühel steht das Auto des Herrn Bayer, zuvor war auch der Winkelhofer mit dem Schani und dem Schorsch dort, die sind jetzt aber weg."

Wie von einer Wespe gestochen, lief der Leo hinaus und sagte zu ihr:

„Der Guntram und die Juli müssten schon längst da sein, sie sind ein wenig weiter nach Weinberg spaziert als wir, aber sie müssten schon da sein, ich wollte gerade nachschauen fahren."

„Am besten, ich lauf zum Hermann, Pardon, zum Inspektor Glasinger, hinüber, und sag ihm das."

„Steig ein!", sagte die Wetti, und sie fuhren den kurzen Weg hinauf zum Ederhaus, in dem Hermann Glasinger wohnte. Leo läutete Sturm. Es rührte sich vorerst nichts.

Da drückte Leo auf die Türklinke, die Wohnung war offen. Drinnen stand Hermann Glasinger, spülte gerade ein paar Gläser aus, aber hatte die Kopfhörer mit irgendeiner Musik an.

Er erschrak, als er den Leo und die Frau Himmelbauer sah, die beide ganz nervös durcheinander redeten. Aber er erfasste die Situation rasch.

Wetti schilderte ihm alle ihre Beobachtungen von heute Nachmittag, wie der Winkelhofer die Dumserbuben abgeholt hatte, sein Fahrzeug dort im Wald versteckt abgestellt habe, dass der Jeep aber jetzt im Hof der Winkelhofermühle stehe, bewacht von dem Bluthund des Kajetan.

Hermann Glasinger rief seine Kollegen von der Funkstreife an, befehligte sie zur Winkelhofermühle, ebenso eine Abteilung der Spezialtruppe mit allen Ausrüstungen. Er war überzeugt, keine Minute mehr verlieren zu dürfen.

*

Juliana und Guntram hatten sich von Laura und Leo in der Nähe der Ruine Dornach getrennt. Laura wollte nach Hause, sie fühlte sich ein wenig müde und Leo meinte: „Wir gehen schon einmal voraus zum Vater, wenn ihr wollt, macht doch eure große Runde über Paben oder über Weinberg." „Ja", meinte Juli, „nach spätestens einer Stunde kommen wir auch nach, aber wir möchten noch ein wenig spazieren, man hat doch sonst so wenig Bewegung während der Woche. Wir gehen heute einmal Richtung Weinberg und kommen dann über die Haltestelle den Weg das Tal hinauf wieder zurück zum Auto."

„Also, bis später", verabschiedeten sie sich.

Juliana und Guntram vertieften sich auf ihrem Weg in ihre Hochzeitsvorbereitungen. Geheiratet werde in Grünbach, in der wunderbaren gotischen Kapelle von Sankt Michael. Es sollte keine große, aber doch eine stilvolle Hochzeit mit den Freunden und den engsten Verwandten werden.

„Du", eröffnete ihm Juli, „die Ilse hat mir angeboten, wir könnten für unsere Hochzeitsfeier das Schlösschen in Summerau benützen, und ich glaube, sie wäre fast ein wenig beleidigt, wenn wir das Angebot nicht annähmen."

„Das wäre doch phantastisch", war sich Guntram mit ihr einig, „du wirst ja alles bestens organisieren, wie ich dein Talent dafür kenne." So plätscherte das Gespräch über das bevorstehende Ereignis dahin, bis Juli sagte: „Jetzt müssen wir aber da hinauf, das ist kürzer, es ist zwar ein steiler Weg, aber so kommen wir direkt zum Auto, denn es ist schon ein wenig spät, nicht dass sich die anderen Sorgen machen und der Papa nervös wird, weil er seinen Tafelspitz – wie ich mich darauf freue – in die Länge ziehen muss."

Als sie dann kurz vor dem Parkplatz waren - sie gingen, um abzukürzen, nicht über den offenen Weg, sondern den engen Waldweg hinauf zu ihrem Auto - wurden sie von hinten angefallen.

Die beiden Dumserbuben sprangen in ihren Ku-Klux-Klan-Gewändern aus dem Gebüsch hervor, drückten ihnen die mit Chloroform getränkten Stofflappen ins Gesicht, bis sie sich nicht mehr rührten.

Der Winkelhofer stieß seinen Jeep soweit in den Weg zurück, bis man ihn von der Straße aus nicht mehr sehen konnte, dann luden die Dumserbuben die beiden Bewußt-losen in den Wagen und warfen die Decken über die Körper. Sie fuhren in die Mühle.

Kajetan ließ die beiden Ohnmächtigen in seinen heiligen Raum bringen, Rücken an Rücken aneinander gefesselt, befahl den Dumserbuben das Seil des Flaschenzugs an den Füßen der beiden Opfer zu befestigen und sie, wie schon den Paulas, bei jedem Satz der Urteilsverlesung ein Stück in die Höhe zu ziehen.

Juliana und Guntram waren immer noch bewusstlos und Kajetan, nun wieder als Zarathustra im blutroten Ornat, wurde immer nervöser, aber das Urteil war erst zu verlesen, wenn die dem Tode geweihten auch bei Bewußt-sein wären, denn diese Pein mussten sie vor ihrer Höllenfahrt in das Reich des Ahriman, in das Reich alles Bösen, als besondere Qual über sich ergehen lassen.

Da hörte man von draußen plötzlich Polizeisirenen und gleich darauf rief Hermann Glasinger durch ein Megaphon:

„Kajetan Winkelhofer, Schani und Schorsch Dumser, kommen Sie heraus oder das Haus wird gestürmt."

Kajetan rannte in das hinter seinem heiligen Raum gelegenen Zimmer und kam wie ein fürchterlicher Rachegott mit einem riesigen Schlachtmesser zurück.

Mit Schaum vor dem Mund stürzte er sich auf die noch immer Bewusstlosen, um auf sie einzustechen.

Nun fiel ihm aber der Dumser Schorsch in die Arme, wohl doch noch ahnend, was da vor sich gehen sollte und riss ihm das Messer aus der Hand, wobei er aber in diesem wilden Handgemenge einen tiefen Schnitt abbekam, aus dem Blut heraus spritzte.

Blut konnten die Dumserbuben nicht sehen.

Mit einem quäkenden Aufschrei warf sich der Schani auf den Winkelhofer, packte ihn an der Gurgel und drehte ihm mit Brachialgewalt den Hals um.

Mit einem grässlichen Knacksen brachen dessen Halswirbel, dann hing sein Kopf wie der einer toten Krähe auf seine Brust herab.

Draußen knallte ein Schuss.

Die Bulldogge lag in ihrem Blut. Die Gendarmen schlugen die Tür ein und standen im nächsten Augenblick im Raum, voran Hermann Glasinger.

Der Dumser Schorsch stierte auf das spritzende Blut aus seinen Handfesseln, in der anderen Hand hielt er immer noch das blutverschmierte Schlachtmesser.

Schani hatte den toten Winkelhofer mit seinen Armen umschlungen und ließ ihn im Anblick der Gendarmen zu Boden gleiten.

Hermann Glasinger lief zu den nun ächzenden Gefesselten, sie kamen eben zu Bewußtsein, deshalb trug man sie rasch aus dem Haus, um ihnen den grauenhaften Anblick zu ersparen.

Leo Horner war herbeigeeilt, die beiden Ohnmächtigen, Juliana und Guntram, wurden rasch von diesem Ort weggebracht.

Im Auto ihres Bruders kam Juliana als erste zu sich und stöhnte: „Mein Gott, Guntram, wo sind wir?"

Guntram wachte erst im Hause Horner auf, als sich für Juliana die dichtesten Nebel der Chloroform-Narkose bereits verzogen hatten.

Die Gendarmerie untersuchte nun die Winkelhofermühle genau, fand dieses obskure Schriftstück, die „Bulla mortalis", man erfuhr somit auch, was das kranke Gehirn des Winkelhofers noch alles ausgeheckt hatte.

Die Dumserbuben wurden verhaftet, aber die mildernden Umstände führten später zu einem moderaten Urteil mit anschließender Therapie.

Nach Jahren traten beide als Hilfsarbeiter in einer großen Firma in Linz ein. In Waldburg hat man sie nie mehr gesehen.

$$\Omega \ \Omega \ \Omega$$